1931-1940
한국 명작소설 2

_모던보이, 문학을 만나다

일러두기

1. 《한국 명작소설》 2권은 1933년 발표한 이태준의 〈달밤〉부터 1936년에 발표한 이상의 〈날개〉까지 1930년대를 대표하는 소설 10편을 모은 선집이다.

2. 맞춤법, 띄어쓰기는 가능한 한 현대어 표기로 고쳤으나 작가가 의도적으로 표현한 것은 잘못되었더라도 그대로 두었다. 띄어쓰기와 맞춤법은 국립국어원의 《표준국어대사전》을 기준으로 삼았다.

3. 한글로 표기된 외래어는 외래어 맞춤법에 맞게 고쳤으나 시대 상황을 드러내 주는 용어는 원문을 그대로 살렸다.

4. 한자는 한글로 표기하고 의미상 필요한 경우에만 한글 옆에 병기하였다.

5. 생소한 어휘는 독자들의 이해를 돕기 위하여 각주로 설명을 달아두었다.

6. 대화에서의 속어, 방언 등은 최대한 살렸으나 지문은 현대어로 고쳤다.

7. 대화 표시는 " "로 바꾸었고, 대화가 아닌 혼잣말이나 강조의 경우에는 ' '로 바꾸었다. 또한 말줄임표는 모두 '……'로 통일하였다.

1931-1940

이태준 외 9명 지음

한국

모던보이, 문학을 만나다

명작소설2

애플북스

⌃⌃

한국문학을 권하다 단편 모음집,
《한국 명작소설》을 펴내며

교육이나 학문뿐 아니라 실제 삶에서도 인문학의 중요성이 강조되고 있는 것과는 사뭇 다르게 문학 작품을 읽지 않는 문화 아닌 문화가 절정에 달한 듯한 모습이다. 이러한 현실 속에서 문학의 참된 즐거움을 독자들에게 다시 전해줄 수 있는 방법은 무엇일까 고민했다. 여러 가지 방법이 있겠지만, 가장 좋은 방법은 제목 정도는 누구나 알고 있으나 대개는 읽지 않은 위대한 한국문학을 다시 권하고 함께 하는 일일 것이다.

애플북스에서는 이 권유와 공감을 좀 더 적극적으로 하기 위해 시대별 한국문학 대표 선집을 꾸렸다.

시대를 읽는 한국문학이란 콘셉트로 이인직으로부터 시작해 이광수, 현진건, 채만식, 이상, 이효석 등으로 이어지는 한국문학의 큰 기둥들의 대표 작품을 시대별로 모아 문학과 시대를 동시에 만끽할 수 있도록 했다. 좀 더 구체적으로는 첫째, 작가의 최초 발표본을 기준으로 하되 지금까지 축적된 여러 판본과의 비교·대조를 통해 오류를 수정하였다. 둘째, 작가와 작품 고유의 표현은 최대한 살리는 것을 원칙으로 하되 작품을 훼손하지 않는 범위 내에서 좀 더 최근의 표기법을 적용함으로써 현시대를 살고 있는 독자들이 더 쉽고 더 자연스럽게 작품과 만날 수 있도록 하였다.

더불어 좀 더 친절한 선집이 되고자 독자들이 작품을 더 쉽고, 더 즐겁고, 더 풍성하게 읽을 수 있도록 작품 자체는 물론 그 작품이 발표된 시대와 그 작품을 쓴 작가에 대한 핵심적인 소개를 더해 독자들이 작품을 감상하고 작품을 통해 교양을 쌓는 데 도움을 줄 수 있도록 했다.

오늘의 세계와 그 세계를 살고 있는 우리의 삶을 이해하고 통찰할 수 있는 가장 좋은 길 중 하나기도 한 위대한 문학 읽기의 참된 즐거움을 좀 더 쉽고 좀 더 친절하게 전하고자 하는 것이 《한국 명작소설》의 목적이자 목표다. 모쪼록 이 선집을 통해 독자들이 문학 읽기의 즐거움을 다시 느낄 수 있기를 바란다.

애플북스 편집부

시대를 단칼에 잘라보자
-단편소설 읽기의 즐거움-

"이제부터 어른 책 읽어라."

이 말과 함께 아버지가 당신의 책장에서 꺼내 준 책은 한국문학 단편집이었다. 초등학교 5학년 때였는데, 그날은 어려서부터 책벌레였던 내가 비로소 동화책에서 벗어나 본격적인 문학의 숲으로 여행을 시작했던 날이다. 그날 이후 나는 그 깊고 울창한 숲속에서 한참을 지냈다. 그리고 나는 또래 아이들보다 조숙해졌고, 일찌감치 철이 들게 되었다. 밤을 꼴딱 새우며 문학의 숲을 헤매던 시간, 그게 나의 사춘기였고, 청소년기의 삶이었다.

오늘날 청소년들의 삶은 어떠한가. 새벽부터 밤까지 오로지 공부, 또 공부다. 잠시나마 짬이 생겨도 하는 일이라고는 컴퓨터 게임이나 단톡방에서의 의미 없는 수다가 전부다. 입시와 취업의 고통에 신음하며, 그나마 손에 든 작은 스마트폰에 위로받는 삶을 오늘날의 청소년들은 살고 있는 것이다. 시대는 예측이 불가능할 정도로 빠르게 변하고 있는데, 지금의 삶이 과연 미래에도 유용할지 고민해보지도 못한 채 비슷비슷한 꿈을 꾸고 한 방향을 향해 쥐어짜듯 달려가고 있다.

단편소설은 한 시대를 단칼에 잘라내어 삶의 다양한 모습 중 하나를 선명하게 보여주는 장르다. 식민지 시대의 방황하는 한 청년은 미스코시 백화점 옥상에서 뛰어내리고, 오늘날의 택시운전사 격인 인력거꾼은 가난 때문에 병든 아내를 죽게 만든다. 어디 그뿐인가, 말 못하는 삼룡이는 주인의 폭력에 저항 한번 못한 채 순수한 사랑을 지키다 죽어가고, 김 강사는 교수가 되기 위해 아부와 거짓된 미소를 준비해야 한다.

단편소설의 매력은 이처럼 한 인물의 삶을 통해 우리가 살아온 시대를 가감 없이 그려낼 수 있다는 거다. 모파상의 〈목걸이〉를 펼치면 마틸드처럼 당시 프랑스 사람들의 허망한 화려함을 들여다볼 수 있듯이 단편소설 속에는 시대의 한 단면이 담겨 있고, 그 시대를 살아가는 인간 삶의 한 단면이 담겨 있는 것이다. 이인직의 〈혈의 누〉에서부터 이상의 〈날개〉까지 이어지는 우리의 문학사적 성장이 곧 우리 삶의 성장이고, 우리가 걸어온 시대의 궤적인 이유가 바로 여기에 있다.

우리는 작품 속에 담겨 있는 그 선명한 삶의 단면과 시대의 단면을 통해 삶의 추악함과 아름다움, 사상과 의식, 욕망과 좌절, 갈등과 화해의 궤적을 확인할 수 있다.

《한국 명작소설》은 시대와 삶을 확인할 수 있게 해주고 돌아볼 수 있게 해주며 상상할 수 있게 해주는 우리 단편소설 가운데서도 정수만을 가려 뽑은 것이다. 중편도 몇 편 끼어 있긴 하지만 대개가 단편인 만큼 짧은 시간에 읽을 수 있고, 짧은 만큼 더 선명하게 지식인, 노동자, 모던보이들, 그리고 그 밖의 다양한 존재들이 어떤 삶을 살았는지 알 수 있으며, 시대의 고민을 엿보고 공감할 수 있다.

다양한 방식으로 시대와 삶을 증언하고, 고민하고, 상상한 이야기를 읽는 행위는 독자들의 삶에, 특히 청소년기 독자들의 삶에 더없이 좋은 자양분이 될 것이다. 제4차 산업혁명의 파도가 저만치에서 밀려오는 이 시대에 우리가 다시금 단편소설을 읽어야 하는 이유도 바로 여기에 있다. 시대와 삶의 흐름을 알고, 돌아보고, 상상할 수 있는 자가 더 좋은, 더 자유로운 삶을 살 수 있기 때문이다.

고정욱

∧∧

차례

달밤

1931-1940 모던보이, 문학을 만나다

근대 단편소설의 완성자　이태준

이태준

호는 상허尙虛. 어린 시절 부모를 여의고 친척 집을 전전하며 성장했다. 1924년 휘문고보 4학년 때 동맹 휴교 주모자로 퇴학당하고 일본으로 떠나 1925년 도쿄에서 단편소설 〈오몽녀〉를 〈조선문단〉에 투고해 입선했다. 1926년 도쿄 조치 대학 예과에 입학했으나 다음 해 중퇴한 후 귀국했다. 1929년 개벽사에 입사하는 등 조선중앙일보에서 기자 생활을 하면서 본격적인 작품 활동을 시작했다. 1933년 구인회에 참가했으며, 이후 1930년대 말까지 주로 남녀 간의 사랑과 심리를 다룬 작품을 발표했다. 1940년경 일제의 압력으로 친일 활동에 동원되었고, 1941년 모던 일본사가 주관하는 제2회 조선예술상을 수상했다. 1943년 절필 후 낙향했다가 해방을 맞아 서울로 올라왔다. 해방 공간에서 좌익 작가 단체에 가입해 주도적으로 활동, 1946년 〈해방 전후〉로 제1회 해방문학상을 수상했으며, 그해 여름에 월북했다. 6·25 전쟁 중에 낙동강 전선까지 내려와 종군 활동을 했다. 1956년 구인회 활동과 사상성을 이유로 숙청당한 이후 정확한 행적은 알려진 바 없다.

작품으로는 첫 창작집 《달밤》을 비롯해 《까마귀》 《이태준 단편 선집》 《이태준 단편집》 《해방 전후》 《구원의 여상》 《화관》 《청춘 무성》 《사상의 월야》 등이 있다.

세상에 적응하지 못한
소외된 약자에 대한 연민

이태준이 1933년 〈중앙〉에 발표한 〈달밤〉은 타고난 모자람 때문에 세상에 적응하지 못하는 인물에 대한 애정과 그가 겪는 삶의 아픔에 대한 연민을 형상화한 소설로 작가 특유의 감각적이고 세련된 문체와 치밀한 구성이 돋보이는 초기 대표작이다.

〈달밤〉은 모자라고 우둔한 천치인 황수건이라는 인물의 삶을 관찰자인 '나'의 시선으로 서술하는 형식의 소설이다. 학교 급사, 신문 보조 배달원, 참외 장사 등 여러 가지 일을 하지만, 실패에 실패를 거듭하며 아픔을 겪는 황수건의 삶은 일제 강점기 우리 민중의 삶을 비유적으로 보여준다. 그러나 이 소설은 그 삶의 비극성에 함몰되거나 절망적 상황으로만 치닫지는 않는데, 이는 황수건을 바라보는 서술자의 시선이 그의 순박하고 우스꽝스러운 행동과 천진하고 낙천적인 성격에 동시에 집중하는 한편, 이를 애정과 연민이라는 감정을 통해 부각시키고 있기 때문이다. 이에 더해 작가 특유의 감각적 표현과 '달밤'이 환기하는 서정적, 애상적 분위기는 이 작품을 부드럽고 따뜻한 세계로 만들어주는 또 하나의 요인이다.

이태준의 소설은 가난뱅이, 무지렁이, 농투성이, 늙은이 등 소외될 수밖에 없는 인물에 대한 이야기가 주를 이루는데, 이들 작품 역시 비극과 절망으로만 그려지는 것이 아니라 따뜻한 애정과 연민의 시선으로 함께 그려진다. 이는 작가의 '소박한 인간애, 고향과 옛것에 대한 향수' 등에 대한 지향과 '옛것에 대한 취미'로부터 연유한 것이라 할 수 있다.

달밤

성북동으로 이사 나와서 한 대엿새 되었을까, 그날 밤 나는 보던 신문을 머리맡에 밀어 던지고 누워 새삼스럽게,

"여기도 정말 시골이로군!"

하였다.

무어 바깥이 컴컴한 걸 처음 보고 시냇물 소리와 쏴― 하는 솔바람 소리를 처음 들어서가 아니라 황수건이라는 사람을 이날 저녁에 처음 보았기 때문이다.

그는 말 몇 마디 사귀지 않아서 곧 못난이란 것이 드러났다. 이 못난이는 성북동의 산들보다 물들보다, 조그만 지름길들보다 더 나에게 성북동이 시골이란 느낌을 풍겨주었다.

서울이라고 못난이가 없을 리야 없겠지만 대처에서는 못난이들이 거리에 나와 행세를 하지 못하고, 시골에선 아무리 못난이라도

마음 놓고 나와 다니는 때문인지, 못난이는 시골에만 있는 것처럼 흔히 시골에서 잘 눈에 뜨인다. 그리고 또 흔히 그는 태고 때 사람처럼 그 우둔하면서도 천진스러운 눈을 가지고, 자기 동리에 처음 들어서는 손에게 가장 순박한 시골의 정취를 돋워주는 것이다.

그런데 그날 밤 황수건이는 열시나 되어서 우리 집을 찾아왔다.

그는 어두운 마당에서 꽥 지르는 소리로,

"아, 이 댁이 문안서……."

하면서 들어섰다. 잡담 제하고 큰일이나 난 사람처럼 건넌방 문 앞으로 달려들더니,

"저, 저 문안 서대문 거리라나요, 어디선가 나오신 댁입쇼?"

한다.

보니 합비[1] 는 안 입었으되 신문을 들고 온 것이 신문 배달부다.

"그렇소, 신문이오?"

"아, 그런 걸 사흘이나 저, 저 건너쪽에만 가 찾았습죠. 제기……."

하더니 신문을 방에 들이뜨리며,

"그런뎁쇼, 왜 이렇게 죄꼬만 집을 사구 와 곕쇼. 아, 내가 알았더면 이 아래 큰 개와집도 많은걸입쇼……."

한다. 하 말이 황당스러워 유심히 그의 생김을 내다보니 눈에 얼른 두드러지는 것이 빡빡 깎은 머리로되 보통 크다는 정도 이상으로 골이 크다. 그런 데다 옆으로 보니 짱구 대가리다.

---

1 일제 강점기에 입던 겉옷으로 등에 상호 등을 박음.

"그렇소? 아무튼 집 찾느라고 수고했소."

하니 그는 큰 눈과 큰 입이 일시에 히죽거리며,

"뭘입쇼, 이게 제 업인뎁쇼."

하고 날래 물러서지 않고 목을 길게 빼어 방 안을 살핀다. 그러더
니 묻지도 않는데,

"저는입쇼, 이 동네 사는 황수건이라 합니다……."

하고 인사를 붙인다. 나도 깍듯이 내 성명을 대었다. 그는 또 싱글
벙글하면서,

"댁엔 개가 없구먼입쇼."

한다.

"아직 없소."

하니,

"개 그까짓 거 두지 마십쇼."

한다.

"왜 그렇소?"

물으니, 그는 얼른 대답하는 말이,

"신문 보는 집엔입쇼, 개를 두지 말아야 합니다."

한다. 이것 재미있는 말이다 하고 나는,

"왜 그렇소?"

하고 또 물었다.

"아, 이 뒷동네 은행소에 댕기는 집엔입쇼, 망아지만 한 개가 있
는뎁쇼, 아, 신문을 배달할 수가 있어얍죠."

"왜?"

"막 깨물랴고 덤비는걸입쇼."

한다. 말 같지 않아서 나는 웃기만 하니 그는 더욱 신을 낸다.

"그눔의 개 그저, 한번, 양떡을 멕여대야 할 텐데……."

하면서 주먹을 부르대는데 보니, 손과 팔목은 머리에 비기어 반비
례로 작고 가느다랗다.

"어서 곤할 텐데 가 자시오."

하니 그는 마지못해 물러서며,

"선생님, 참 이 선생님 편안히 주뭅쇼. 저이 집은 여기서 얼마 안
되는 걸입쇼."

하더니 돌아갔다.

그는 이튿날 저녁, 집을 알고 오는데도 아홉시가 지나서야,

"신문 배달해 왔습니다."

하고 소리를 치며 들어섰다.

"오늘은 왜 늦었소?"

물으니,

"자연 그럽죠."

하고 다른 이야기를 꺼냈다.

자기는 워낙 이 아래 있는 삼산학교에서 일을 보다 어떤 선생하
고 뜻이 덜 맞아 나왔다는 것, 지금은 신문 배달을 하나 원 배달이
아니라 보조 배달이라는 것, 저희 집엔 양친과 형님 내외와 조카
하나와 저희 내외까지 식구가 일곱이라는 것, 저희 아버지와 저희
형님의 이름은 무엇무엇이며, 자기 이름은 황가인 데다가 목숨 수
자하고 세울 건 자로 황수건이기 때문에, 아이들이 노랑수건이라

고 놀리어서 성북동에서는 가가호호에서 노랑수건 하면, 다 자긴 줄 알리라고 자랑스럽게 이야기하다가 이날도,

"어서 그만 다른 집에도 신문을 갖다 줘야 하지 않소?"

하니까 그때서야 마지못해 나갔다.

우리 집에서는 그까짓 반편과 무얼 대꾸를 해가지고 그러느냐 하되, 나는 그와 지껄이기가 좋았다.

그는 아무것도 아닌 것을 가지고 열심스럽게 이야기하는 것이 좋았고, 그와는 아무리 오래 지껄이어도 힘이 들지 않고, 또 아무리 오래 지껄이고 나도 웃음밖에는 남는 것이 없어 기분이 거뜬해지는 것도 좋았다. 그래서 나는 무슨 일을 하는 중만 아니면 한참씩 그의 말을 받아주었다.

어떤 날은 서로 말이 막히기도 했다. 대답이 막히는 것이 아니라 무슨 말을 해야 할까 하고 막히었다. 그러나 그는 늘 나보다 빠르게 이야깃거리를 잘 찾아냈다. 오뉴월인데도 '꿩고기를 잘 먹느냐?'고도 묻고, '양복은 저고리를 먼저 입느냐 바지를 먼저 입느냐?'고도 묻고 '소와 말과 싸움을 붙이면 어느 것이 이기겠느냐?'는 둥, 아무튼 그가 얘깃거리를 취재하는 방면은 기상천외로 여간 범위가 넓지 않은 데는 도저히 당할 수가 없었다. 하루는 나는 '평생소원이 무엇이냐?'고 그에게 물어보았다. 그는 '그까짓 것쯤 얼른 대답하기는 누워서 떡 먹기'라고 하면서 평생소원은 자기도 원배달이 한번 되었으면 좋겠다는 것이었다.

남이 혼자 배달하기 힘들어서 한 이십 부 떼어 주는 것을 배달하고, 월급이라고 원 배달에게서 한 삼 원 받는 터이라 월급을 이십

여 원을 받고, 신문사 옷을 입고, 방울을 차고 다니는 원 배달이 제일 부럽노라 하였다. 그리고 방울만 차면 자기도 뛰어다니며 빨리 돌 뿐 아니라 그 은행소에 다니는 집 개도 조금도 무서울 것이 없겠노라 하였다.

그래서 나는 '그럴 것 없이 아주 신문사 사장쯤 되었으면 원 배달도 바랄 것 없고 그 은행소에 다니는 집 개도 상관할 바 없지 않겠느냐?' 한즉 그는 뚱그레지는 눈알을 한참 굴리며 생각하더니 '딴은 그렇겠다'고 하면서, 자기는 경난[2] 이 없어 거기까지는 바랄 생각도 못 하였다고 무릎을 치듯 가슴을 쳤다.

그러나 신문 사장은 이내 잊어버리고 원 배달만 마음에 박혔던 듯, 하루는 바깥마당에서부터 무어라고 떠들어대며 들어왔다.

"이 선생님? 이 선생님 곕쇼? 아, 저도 내일부턴 원 배달이올시다. 오늘 밤만 자면입쇼……."

한다. 자세히 물어보니 성북동이 따로 한 구역이 되었는데, 자기가 맡게 되었으니까 내일은 배달복을 입고 방울을 막 떨렁거리면서 올 테니 보라고 한다. 그리고 '사람이란 게 그러게 무어든지 끝을 바라고 붙들어야 한다'고 나에게 일러주면서 신이 나서 돌아갔다. 우리도 그가 원 배달이 된 것이 좋은 친구가 큰 출세나 하는 것처럼 마음속으로 진실로 즐거웠다. 어서 내일 저녁에 그가 배달복을 입고 방울을 차고 와서 쭐럭거리는 것을 보리라 하였다.

2 經難, 어려운 일을 겪음.

그러나 이튿날 그는 오지 않았다. 밤이 늦도록 신문도 그도 오지 않았다. 그다음 날도 신문도 그도 오지 않다가 사흘째 되는 날에야, 이날은 해도 지기 전인데 방울 소리가 요란스럽게 우리 집으로 뛰어들었다.

'어디 보자!'

하고 나는 방에서 뛰어나갔다.

그러나 웬일일까, 정말 배달복에 방울을 차고 신문을 들고 들어서는 사람은 황수건이가 아니라 처음 보는 사람이었다.

"왜 전엣사람은 어디 가고 당신이오?"

물으니 그는,

"제가 성북동을 맡았습니다."

한다.

"그럼, 전엣사람은 어디를 맡았소?"

하니 그는 픽 웃으며,

"그까짓 반편을 어딜 맡깁니까? 배달부로 쓸랴다가 똑똑지가 못 하니까 안 쓰고 말았나 봅니다."

한다.

"그럼 보조 배달도 떨어졌소?"

하니,

"그럼요, 여기가 따루 한 구역이 된걸이오."

하면서 방울을 울리며 나갔다.

이렇게 되었으니 황수건이가 우리 집에 올 길은 없어지고 말았다. 나도 가끔 문안엔 다니지만 그의 집은 내가 다니는 길 옆은 아닌 듯 길가에서도 잘 보이지 않았다.

나는 가까운 친구를 먼 곳에 보낸 것처럼, 아니 친구가 큰 사업에나 실패하는 것을 보는 것처럼, 못 만나는 섭섭뿐이 아니라 마음이 아프기도 하였다. 그 당자와 함께 세상의 야박함이 원망스럽기도 하였다.

한데 황수건은 그의 말대로 노랑수건이라면 온 동네에서 유명은 하였다. 노랑수건 하면 누구나 성북동에서 오래 산 사람이면 먼저 웃고 대답하는 것을 나는 차츰 알았다.

내가 잠깐씩 며칠 보기에도 그랬거니와 그에겐 우스운 일화도 한두 가지가 아니었다.

삼산학교에 급사로 있을 시대에 삼산학교에다 남겨놓고 나온 일화도 여러 가지라는데, 그중에 두어 가지를 동네 사람들의 말대로 옮겨보면, 역시 그때부터도 이야기하기를 대단 즐기어 선생들이 교실에 들어간 새 손님이 오면 으레 손님을 앉히고는 자기도 걸상을 갖다 떡 마주 놓고 앉는 것은 물론, 마주 앉아서는 곧 자기류의 만담 삼매로 빠지는 것인데, 한번은 도 학무국에서 시학관이 나온 것을 이따위로 대접하였다. 일본말을 못 하니까 만담은 할 수 없고 마주 앉아서 자꾸 일본말을 연습하였다.

"센세이 히, 오하요 고자이마쓰카…… 히히 아메가 후리마쓰 유키가 후리마쓰카 히히……."[3]

---

3 "선생님 히, 안녕하세요…… 히히 비가 옵니다 눈이 옵니까 히히……."

시학관도 인정이라 처음엔 웃었다. 그러나 열 번 스무 번을 되풀이하는 데는 성이 나고 말았다. 선생들은 아무리 기다려도 종소리가 나지 않으니까, 한 선생이 나와보니 종 칠 것도 잊어버리고 손님과 마주 앉아서 '오하요 유키가 후리마쓰카……' 하는 판이다.

그날 수건이는 선생들에게 단단히 몰리고 다시는 안 그러겠노라고 했으나, 그 버릇을 고치지 못해서 그예 쫓겨 나오고 말은 것이다.

그는,

"너의 색씨 달아난다."

하는 말을 제일 무서워했다 한다. 한번은 어느 선생이 장난엣말로,

"요즘 같은 따뜻한 봄날엔 옛날부터 색시들이 달아나기를 좋아하는데 어제도 저 아랫말에서 둘이나 달아났다니까 오늘은 이 동리에서 꼭 달아나는 색시가 있을걸……."

했더니 수건이는 점심을 먹다 말고 눈이 휘둥그레졌다 한다. 그리고 그날 오후에는 어서 바삐 하학을 시키고 집으로 갈 양으로 오십분 만에 치는 종을 이십분 만에, 삼십분 만에 함부로 다가서 쳤다는 이야기도 있다.

하루는 나는 거의 그를 잊어버리고 있을 때,

"이 선생님 곕쇼?"

하고 수건이가 찾아왔다. 반가웠다.

"선생님, 요즘 신문이 걸르지 않고 잘 옵쇼?"

하고 그는 배달 감독이나 되어 온 듯이 묻는다.

"잘 오, 왜 그류?"

한즉 또,

"늦지도 않굽쇼, 일즉이 제때마다 꼭꼭 옵쇼?"

한다.

"당신이 돌을 때보다 세 시간은 일즉이 오고 날마다 꼭꼭 잘 오."

하니 그는 머리를 벅적벅적 긁으면서,

"하루라도 걸르기만 해라. 신문사에 가서 대뜸 일러바치지……."

하고 그 빈약한 주먹을 부르댄다.

"그런뎁쇼, 선생님?"

"왜 그류?"

"삼산학교에 말씀예요, 그 제 대신 들어온 급사가 저보다 근력이 세게 생겼습죠?"

"나는 그 사람을 보지 못해서 모르겠소."

하니 그는 은근한 말소리로 히죽거리며,

"제가 거길 또 들어가 볼랴굽쇼, 운동을 합죠."

한다.

"어떻게 운동을 하오?"

"그까짓 거 날마당 사무실로 갑죠. 다시 써달라고 졸라댑죠. 아, 그랬더니 새 급사란 녀석이 저보다 크기도 무척 큰뎁쇼, 이 녀석이 막 불근댑니다그려. 그래 한번 쌈을 해야 할 턴뎁쇼, 그 녀석이 근력이 얼마나 센지 알아야 뎀벼들 턴뎁쇼…… 허."

"그렇지, 멋모르고 대들었다 매만 맞지."

하니 그는 한 걸음 다가서며 또 은근한 말을 한다.

"그래섭쇼, 엊저녁엔 큰 돌멩이 하나를 굴려다 삼산학교 대문에다 놨습죠. 그리구 오늘 아침에 가보니깐 없어졌는뎁쇼. 이 녀석이 나처럼 억지루 굴려다 버렸는지, 뻔쩍 들어다 버렸는지 그만 못 봤거든입쇼, 제—길……."

하고 머리를 긁는다. 그러더니 갑자기 무얼 생각한 듯 손뼉을 탁 치더니,

"그런뎁쇼, 제가 온 건입쇼, 댁에선 우두[4]를 넣지 마시라구 왔습죠."

한다.

"우두를 왜 넣지 말란 말이오?"

한즉,

"요즘 마마가 다닌다구 모두 우두들을 넣는뎁쇼, 우두를 넣으면 사람이 근력이 없어지는 법인뎁쇼."

하고 자기 팔을 걷어 올려 우두 자리를 보이면서,

"이걸 봅쇼. 저두 우두를 이렇게 넣기 때문에 근력이 줄었습죠."

한다.

"우두를 넣으면 근력이 준다고 누가 그립디까?"

물으니 그는 싱글거리며,

"아, 제가 생각해냈습죠."

한다.

"왜 그렇소?"

4 천연두를 예방하기 위해 소에서 뽑은 면역 물질.

하고 캐니,

"뭘…… 저 아래 윤금보라고 있는데 기운이 장산뎁쇼. 아 삼산학교 그 녀석두 우두만 넣었다면 그까짓 것 무서울 것 없는뎁쇼, 그걸 모르겠거든입쇼……."

한다. 나는,

"그렇게 용한 생각을 하고 일러주러 왔으니 아주 고맙소."

하였다. 그는 좋아서 벙긋거리며 머리를 긁었다.

"그래 삼산학교에 다시 들기만 기다리고 있소?"

물으니 그는,

"돈만 있으면 그까짓 거 누가 고쓰카이[5] 노릇을 합쇼. 밑천만 있으면 삼산학교 앞에 가서 뻐젓이 장사를 할 턴뎁쇼."

한다.

"무슨 장사?"

"아, 방학 될 때까지 차미 장사도 하굽쇼, 가을부턴 군밤 장사, 왜 떡 장사, 습자지, 도화지 장사 막 합죠. 삼산학교 학생들이 저를 어떻게 좋아하겝쇼. 저를 선생들보다 낫게 치는뎁쇼."

한다.

나는 그날 그에게 돈 삼 원을 주었다. 그의 말대로 삼산학교 앞에 가서 뻐젓이 참외 장사라도 해보라고. 그리고 돈은 남지 못하면 돌려주지 않아도 좋다 하였다.

그는 삼 원 돈에 덩실덩실 춤을 추다시피 뛰어나갔다. 그리고 그

---

5 小番, 일본어로 '급사', '하인'을 뜻함.

이튿날,

"선생님 잡수시라굽쇼."

하고 나 없는 때 참외 세 개를 갖다 두고 갔다.

그리고는 온 여름 동안 그는 우리 집에 얼른하지 않았다. 들으니 참외 장사를 해보긴 했는데 이내 장마가 들어 밑천만 까먹었고, 또 그까짓 것보다 한 가지 놀라운 소식은 그의 아내가 달아났단 것이다. 저희끼리 금실은 괜찮았건만 동서가 못 견디게 굴어 달아난 것이라 한다. 남편만 남 같으면 따로 살림 나는 날이나 기다리고 살 것이나 평생 동서 밑에 살아야 할 신세를 생각하고 달아난 것이라 한다.

그런데 요 며칠 전이었다. 밤인데 달포 만에 수건이가 우리 집을 찾아왔다. 웬 포도를 큰 것으로 대여섯 송이를 종이에 싸지도 않고 맨손에 들고 들어왔다. 그는 벙긋거리며,

"선생님 잡수라고 사 왔습죠."

하는 때였다. 웬 사람 하나가 날쌔게 그의 뒤를 따라 들어오더니 다짜고짜로 수건이의 멱살을 움켜쥐고 끌고 나갔다. 수건이는 그 우둔한 얼굴이 새하얗게 질리며 꼼짝 못 하고 끌려 나갔다.

나는 수건이가 포도원에서 포도를 훔쳐 온 것을 직각하였다. 쫓아 나가 매를 말리고 포돗값을 물어주었다. 포돗값을 물어주고 보니 수건이는 어느 틈에 사라지고 보이지 않았다.

나는 그 다섯 송이의 포도를 탁자 위에 얹어놓고 오래 바라보며 아껴 먹었다. 그의 은근한 순정의 열매를 먹듯 한 알을 가지고도 오래 입 안에 굴려보며 먹었다.

어제다. 문안에 들어갔다 늦어서 나오는데 불빛 없는 성북동 길 위에는 밝은 달빛이 깁[6]을 깐 듯하였다.

그런데 포도원께를 올라오노라니까 누가 맑지도 못한 목청으로,

"사……케……와 나……미다카 다메이……키……카……."[7]

를 부르며 큰길이 좁다는 듯이 휘적거리며 내려왔다. 보니까 수건이 같았다. 나는,

"수건인가?"

하고 아는 체하려다 그가 나를 보면 무안해할 일이 있는 것을 생각하고 휙 길 아래로 내려서 나무 그늘에 몸을 감추었다.

그는 길은 보지도 않고 달만 쳐다보며, 노래는 그 이상은 외우지도 못하는 듯 첫 줄 한 줄만 되풀이하면서 전에는 본 적이 없었는데 담배를 다 퍽퍽 빨면서 지나갔다.

달밤은 그에게도 유감한 듯하였다.

—〈중앙〉, 1933. 11.

6 명주실로 바탕을 조금 거칠게 짠 비단.
7 "술은 눈물인가 한숨인가."

1904년	11월 4일 강원도 철원군에서 아버지 이문교 李文敎와 어머니 순흥 안 씨 사이에 1남 2녀 중 장남으로 출생.
1909년	아버지를 따라 러시아 블라디보스토크로 이주했으나 아버지 사망. 귀국하여 함경북도 배기미에 정착.
1912년	어머니가 세상을 떠난 후 친척 집을 떠돌아다니며 성장.
1915년	철원 사립봉명학교 입학.
1918년	철원 사립봉명학교 졸업. 원산 등지에서 2년간 객줏집 사환으로 일함.
1920년	서울 배재고등보통학교에 합격했으나 입학금이 없어 등록 포기.
1921년	휘문고등보통학교 입학.
1924년	휘문고등보통학교 학예부장으로 활동. 동맹 휴교 주모자로 지적되어 퇴학당하고 일본 유학길에 오름.
1925년	단편소설 〈오몽녀〉를 〈조선문단〉에 발표하면서 등단.
1926년	도쿄 조치 대학 예과 입학.
1927년	조치 대학을 중퇴하고 귀국.
1929년	개벽사 입사.
1930년	이화여전 음악과를 졸업한 이순옥과 결혼.
1931년	중외일보 기자로 근무. 이후 이 신문이 폐간되고 제호를 바꾸어 창간된 조

선중앙일보 학예부 기자로 근무.

1933년	구인회 참가.
1934년	첫 창작집《달밤》출간.
1935년	〈조선중앙일보〉를 퇴사하고 창작에 몰두.
1939년	〈문장〉지 편집자 겸 소설추천심사위원으로 활동.
1941년	제2회 조선예술상 수상.〈문장〉폐간으로 직장을 그만둠.
1943년	황군위문작가단 참가. 절필 후 강원도 철원으로 낙향해서 8·15 해방 전까지 여기서 지냄.
1945년	해방을 맞아 서울로 올라옴. 문화건설중앙협의회, 조선문학가동맹, 남조선 민전 등에 참여하며 조선문학가동맹 부위원장, 남조선 민전 문화부장, 현대일보 주간 등 역임.
1946년	〈해방 전후〉로 제1회 해방문학상 수상. 월북 후 방소문화사절단에 참가해 소련 여행.
1948년	8·15 북조선최고인민회의 표창장을 받음. 북조선문학예술총동맹 부위원장, 국가학위수여위원회 문학분과 심사위원 역임.
1955년	당의 선전활동가에 대해 김일성 연설에서 비판받음.
1956년	구인회 활동과 사상성의 불철저를 이유로 숙청됨.
1957년	〈함남일보〉 교정원으로 일함.
1958년	함흥 콘크리트 블록 공장의 파철 수집 노동자로 일함.
1964년	중앙당 문화부 창작 제1실 전속 작가로 복귀.
1969년	강원도 장동 탄광 노동자지구 거주 이후 생사가 알려진 바 없음.

동백꽃

1931-1940 모던보이, 문학을 만나다

고전문학의 해학성을 계승한 작가 김유정

김유정

金裕貞, 1908~1937

어려서 부모를 여의고 고독과 빈곤 속에서 우울하게 자랐다. 고향을 떠나 열두 살 때 서울 재동공립보통학교에 입학하였고 휘문고등보통학교를 거쳐 1927년 연희전문학교 문과에 입학했으나 이듬해 그만두었다. 1930년 늑막염을 앓기 시작한 이래 평생을 가난과 병마에 시달렸다. 유명한 명창이자 기생인 박녹주를 짝사랑했으나 받아들여지지 않자 실의에 빠져 고향인 춘천 실레 마을로 낙향, 이곳에 금병의숙을 세워 불우한 아이들에게 글을 가르쳤다.

1935년 이무영·이상·정지용 등이 속한 순수문예 단체인 구인회에 가입하고, 같은 해 〈조선일보〉에 〈소낙비〉, 〈중외일보〉에 〈노다지〉가 당선되어 등단했다. 짧은 문단 생활 중에도 김유정은 병과 가난과 싸우면서 30여 편의 단편을 남겼다.

대표작으로는 〈금 따는 콩밭〉 〈봄봄〉 〈따라지〉 〈두꺼비〉 〈동백꽃〉 〈땡볕〉 등이 있다.

사춘기 남녀의 사랑을
토속적이고 해학적으로 그린 작품

〈동백꽃〉은 1936년 5월 〈조광〉에 발표되고 1938년 출간된 창작집 《동백꽃》에 수록된 김유정의 대표작으로 농촌이라는 공간과 봄이라는 계절, 그리고 동백꽃이라는 상징적 소재를 통해 사춘기 남녀의 풋풋하고 순박한 사랑을 비유적으로 그려낸 작품이다.

〈동백꽃〉의 '나'는 감자를 건네주는 것으로 애정을 적극적으로 표현하고, 닭싸움을 통해 그 애정을 우회적으로 표현하는 '점순'의 마음을 알아채지 못하는 순박한 소년이다. 자칫 단순할 수도 있는 사춘기 소년, 소녀의 이러한 로맨스는 농촌이라는 배경이 자연스럽게 만들어주는 토속어와 비속어 및 육담이나 감자, 닭싸움 등의 소재를 통해 토속적, 향토적 세계를 보여줌으로써 실제 삶의 모습을 사실적으로 보여주는 사실주의 문학으로서의 위상을 얻는다. 또한 소년의 미숙함과 소녀의 적극성의 대조는 긴장을 이룬 채 해학성을 드러내 주고, 봄이라는 계절이 갖는 생명의 시작이라는 의미와 마지막 장면의 동백꽃이 갖는 '알싸'함은 첫사랑의 생생함과 아찔함을 비유적으로 보여줌으로써 작품의 소설적 완성도를 한층 높여주고 있다.

김유정의 작품은 치밀한 구성과 풍부한 어휘 및 어법 그리고 시적 비유가 어우러진 한국 단편소설의 결정체라는 평가와 함께 우리 소설 문학사에서 확고한 위치를 점하고 있다.

동백꽃

　오늘도 또 우리 수탉이 막 쫓기었다. 내가 점심을 먹고 나무를 하러 갈 양으로 나올 때이었다. 산으로 올라서려니까 등 뒤에서 푸드득, 푸드득, 하고 닭의 횃소리가 야단이다. 깜짝 놀라며 고개를 돌려보니 아니나 다르랴 두 놈이 또 얼리었다.

　점순네 수탉(대강이가 크고 똑 오소리같이 실팍하게 생긴 놈)이 덩저리[1] 적은 우리 수탉을 함부로 해내는 것이다. 그것도 그냥 해내는 것이 아니라 푸드득, 하고 면두[2]를 쪼고 물러섰다가 좀 사이를 두고 또 푸드득, 하고 모가지를 쪼았다. 이렇게 멋을 부려가며 여지없이 닭아놓는다. 그러면 이 못생긴 것은 쪼일 적마다 주둥이로 땅을 받으며 그 비명이 킥, 킥, 할 뿐이다. 물론 미처 아물지도

1 '몸집'을 속되게 이르는 말.
2 '볏'의 방언.

않은 면두를 또 쪼키어 붉은 선혈은 뚝뚝 떨어진다.

이걸 가만히 내려다보자니 내 대강이가 터져서 피가 흐르는 것 같이 두 눈에서 불이 번쩍 난다. 대뜸 지게막대기를 메고 달겨들어 점순네 닭을 후려칠까 하다가 생각을 고쳐먹고 헷매질로 떼어만 놓았다.

이번에도 점순이가 쌈을 붙여놨을 것이다. 바짝바짝 내 기를 올리느라고 그랬음에 틀림없을 것이다. 고놈의 계집애가 요새로 들어서서 왜 나를 못 먹겠다고 그렇게 아르릉거리는지 모른다.

나흘 전 감자 쪼간[3]만 하더라도 나는 저에게 조금도 잘못한 것은 없다.

계집애가 나물을 캐러 가면 갔지 남 울타리 엮는데 쌩이질[4]을 하는 것은 다 뭐냐. 그것도 발소리를 죽여가지고 등 뒤로 살며시 와서

"얘! 너 혼자만 일하니?"

하고 긴치 않은 수작을 하는 것이다.

어제까지도 저와 나는 이야기도 잘 않고 서로 만나도 본 척 만 척하고 이렇게 점잖게 지내던 터이련만 오늘로 갑작스레 대견해졌음은 웬일인가. 항차 망아지만한 계집애가 남 일하는 놈보구—.

"그럼 혼자 하지 떼루 하디?"

내가 이렇게 내배앝는 소리를 하니까

"너 일하기 좋니?"

3 이유 혹은 근거를 의미하는 북한말.
4 남이 한창 바쁠 때에 쓸데없는 일로 귀찮게 하는 짓.

또는,

"한여름이나 되거던 하지 벌써 울타리를 하니?"

잔소리를 두루 늘어놓다가 남이 들을까 봐 손으로 입을 틀어막
고는 그 속에서 깔깔대인다. 별로 우서울 것도 없는데 날새가 풀
리더니 이놈의 계집애가 미쳤나 하고 의심하였다. 게다가 조금 뒤
에는 즈 집께를 할금할금 돌아다보더니 행주치마의 속으로 꼈던
바른손을 뽑아서 나의 턱밑으로 불쑥 내미는 것이다. 언제 구웠는
지 아직도 더운 김이 홱 끼치는 굵은 감자 세 개가 손에 뿌듯이 쥐
였다.

"느 집엔 이거 없지?"

하고 생색 있는 큰소리를 하고는 제가 준 것을 남이 알면은 큰일
날 테니 여기서 얼른 먹어버리란다. 그리고 또 하는 소리가,

"너 봄 감자가 맛있단다."

"난 감자 안 먹는다, 니나 먹어라."

나는 고개도 돌리지 않고 일하던 손으로 그 감자를 도로 어깨 너
머로 쑥 밀어버렸다.

그랬더니 그래도 가는 기색이 없고 뿐만 아니라 쌔근쌔근하고
심상치 않게 숨소리가 점점 거칠어진다. 이건 또 뭐야, 싶어서 그
때에야 비로소 돌아다보니 나는 참으로 놀랐다. 우리가 이 동리에
들어온 것은 근 삼 년째 되어오지만 여태껏 가무잡잡한 점순이의
얼골이 이렇게까지 홍당무처럼 새빨개진 법이 없었다. 게다 눈에
독을 올리고 한참 나를 요렇게 쏘아보더니 나중에는 눈물까지 어
리는 것이 아니냐. 그리고 보구니를 다시 집어 들더니 이를 꼭 악

물고는 엎어질 듯 자빠질 듯 논둑으로 힝하게 달아나는 것이다.

어쩌다 동리 어른이

"너 얼른 시집을 가야지?"

하고 웃으면,

"염려 마서유 갈 때 되면 어련히 갈라구 —."

이렇게 천연덕스레 받는 점순이었다. 본시 부끄럼을 타는 계집 애도 아니거니와 또한 분하다고 눈에 눈물을 보일 얼병이도 아니 다. 분하면 차라리 나의 등어리를 보구니로 한번 모질게 후려 쌔리 고 달아날지언정.

그런데 고약한 그 꼴을 하고 가더니 그 뒤로는 나를 보면 잡아먹 으려고 기를 복복 쓰는 것이다.

설혹 주는 감자를 안 받아먹은 것이 실례라 하면 주면 그냥 주 었지 "느 집엔 이거 없지"는 다 뭐냐. 그러잖아도 즈이는 마름이고 우리는 그 손에서 배재[5]를 얻어 땅을 부치므로 일상 굽신거린다. 우리가 이 마을에 처음 들어와 집이 없어서 곤란으로 지낼 제 집터 를 빌리고 그 위에 집을 또 짓도록 마련해준 것도 점순네의 호의였 다. 그리고 우리 어머니 아버지도 농사 때 양식이 딸리면 점순네한 테 가서 부지런히 꾸어다 먹으면서 인품 그런 집은 다시 없으리라 고 침이 마르도록 칭찬하곤 하는 것이다. 그러면서도 열일곱씩이 나 된 것들이 수군수군하고 붙어 다니면 동리의 소문이 사납다고 주의를 시켜준 것도 또 어머니였다. 왜냐하면 내가 점순이하고 일

---

5 培栽. 식물을 심어 가꾸거나 기름.

을 저질렀다가는 점순네가 노할 것이고 그러면 우리는 땅도 떨어지고 집도 내쫓기고 하지 않으면 안 되는 까닭이었다.

그런데 이놈의 계집애가 까닭 없이 기를 복복 쓰며 나를 말려 죽이려고 드는 것이다.

눈물을 흘리고 간 그 담날 저녁나절이었다. 나무를 한 짐 잔뜩 지고 산을 내려오려니까 어디서 닭이 죽는 소리를 친다. 이거 뉘 집에서 닭을 잡나, 하고 점순네 울 뒤로 돌아오다가 나는 고만 두 눈이 뚱그랬다. 점순이가 즈집 봉당[6]에 홀로 걸터앉았는데 아 이게 치마 앞에다 우리 씨암탉을 꼭 붙들어 놓고는,

"이놈의 닭! 죽어라 죽어라."

요렇게 암팡스레 패주는 것이 아닌가. 그것도 대가리나 치면 모른다마는 아주 알도 못 낳으라고 그 볼기짝께를 주먹으로 콕콕 쥐어박는 것이다.

나는 눈에 쌍심지가 오르고 사지가 부르르 떨렸으나 사방을 한번 휘돌아보고야 그제서 점순이 집에 아무도 없음을 알았다. 잡은 참 지게막대기를 들어 울타리의 중턱을 후려치며,

"이놈의 계집애! 남의 닭 알 못 낳으라구 그러니?"

하고 소리를 빽 질렀다.

그러나 점순이는 조금도 놀라는 기색이 없고 그대로 의젓이 앉아서 제 닭 가지고 하듯이 또 죽어라, 죽어라, 하고 패는 것이다. 이걸 보면 내가 산에서 내려올 때를 겨냥해가지고 미리부터 닭을 잡

---

6 封堂, 안방과 건넌방 사이의 마루를 놓을 자리에 마루를 놓지 아니하고, 흙바닥 그대로 둔 곳.

아가지고 있다가 네 보란드키 내 앞에 쥐지르고 있음이 확실하다.

그러나 나는 그렇다고 남의 집에 뛰어 들어가 계집애하고 싸울 수도 없는 노릇이고 형편이 썩 불리함을 알았다. 그래 닭이 맞을 적마다 지게막대기로 울타리나 후려칠 수밖에 별도리가 없다. 왜냐하면 울타리를 치면 칠수록 울섶[7]이 물러앉으며 뼈대만 남기 때문이다. 허나 아무리 생각하여도 나만 밑지는 노릇이다.

"야 이년아! 남의 닭 아주 죽일 터이냐?"

내가 도끼눈을 뜨고 다시 꽥 호령을 하니까 그제서야 울타리께로 쪼루루 오더니 울 밖에 섰는 나의 머리를 겨누고 닭을 내팽개친다.

"예이 더럽다! 더럽다!"

"더러운 걸 널더러 입때 끼고 있으랬니? 망할 계집애 년 같으니." 하고 나도 더럽단 듯이 울타리께를 힝하게 돌아내리며 약이 오를 대로 다 올랐다, 라고 하는 것은 암탉이 풍기는 서슬에 나의 이마빼기에다 물찌똥을 찍 깔겼는데 그걸 본다면 알집만 터졌을 뿐 아니라 골병은 단단히 든 듯싶다.

그리고 나의 등 뒤를 향하여 나에게만 들릴 듯 말 듯한 음성으로,

"이 바보 녀석아!"

"얘! 너 배냇병신이지?"

그만도 좋으련만,

"얘! 너 느 아버지가 고자라지?"

7 울타리를 만드는 데 쓰는 섶나무.

"뭐? 울 아버지가 그래 고자야?"

할 양으로 열벙거지[8]가 나서 고개를 홱 돌리어 바라봤더니 그때까지 울타리 위로 나와 있어야 할 점순이의 대가리가 어디 갔는지 보이지를 않는다. 그러다 돌아서서 오자면 아까에 한 욕을 울 밖으로 또 퍼붓는 것이다. 욕을 이토록 먹어가면서도 대거리 한마디 못 하는 걸 생각하니 돌부리에 채키어 발톱 밑이 터지는 것도 모를 만치 분하고 급기에는 두 눈에 눈물까지 불끈 내솟는다.

그러나 점순이의 침해는 이것뿐이 아니다.

사람들이 없으면 틈틈이 즈집 수탉을 몰고 와서 우리 수탉과 쌈을 붙여놓는다. 즈집 수탉은 썩 험상궂게 생기고 쌈이라면 회를 치는 고로 의례히 이길 것을 알기 때문이다. 그래서 툭하면 우리 수탉이 면두며 눈깔이 피로 흐드르하게 되도록 해놓는다. 어떤 때에는 우리 수탉이 나오지를 않으니까 요놈의 계집애가 모이를 쥐고 와서 꾀여내다가 쌈을 붙인다.

이렇게 되면 나도 다른 배채[9]를 차리지 않을 수 없다. 하루는 우리 수탉을 붙들어가지고 넌즈시 장독께로 갔다. 쌈닭에게 고추장을 먹이면 병든 황소가 살모사를 먹고 용을 쓰는 것처럼 기운이 뻗친다 한다. 장독에서 고추장 한 접시를 떠서 닭 주둥아리께로 들이밀고 먹여보았다. 닭도 고추장에 맛을 들였는지 거스르지 않고 거진 반 접시 턱이나 곧잘 먹는다.

그리고 먹고 금세는 용을 못 쓸 터이므로 얼마쯤 기운이 돌도록

8 '열화'를 속되게 이르는 말.
9 排次, 차례를 정함 또는 정해진 차례.

홰 속에다 가두어두었다.

밭에 두엄을 두어 짐 져내고 나서 쉴 참에 그 닭을 안고 밖으로 나왔다. 마침 밖에는 아무도 없고 점순이만 즈 울 안에서 헌옷을 뜯는지 혹은 솜을 터는지 웅크리고 앉아서 일을 할 뿐이다.

나는 점순네 수탉이 노는 밭으로 가서 닭을 내려놓고 가만히 맥을 보았다. 두 닭은 여전히 얼리어 쌈을 하는데 처음에는 아무 보람이 없다. 멋지게 쪼는 바람에 우리 닭은 또 피를 흘리고 그러면서도 날갯죽지만 푸드득, 푸드득, 하고 올라 뛰고 뛰고 할 뿐으로 제법 한번 쪼아보도 못한다.

그러나 한번엔 어쩐 일인지 용을 쓰고 펄쩍 뛰더니 발톱으로 눈을 하비고[10] 내려오며 면두를 쪼았다. 큰 닭도 여기에는 놀랐는지 뒤로 멈씰하며 물러난다. 이 기회를 타서 작은 우리 수탉이 또 날쌔게 덤벼들어 다시 면두를 쪼니 그제서는 감때사나운[11] 그 대강이에서도 피가 흐르지 않을 수 없다.

옳다 알았다 고추장만 먹이면은 되는구나, 하고 나는 속으로 아주 쟁그러워[12] 죽겠다. 그때에는 뜻밖에 내가 닭쌈을 붙여놓는 데 놀라서 울 밖으로 내다보고 섰던 점순이도 입맛이 쓴지 살을 찌푸렸다.

나는 두 손으로 볼기짝을 두드리며 연팡,

"잘한다! 잘한다!"

10 손톱이나 발톱 또는 날카로운 물건으로 갉아 내거나 긁어 파다.
11 사람이나 그 외모, 행동 따위가 매우 험상궂고 사납다.
12 만지거나 보기에 불쾌할 만큼 흉하다.

하고 신이 머리끝까지 뻗치었다.

그러나 얼마 되지 않아서 나는 넋이 풀리어 기둥같이 묵묵히 서 있게 되었다. 왜냐하면 큰 닭이 한 번 쪼인 앙갚음으로 호들갑스레 연거푸 쪼는 서슬에 우리 수탉은 찔끔 못하고 막 곯는다. 이걸 보고서 이번에는 점순이가 깔깔거리고 되도록 이쪽에서 많이 들으라고 웃는 것이다.

나는 보다 못하여 덤벼들어서 우리 수탉을 붙들어가지고 도로 집으로 들어왔다. 고추장을 좀 더 먹였더라면 좋았을 걸 너무 급하게 쌈을 붙인 것이 퍽 후회가 난다. 장독께로 돌아와서 다시 턱밑에 고추장을 들이댔다. 흥분으로 말미암아 그런지 당최 먹질 않는다.

나는 하릴없이 닭을 반듯이 누이고 그 입에다 권연 물쭈리를 물리었다. 그리고 고추장 물을 타서 그 구멍으로 조금씩 들이부었다. 닭은 좀 괴로운지 킥킥하고 재채기를 하는 모양이나 그러나 당장의 괴로움은 매일같이 피를 흘리는 데 델 게 아니라 생각하였다.

그러나 한 두어 종지가량 고추장 물을 먹이고 나서는 나는 고만 풀이 죽었다. 싱싱하던 닭이 왜 그런지 고개를 살며시 뒤틀고는 손 아귀에서 뻐드러지는 것이 아닌가. 아버지가 볼까 봐서 얼른 홰에다 감추어두었더니 오늘 아침에서야 겨우 정신이 든 모양 같다.

그랬던 걸 이렇게 오다 보니까 또 쌈을 붙여놨으니 이 망할 계집애가 필연 우리 집에 아무도 없는 틈을 타서 제가 들어와 홰에서 꺼내가지고 나간 것이 분명하다.

나는 다시 닭을 잡아다 가두고 염려는 스러우나 그렇다고 산으로 나무를 하러 가지 않을 수도 없는 형편이었다.

소나무 삭정이를 따며 가만히 생각해보니 암만해도 고년의 목쟁이를 돌려놓고 싶다. 이번에 내려가면 망할 년 등줄기를 한번 되게 후려치겠다, 하고 싱둥겅둥 나무를 지고는 부리나케 내려왔다.

거지반 집께 다 내려와서 나는 호들기 소리를 듣고 발이 딱 멈추었다. 산기슭에 늘려 있는 굵은 바윗돌 틈에 노란 동백꽃이 소보록하니 깔리었다. 그 틈에 끼어 앉아서 점순이가 청승맞게스리 호들기를 불고 있는 것이다. 그보다도 더 놀란 것은 그 앞에서 또 푸드득, 푸드득, 하고 들리는 닭의 횃소리다. 필연코 요년이 나의 약을 올리느라고 또 닭을 집어내다가 내가 내려올 길목에다 쌈을 시켜놓고 저는 그 앞에 앉아서 천연스레 호들기[13]를 불고 있음에 틀림없으리라.

나는 약이 오를 대로 다 올라서 두 눈에서 불과 함께 눈물이 퍽 쏟아졌다. 나무 지게도 벗어놓을 새 없이 그대로 내동댕이치고는 지게막대기를 뻗치고 허둥지둥 달겨들었다.

가까이 와보니 과연 나의 짐작대로 우리 수탉이 피를 흘리고 거의 빈사지경에 이르렀다. 닭도 닭이려니와 그러함에도 불구하고 눈 하나 깜짝 없이 고대로 앉아서 호들기만 부는 그 꼴에 더욱 치가 떨린다. 동리에서도 소문이 났거니와 나도 한때는 걱실걱실히 일 잘하고 얼굴 예쁜 계집애인 줄 알았더니 시방 보니까 그 눈깔이 꼭 여호 새끼 같다.

나는 대뜸 달겨들어서 나도 모르는 사이에 큰 수탉을 단매로 때

---

13 '호드기'의 방언. 봄철에 물오른 버드나무의 가지를 비틀어 뽑은 껍질이나 밀짚 토막으로 만든 피리.

려 엎었다. 닭은 푹 엎어진 채 다리 하나 꼼짝 못하고 그대로 죽어
버렸다. 그리고 나는 멍하니 섰다가 점순이가 매섭게 눈을 흡뜨고
닥치는 바람에 뒤로 벌렁 나자빠졌다.

"이놈아! 너 왜 남의 닭을 때려죽이니?"

"그럼 어때?"

하고 일어나다가,

"뭐 이 자식아! 누 집 닭인데?"

하고 복장을 떼미는 바람에 다시 벌렁 자빠졌다. 그러고 나서 가만
히 생각을 하니 분하기도 하고 무안도 스럽고 또 한편 일을 저질렀
으니 인젠 땅이 떨어지고 집도 내쫓기고 해야 될는지 모른다.

나는 비슬비슬 일어나며 소맷자락으로 눈을 가리고는 얼김에
엉, 하고 울음을 놓았다. 그러다 점순이가 앞으로 다가와서,

"그럼 너 이담부텀 안 그럴 터냐?"

하고 물을 때에야 비로소 살길을 찾은 듯싶었다. 나는 눈물을 우선
씻고 뭘 안 그러는지 명색도 모르건만,

"그래!"

하고 무턱대고 대답하였다.

"요담부터 또 그래봐라 내 자꾸 못살게 굴 테니?"

"그래그래 인젠 안 그럴 테야."

"닭 죽은 건 염려 마라 내 안 이를 테니."

그리고 뭣에 떠다밀렸는지 나의 어깨를 짚은 채 그대로 픽 쓰러
진다. 그바람에 나의 몸뚱이도 겹쳐서 쓰러지며 한창 피어 퍼드러
진[14] 노란 동백꽃 속으로 폭 파묻혀버렸다.

알싸한 그리고 향긋한 그 내움새에 나는 땅이 꺼지는 듯이 온 정신이 고만 아찔하였다.

"너 말 마라?"

"그래!"

조금 있더니 요 아래서,

"점순아! 점순아! 이년이 바누질을 하다 말구 어딜 갔어?"

하고 어딜 갔다 온 듯싶은 그 어머니가 역정이 대단히 났다.

점순이가 겁을 잔뜩 집어먹고 꽃 밑을 살금살금 기어서 산 아래로 내려간 다음 나는 바위를 끼고 엉금엉금 기어서 산 위로 치빼지[15] 않을 수 없었다.

—〈조광〉, 1936. 5.

14 아무렇게나 널브러져 앉거나 눕다.
15 매우 빠르게 뛰어서 위쪽으로 달아나다.

1908년	1월 11일 강원도 춘천에서 부친 김춘식金春植과 모친 청송 심 씨의 2남 6녀 중 차남으로 출생.
1914년	조부 김익찬金益贊 사망. 서울로 이사.
1915년	어머니 사망.
1917년	아버지 사망. 한문과 서예를 익힘.
1920년	재동공립보통학교 입학.
1923년	재동공립보통학교 4년 졸업. 휘문고등보통학교를 검정으로 입학. 안회남과 교류.
1928년	휘문고등보통학교 3학년 때 1년 휴학 후 다시 4학년에 복학. 명창 박녹주와의 우연한 만남과 일방적 구애.
1929년	휘문고등보통학교 졸업.
1930년	연희전문학교 문과에 입학했으나 제명 처분을 당함. 박녹주에 대한 구애가 거절당하자 고향인 실레마을로 내려가 방랑생활을 함. 이때 들병이들과 어울림. 늑막염 발병. 안회남의 권유로 소설 습작 시작.
1931년	보성전문학교 상과에 다시 입학했으나 곧 자퇴. 실레마을로 내려가 야학당을 열고 농우회, 노인회, 부인회를 조직.
1932년	야학당을 '금병의숙金屛義塾'으로 발전시키고 농촌계몽운동을 벌이다가 충

남 예산의 금광을 전전하기도 함.

1933년   서울에 올라와 사직동에서 누님과 함께 기거. 늑막염이 악화되어 폐결핵
으로 진행됨. 안회남의 주선으로 〈산골 나그네〉를 〈제일선〉에, 〈총각과 맹
꽁이〉를 〈신여성〉에 발표. 채만식·박태원·이상 등과 교류.

1934년   누님이 사직동 집을 처분하고 혜화동 개천가에 셋방을 얻어 밥장사를 시
작함. 안회남이 대신 신춘문예 응모작을 보냄.

1935년   〈조선일보〉 신춘문예에 〈소낙비〉가 1등 당선, 〈조선중앙일보〉 신춘문예에
〈노다지〉가 가작 입선. 구인회 후기 동인으로 참여. 이상과 깊게 교류.

1936년   미완의 장편소설 《생의 반려》를 〈중앙〉에 연재. 시인 박용철의 누이 박봉
자에게 구애의 편지를 보냈으나 회신을 받지 못함. 평론가 김문집이 병고
작가 구조 운동을 벌임.

1937년   폐결핵을 앓다가 3월 29일 결핵과 늑막염으로 누나 집에서 사망. 유해는
서대문 밖에서 화장되어 한강에 뿌려짐.

레디메이드 인생

1931-1940 모던보이, 문학을 만나다

1930년대를 대표하는 풍자 작가 채만식

채만식

蔡萬植, 1902~1950

호는 백릉白菱, 채옹采翁. 전라북도 임피군의 부농 가정에서 출생했다. 1922년 중앙고등보통학교 재학 중에 은선흥殷善興과 결혼한 후 일본 와세다 대학 문과에 들어갔다가 간토 대지진으로 학업을 마치지 못하고 귀국했으며 그 후 장기결석으로 퇴학당했다.

1924년부터 1936년까지 동아일보, 개벽, 조선일보 기자로 근무하면서 창작 활동을 병행했다. 1924년 〈조선문단〉에 단편 〈세길로〉를 발표하며 등단하였다. 카프에는 참여하지 않았지만 희곡 〈인형의 집을 나와서〉 등에서 엿보이는 초기의 작품 경향은 카프의 경향파 문학과 유사한 점이 있어 동반자 작가로 분류된다. 이후 역설적인 풍자 기법이 돋보이는《태평천하》와 1930년대의 부조리한 사회상을 바라보는 냉소적 시선에 통속성이 가미된《탁류》를 발표하였다.

광복 후 자전적 성격의 단편 〈민족의 죄인〉을 통해 자신의 친일 행위를 고백하고 변명했으며 이 때문에 자신의 친일 행적을 최초로 인정한 작가로 불린다.

일제강점기 지식인의 모순을 풍자적으로 그린 대표작

1934년 5월부터 7월까지 〈신동아〉에 발표되었던 〈레디메이드 인생〉은 1930년대 도시 공간을 배경으로 지식인의 모순을 풍자적으로 보여준 작가의 출세작이자 대표작이다.

일제강점기 초기 교육 계몽 세대를 상징하는 인물인 주인공 P는 일본 유학까지 다녀온 인텔리지만 일자리를 구하지 못한 채 극도의 궁핍에 시달린다. 신문사를 찾아가 채용을 부탁해보기도 하지만 농촌 봉사활동을 하라는 사장의 '엉터리없는 수작'에 역사와 사회를 원망하고, 결국 P는 자기 아들을 인쇄소에 견습공으로 취직시킴으로써 희망 없는 인텔리의 삶에 저항한다.

이 작품의 이러한 줄거리는 두 가지 모순을 담고 있다. 그것은 첫째, 인텔리로서의 자기모순으로 P가 지성적 판단이나 합리적 저항을 하지 못한 채 자기 아들을 통해 원망의 대리만족을 이루고 있다는 것이다. 두 번째 모순은 고등 교육에 대한 계몽으로 인텔리를 양산했지만, 세계 대공황이라는 현실 속에서 양산된 인텔리를 소모적 '기성품(레디메이드)'으로 전락시켜 버리고 만 사회적 모순적 상황이다. 이 작품은 바로 이 두 모순의 길항을 날카로운 시선과 반어적 어휘 등을 통해 풍자적으로 보여준 작품이라 할 수 있다.

채만식은 이 작품을 계기로 사회 고발적 동반자문학에서 냉소적 풍자문학으로 작풍을 전환했다.

레디메이드 인생

1

"머 어데 빈자리가 있어야지."

K 사장은 안락의자에 푹신 파묻힌 몸을 뒤로 벌―떡 제치며 하품을 하듯이 신어붓잖게[1] 대답을 한다. 미상불 그는 두 팔을 쭉― 내뻗고 기지개라도 한번 쓰고 싶은 것을 겨우 참는 눈치다.

이 K 사장과 둥근 탁자를 사이에 두고 공손히 마주 앉아 얼굴에는 '나는 선배인 선생님을 극히 존경하고 앙모합니다' 하는 비굴한 미소를 띠고 있는 구변 없는 구변을 다하여 직업 동냥의 구걸 문구를 기다랗게 늘어놓던 P…… P는 그러나 취직 운동에 백전백

---

1 마음에 차지 아니하여 언짢거나 대수롭지 않게 생각하여.

패의 노졸인지라 K 씨의 힘 아니 드는 한마디의 거절에도 새삼스
럽게 실망도 아니한다. 대답이 그렇게 나왔으니 인제 더 졸라도 별
수가 없는 것이지만 허실 삼아 한마디 더 해보는 것이다.

"글쎄올시다, 그러시다면 지금 당장 어떻게 해줍시사고 무리하
게 조를 수야 있겠습니까마는…… 그러면 이담에 결원이 있다든
지 하면 그때는 꼭…….'

이렇게 말하고 P는 지금까지 외면하였던 얼굴을 돌리어 K 사장
을 조심성 있게 바라보았다. 그러나 K 사장은 위선 고개를 좌우로
두어 번 흔들고는 여전히 하품 섞인 대답을 한다.

"결원이 그렇게 나나 어데…… 그리고 간혹 가다가 결원이 난다
더래도 유력한 후보자가 몇십 명씩 밀려 있어서…….'

P는 아무 말도 아니하고 고개를 숙였다. 인제는 영영 틀어진 것
이다. 안녕히 계십시오, 하고 일어서는 것밖에는 별수가 없다.

별수가 없이 되었으니 '네 그렇습니까' 하고 선선히 일어서야
할 것이지만 지금까지에의 은근히 모시고 있던 태도에 비하여 그
것이 너무 낮이 간지러운 표변임을 알기 때문에 실망이나 하는 체
하고 잠시 더 앉아 있는 것이다.

"거참 큰일들 났어."

K 사장은 P가 낙심해하는 것을 보고 별로 밑천이 들지 아니하
는 일이라서 알뜰히 걱정을 나누어준다.

"저렇게 좋은 청년들이 일거리가 없어서 저렇게들 애를 쓰니."

P는 속으로 코똥을 '흥' 하고 뀌었으나 아무 대답도 아니하였다.
K 사장은 P가 이미 더 조르지 아니하리라고 안심한지라 먼저 하

품 섞어 '빈자리가 있어야지' 하던 신어붓잖은 태도는 버리고 그가 늘 흉중에 묻어두었다가 청년들에게 한바탕씩 해 들려주는 훈화를 꺼낸다.

"그렇지만 내가 늘 말하는 것인데…… 저렇게 취직만 하려고 애를 쓸 게 아니야. 도회지에서 월급 생활을 하려고 할 것만이 아니라 농촌으로 돌아가서……."

"농촌으로 돌아가서 무얼 합니까?"

P는 말중동을 갈라 불쑥 반문하였다. 그는 기왕 취직 운동은 글러진 것이니 속 시원하게 시비라도 해보고 싶은 것이다.

"허! 저게 다 모르는 소리야…… 조선은 농업국이요 농민이 전 인구의 팔 할이나 되니까 조선 문제는 즉 농촌 문제라고 볼 수가 있는데, 아 지금 농촌에서 할 일이 오죽이나 많다구?"

"저는 그 말씀 잘 못 알아듣겠는데요. 저희 같은 사람이 농촌에 가서 할 일이 있을 것 같잖습니다."

"그럴 리가 있나! 가령 응…… 저……."

K 사장은 응…… 저…… 하고 더듬으면서 곧 대답을 하지 못한다. 그것은 무리가 아니다.

그가 구직하러 오는 지식청년들에게 농촌으로 돌아가 농촌 사업을 하라는 것과 (다음에 또 꺼내는 일거리를 만들라는 것은) 결코 현실에서 출발한 이론적 근거가 있는 것이 아니었다. 그저 지식계급의 구직꾼이 넘치는 것을 보고 막연히 '농촌으로 돌아가라', '일을 만들어라'고 해왔을 따름이다. 따라서 거기에 대한 구체적 플랜이 있는 것도 아니었던 것이다. 한편으로는 한 행셋거리로, 또 한편으로는 구직꾼 격퇴의 수단으로 자룡이 헌 창 쓰듯 썼을 뿐이지—.

그리하여 그동안까지는 대개는 그 막연한 설교를 들은 성 만 성 하고 물러가는 것이 그들의 행투였는데, 오늘 이 P에게만은 그렇지가 아니하여 불가불 구체적 설명을 해주어야 하게 말머리가 돌아선 것이다. 그래서 그는 떠듬떠듬 생각해가면서 생각나는 대로 주워섬기는 것이다.

"가령 응…… 저…… 문맹 퇴치 운동도 있지. 농민의 구 할은 언문도 모른단 말이야! 그리고 생활 개선 운동도 좋고…… 헌신적으로."

"헌신적으로요?"

"그렇지…… 할 테면 헌신적으로 해야지."

"무얼 먹고 헌신적으로 그런 사업을 합니까? …… 먹을 것이 있어서 그런 농촌 사업이라도 할 신세라면 이렇게 취직을 못해서 애를 쓰겠습니까?"

"허! 그게 안된 생각이야…… 자기가 먹고살 재산이 있으면서 사회를 위해서 일도 아니하고 번들번들 논다는 것은 그것은 타락된 생각이야."

P는 K 사장이 억담을 내세우는 것을 보고 속으로 싱그레 웃었다.

"그렇지만 지금 조선 농촌에서는 문맹 퇴치니 생활 개선이니 합네 하고 손끝이 하—얀 대학이나 전문학교 졸업생들이 몰켜오는 것을 그다지 반겨하기는커녕 머릿살을 앓을 것입니다…… 농민이 우매하다든지 문화가 뒤떨어졌다든지 또 생활이 비참한 것이 근본 원인이 기역 니은을 모른다든가 생활 개선을 할 줄 몰라서 그런 것이 아니니까요. 그리고 조선의 지식청년들이 모두 그런 인도주의자가 되어집니까?"

"되면 되지 안 될 건 무어야?"

"그건 인도주의란 그것이 한개 공상이니까 그렇겠지요."

"허허…… 그러면 P 군은 ××주의잔가?"

"되다가 찌부러진 찌스레깁²니다. 철저한 ××주의자라면 이렇게 선생님한테 와서 취직 운동도 아니합니다."

"못써! 그렇게 과격한 사상으로 기울어서야 쓰나…… 정 농촌으로 돌아가기가 싫거든 서울서라도 몇 사람 맘 맞는 사람이 모여서 무슨 일을—조선에 신문이 모자라니 신문을 하나 경영하든지, 또 조고맣게 하자면 잡지 같은 것도 좋고, 또 영리사업도 좋고…… 그러면 취직 운동 하는 것보담 훨씬 낫잖은가?"

"졸 줄이야 압니다마는 누가 돈을 내놉니까?"

"그거야 성의 있게 하면 자연 돈도 생기는 거지."

P는 엉터리없는 수작을 더 하기가 싫어 웬만큼 말을 끊고 일어섰다.

속에 있는 말을 어느 정도까지 활활 해준 것이 시원은 하나 또 취직이 글렀구나 생각하니 입안에서 쓴침이 고여 나온다.

복도에서 편집국장 C를 만났다. P는 C와 자별히 사이가 가까운

2 쓸 만하거나 값어치가 있는 것을 골라낸 나머지, 찌꺼기.

터였다.

"사장 만나러 왔소?"

C가 묻는 것이다.

"아니."

P는 거짓말을 하였다. 그는 지금 K 사장을 만나 거절당한 이야기를 하기가 어쩐지 창피하기도 할 뿐 아니라 또 전부터 C더러 K 사장에게 자기의 취직 운동을 부탁해왔던 터인데 직접 이렇게 찾아와서 만났다고 하기가 혐의쩍기도 하여 시치미를 뚝 뗀 것이다.

"아주 단념하오."

C 자기에게 부탁한 취직 운동을 단념하란 말이다. 그러면 벌써 C가 K 사장에게 이야기를 하였고 그 결과 일이 틀어진 것을 P는 모르고 와서 헛노릇을 한바탕한 것이다. P는 먼저 C를 만나보지 아니하고 K 사장을 만난 것을 후회하였다. C는 잠깐 멈췄던 말을 계속한다.

"어제 아침에 사장더러 P 군의 사정이 퍽 난처하니 어떻게 생각해봐 주면 좋겠다고 여러 말을 했다가 코 떼었소. 신문사가 구제 기관이 아닌데 남의 사정 난처한 것을 어떻게 하라느냐고 그럽디다…… 하기야 그게 옳은 말이지만."

신문사가 구제기관이 아니라고 한다는 그 말이 P의 머리에는 침 끝으로 찌르는 것같이 정신이 들게 울렸다.

"흥! 망할 자식들!"

P는 혼잣말로 이렇게 두덜거리며 C와 작별도 아니하고 밖으로 나와버렸다.

2

P는 광화문 네거리의 기념비각 옆에서 발길을 멈추고 망설였다. 어디로 갈까 하는 것이다.

봄 하늘이 맑게 개었다. 햇볕이 살이 올라 포근히 온몸을 싸고돈다. 덕석³ 같은 겨울 외투를 벗어버리고 말쑥말쑥하게 새로 지은 경쾌한 춘추복의 젊은이들이 봄볕처럼 명랑하게 오고 가고 한다.

멋쟁이로 차린 여자들의 목도리가 나비같이 보드랍게 나부낀다. 그 오동보동한 비단 다리를 바라다보노라니 P는 전에 먹던 치킨 커틀렛 까스 생각이 났다.

창을 활활 열어젖힌 전차 속의 봄 사람들을 보니 P도 전차를 잡아타고 교외나 나가고 싶었다. 그러나 크림 맛을 못 본 지 몇 달이 된 낡은 구두, 고기작거린⁴ 동복 바지, 양편 포켓이 오뉴월 쇠불알같이 축 처진 양복저고리, 땟국 묻은 와이셔츠와 배배 꼬인 넥타이, 엿장수가 이 전어치 주마던 낡은 모자, 이렇게 아래로부터 훑어 올려보며 생각하니 교외의 산보는커녕 얼핏 돌아가서 차라리 이불을 뒤쓰고 드러눕고만 싶었다.

마침 기념비각 앞에 자동차 하나가 머물더니 서양사람 내외가 내린다. 그들은 사내가 설명을 하고 여자가 듣고 하면서 기념비각을 앞뒤로 구경한다. 여자는 사진까지 찍는다.

대원군이 만일 이 꼴을 본다면…… 이렇게 생각하매 P는 저절

---

3 추울 때 소의 등을 덮어주는 명석.
4 종이나 천을 잔금이 지도록 자꾸 접거나 비비다.

로 미소가 입가에 떠올랐다.

3

대원군은 한말韓末의 '돈키호테'였다. 그는 바가지를 쓰고 벼락을 막으려 하였다. 바가지는 여지없이 부스러졌다. 역사는 조선이라는 조그마한 땅덩이나마 너무 오래 뒤떨어뜨려놓지 아니하였다.

갑신정변의 싹이 트기 시작하여가지고 일한합방의 급격한 역사적 변천을 거치어 자유주의의 사조는 기미년에 비로소 확실한 걸음을 내디뎠다.

자유주의의 새로운 깃발을 내건 '시민'의 기세는 등등하였다.

"양반? 흥! 누구는 발이 하나길래 너희만 양발(반)이라느냐?"

"법률의 앞에서는 만인이 평등이다."

"돈…… 돈이 있으면 무어든지 할 수 있다."

신흥 부르주아지는 민주주의의 간판을 이용하여 노동자 농민의 등을 어루만지고 경제적으로 유력한 봉건 귀족과 악수를 하는 동시에 지식 계급을 대량으로 주문하였다.

유자천금遺子千金이 불여교자일권서不如敎子一券書[5]라는 봉건시대의 진리가 자유주의의 세례를 받아 일단의 더 발전된 얼굴로 민중을 열광시켰다.

---

5 '자식한테 천금의 돈을 남기는 것보다 한 권의 책을 가르치는 게 더 낫다'는 뜻.

"배워라. 글을 배워라…… 지식만 있으면 누구나 양반이 되고 잘살 수가 있다."

이러한 정열의 외침이 방방곡곡에서 소스라쳐 일어났다.

신문과 잡지가 붓이 닳도록 향학열을 고취하고 피가 끓는 지사들이 향촌으로 돌아다니며 삼 촌의 혀를 놀리어 권학을 부르짖었다.

"배워라. 배워야 한다. 상놈도 배우면 양반이 된다."

"가르쳐라. 논밭을 팔고 집을 팔아서라도 가르쳐라. 그나마도 못하면 고학이라도 해야 한다."

"공자 왈 맹자 왈은 이미 시대가 늦었다. 상투를 깎고 신학문을 배워라."

"야학을 설치하여라."

재등齋藤 총독[6]이 문화정치의 간판을 내걸고 골골이 학교를 증설하였다.

보통학교의 교장이 감발을 하고 촌으로 돌아다니며 입학을 권유하였다. 생도에게는 월사금을 받기는커녕 교과서와 학용품을 대어주었다.

민간의 유지는 돈을 걷어 학교를 세웠다. 민립대학도 생기려다가 말았다. 청년회에서 야학을 설시하였다. 갈돕회[7]가 생겨 갈돕만주 외우는 소리[8]가 서울의 신풍경을 이루었고 일반은 고학생을

---

6 3대 총독 사이토 마코토.
7 1921년 여름 창단된 고학생苦學生들의 자치단체.
8 갈돕회에서 팔던 만주를 사라고 외치는 소리.

존경하였다.

여학생이라는 새 숙어가 생기고 신여성이라는 새 여인이 생겨났다.

이와 같이 조선의 관민이 일치되어 민중의 지식 정도를 높이는 데 진력을 하였다. 즉 그들 관민이 일치되어 계획한 조선의 문화 정도는 급속도로 높아갔다.

그리하여 민중의 지식 보급에 애쓴 보람은 나타났다.

면서기를 공급하고 순사를 공급하고 군청 고원을 공급하고 간이농업학교 출신의 농사 개량 기수를 공급하였다.

은행원이 생기고 회사 사원이 생겼다. 학교 교원이 생기고 교회의 목사가 생겼다.

신문기자가 생기고 잡지기자가 생겼다. 민중의 지식 정도가 높았으니 신문 잡지 독자가 부쩍 늘고 의사와 변호사의 벌이가 윤택하여졌다.

소설가가 원고료를 얻어먹고 미술가가 그림을 팔아먹고 음악가가 광대의 천호賤號에서 벗어났다.

인쇄소와 책장사가 세월을 만나고 양복점 구둣방이 늘비하여졌다.

연애결혼에 목사님의 부수입이 생기고 문화주택을 짓느라고 청부업자가 부자가 되었다. 그리하여 부르주아지는 '가보'⁹를 잡고, 공부한 일부의 지식군은 진주(다섯 끗)를 잡았다.

9 노름에서 아홉 끗을 이르는 말. 가장 높은 수다.

그러나 노동자와 농민은 무대[10]를 잡았다. 그들에게는 조선의 문화의 향상이나 민족적 발전이나가 도리어 무거운 짐을 지워주었을지언정 덜어주지는 아니하였다. 그들은 배[梨] 주고 속 얻어먹은 셈이다.

[※원문 20여 자 삭제]

인텔리…… 인텔리 중에도 아무런 손끝의 기술이 없이 대학이나 전문학교의 졸업 증서 한 장을, 또는 조그마한 보통 상식을 가진 직업 없는 인텔리…… 해마다 천여 명씩 늘어가는 인텔리…… 뱀을 본 것은 이들 인텔리다.

부르주아지의 모든 기관이 포화 상태가 되어 더 수요가 아니 되니 그들은 결국 꾐을 받아 나무에 올라갔다가 흔들리는 셈이다. 개밥의 도토리다.

인텔리가 아니 되었으면 차라리 [※원문 7~8자 삭제] 노동자가 되었을 것인데 인텔리인지라 그 속에는 들어갔다가도 도로 달아나오는 것이 구십구 퍼센트다. 그 나머지는 모두 어깨가 축 처진 무직 인텔리요, 무기력한 문화 예비군 속에서 푸른 한숨만 쉬는 초상집의 주인 없는 개들이다. 레디메이드[11] 인생이다.

---

10 열 곳이나 스무 곳으로 꽉 차서 쓸 곳수가 없어진 경우를 이르는 말.
11 readymade, 예술가의 선택에 의해 예술 작품이 된 기성품.

4

"제—길!"

P는 혼자 두덜거리며 지금까지 섰던 기념비각 옆을 떠났다.

[※원문 80여 자 삭제]

P는 자기 자신이고 세상의 모든 일이고 모두 짜증이 나고 원수스러웠다.

광화문 큰 거리를 총독부 쪽으로 어실어실 걸어가노라니 그의 그림자가 짤막하게 앞에 누워 간다. P는 그 자기의 그림자를 콱 밟고 싶었다. 그러나 발을 내디디면 그림자도 그만큼 앞으로 더 나가곤 한다. 이 그림자와 자기 자신에서, 그리고 그림자를 밟으려는 자기 자신과 앞으로 달아나는 그림자에서 P는 자기의 이중인격의 모순상을 발견하였다.

동십자각 옆에까지 온 P는 그 건너편 담배 가게 앞으로 갔다.

"담배 한 갑 주시오."

하고 돈을 꺼내려니까 담배 가게 주인이,

"네, 마콥니까?"

묻는다.

P는 담배 가게 주인을 한번 거듭떠보고 다시 자기의 행색을 내려 훑어보다가 심술이 버쩍 났다. 그래서 잔돈으로 꺼내려던 것을 일부러 일 원짜리로 꺼내 드는데 담배 가게 주인은 벌써 마코 한 갑 위에다 성냥을 받쳐 내민다.

"해태 주어요."

P는 돈을 들이밀면서 볼먹은 소리를 질렀다. 그러나 담배 가게 주인은 그저 무신경하게 "네—" 하고는 마코를 해태로 바꾸어 주고 팔십오 전을 거슬러다 준다.

P는 저편이 무렴해하지[12] 아니하는 것이 더욱 얄미웠다.

그는 해태 한 개를 꺼내어 붙여 물고 다시 전찻길을 건너 개천가로 해서 올라갔다. 인제는 포켓 속에 남은 것이 꼭 삼 원하고 동전 몇 푼이다. 엊그제 겨울 외투를 사 원에 잡혀서 생긴 것이다.

방세와 전깃불 값이 두 달 치나 밀렸다. 삼 원은 방세 한 달 치를 주고 일 원에서 전등 삯 한 달 치를 주고도 싶었으나 그러고 나면 그 나머지로 설렁탕이나 호떡을 사 먹어도 하루밖에는 못 지낸다. 그래 그대로 넣어두고 한 이틀 지내는 동안에 일 원이 거진 달아났던 판인데 공연한 객기를 부리느라고 당치도 아니한 해태를 샀기 때문에 이제는 일 원 돈은 완전히 달아나고 삼 원만 남은 것이다.

P는 포켓 속에 손을 넣고 잔돈과 지폐를 섞어 삼 원 남은 돈을 만지작거렸다. 그러면서 왼편 손으로는 손가락을 꼽아가며 삼 원을 곱쟁이 쳐보았다.

육 원 십이 원 이십사 원 사십팔 원 구십육 원 일백구십이 원. 팔 원 모자라는 이백 원…… 사백 원 팔백 원 일천육백 원 삼천이백 원 육천사백 원 일만 이천팔백 원. 팔백 원은 떼어버리고 이만 사천 원 사만 팔천 원 구만 육천 원 십구만 이천 원 삼십팔만 사천 원 칠십육만 팔천 원 일백오십삼만 육천 원…….

12 스스로 염치가 없다고 느껴 어색하고 겸연쩍다.

삼 원을 열여덟 번만 곱집으면 일백오십삼만 원이 된다. 일백오십삼만 원 그놈이 있으면…… 이렇게 생각하매 어깨가 으쓱해졌다.

삼 원의 열여덟 곱쟁이가 일백오십만 원이니 퍽 쉬운 일이다…… 그놈만 있으면 백만 원을 들여서 오십 전짜리 십육 페이지 신문을 하나 했으면 위선 K 사장의 엉엉 우는 꼴을 볼 수가 있을 것이다.

그러나 아쉬운 대로 십오만 원만 있어도, 일만 오천 원 아니 일천오백 원만 있어도, 아니 일백오십 원만 있어도, 십오 원만 있어도 위선 방세와 전등 삯을 주고 한 달은 살아가겠다.

P는 한숨을 내쉬었다. 한 달? 한 달만 살고 나면 그담은 어떻게 하나? ……그래도 몇 백 원은 있어야지, 아니 몇 천 원은, 아니 몇 만 원은…….

P는 늘 하는 버릇으로 이런 터무니없는 공상을 되풀이하였다.

그는 최근 이러한 공상을 하면서부터 취직을 시들하게 여겼다.

취직이 된댔자 사오십 원이나 오륙십 원의 월급이다. 그것을 가지고 빠듯빠듯 살아간들 무슨 아기자기한 재미가 있을 턱도 없는 것이다.

가령 근실히 해서 월괘저금[13] 같은 것도 하고 집도 장만하고 여편네도 생기고 사장이나 중역들의 눈에 들어 지위도 부장쯤으로는 올라가고, 그리하여 생활의 근거도 안정이 되고 하면 지금 같은

---

13 매월 정해놓고 하는 저금.

곤란은 당하지 아니하겠지만, 그러나 P에게는 아직도 젊은 때의 야심이 있어 그러한 고식된 안정이나 명색 없는 생활은 도리어 피하고 싶었던 것이다. 좀 더 남의 눈에 띄며 좀 더 재미있고 그리고 자유로운 생활─.

물론 그는 지금이라도 누가 한 달에 삼십 원만 줄 테니 와서 일을 해달라면 마치 주린 개가 고기를 보고 덤비듯이 덮어놓고 덤벼들 것이다. 그러나 속으로는 그와 딴판으로 배포를 부리고 있는 것이다.

P가 삼청동으로 올라가느라고 건춘문 앞까지 이르렀을 때에 저편에서 말쑥하게 봄 치장을 한 여자 하나가 마주 내려왔다.

역시 삼청동 근처에 사는 여자인지 P와는 가끔 마주치는 여자다.

P는 그 여자와 만날 때마다 일부러 눈 익혀 보지 아니하는 체는 하면서도 실상은 고비샅샅[14] 관찰을 하였고, 그리고 속으로는 연애라도 좀 했으면 하던 터였다. 무엇보다도 동그스름한 얼굴에 이목구비가 모두 모지지 아니하고 얼굴의 윤곽이 둥글듯이 모가 나지 아니한 것, 그래서 맘자리도 그렇게 동글려니 하는 것이 P의 마음을 끈 것이다.

그 여자는 자주 만나는 이 헙수룩한 양복쟁이─P를 먼빛으로도 알아보았는지 처녀다운 조심스러운 몸매로 길을 가로 비켜 가까이 왔다.

P는 고개를 꼿꼿이 쳐들고 앞만 쳐다보면서도 속으로는,

14 구석구석 빠짐없이.

'저 여자가 지금 내 옆으로 다가와서 조그만 소리로 정답게 구애를 한다면? 사뭇 들이안긴다면? ……어쩔꼬?'

이런 생각을 하면서 히죽이 웃는데 여자는 벌써 지나쳐버렸다.

"흥! 어쩌긴 무얼 어째? ……이년아, 일없다는데 왜 이래! 하고 발길로 칵 차 내던지지."

하고 P는 어깨를 으쓱하였다.

삼청동 꼭대기에 있는 집―집이 아니라 사글세로 든 행랑방―에 돌아왔다. 객지에 혼자 있으니 웬만하면 하숙에 있을 것이로되 밥값이 밀리고 그것에 졸릴 것이 무서워 P는 방을 얻어가지고 있던 것이다.

먹는 것이야 수중에 돈이 있는 때에 따라 호떡도 설렁탕도 백화점의 런치도, 그렇잖고 몇 끼씩 굶기도 하여 대중이 없었다.

볕 구경을 잘 못해서 겨울에도 곰팡이 슬고 이불을 며칠씩 그대로 펴두는 방바닥에서는 먼지가 풀썬풀썬 올랐다.

하도 어설퍼 앉으려고도 아니하고 방 가운데 우두커니 서서 있노라니까 안방문 여닫는 소리가 들리며 주인 노파가 나와서 캑 하고 기침을 한다. P는 또 방세 졸릴 일이 아득하였다.

그러나 노파는 방세보다도 우선 편지 한 장을 들이밀어준다. 고향의 형에게서 온 것이다.

편지를 뜯어 읽고 난 P는 말가웃[15]이나 되게 한숨을 푸― 내쉬었다. 그리고는 편지를 박박 찢어버렸다.

15 한 말 반쯤의 분량.

5

편지의 요건은 P의 아들에 관한 것이다.

P에게는 연전에 갈린 아내와 사이에 생긴 창선이라는 아들이 있다. 금년에 아홉 살이다.

아내와 갈릴 때에 저편에서 다만 어린애만이라도 주었으면 그것을 데리고 길러가는 재미로 혼자 사는 세상에 낙을 붙이겠다고 사정하였다. 그리고 적어도 중학까지는 마치게 하겠다는 것이었다.

그렇게 했으면 P도 한짐을 덜었을 것이다. 그러나 그는 듣지 아니하였다.

어릴 적부터 소박데기 어미의 손에서 아비의 원망과 푸념을 들어가면서 자란 자식은 자란 뒤에 그 아비에게 호감을 가지지 못한다. P는 자식을 꼭 찾고 싶은 것은 아니나 아무튼 장성하면 아비라고 찾아올 터인데 그때에 P는 이미 늙고 자식은 팔팔하게 젊은 놈이 옛날에 제 어미를 소박한 아비라서 아니꼽게 군다면 그것은 차마 못 당할 노릇이다.

이러한 생각으로 P는 창선이를 내주지 아니한 것이다. 그러나 빼앗아놓고 보니 이제 겨우 너댓 살밖에 아니 먹은 것을 자기 손으로 어찌할 수가 없다. 그리하여 할 수 없이 어렵사리 지내는 그 형에게 맡기어놓고 다시 서울로 올라온 것이다. 보통학교에 다닐 나이가 되면 서울로 데려오겠다고 해두고.

P의 형은 작년에 조카를 보통학교에 입학시켰다. 그러나 극빈 축에 드는 집안인지라 몇 푼 아니 되는 월사금과 학비를 대지 못하

여 중도에 퇴학시켰다. 애초에 입학시킬 상의로 P에게 편지를 했을 때에 P는 공부 같은 것은 시켰자 소용이 없으니 차라리 뼈가 보드라운 때부터 생일(노동)을 시키라고 하였다. P의 형은 그러나 백부의 도리로나 집안의 체면으로나 창선이를 생일을 시킬 수가 없었다. 차라리 자기 손에 두어 헐벗기고 헐입히면서 공부도 시키지 못하느니 제 아비인 P더러 데려가라고 작년부터 편지를 하던 터이다.

금년도 입학 시기가 당하매 P의 형은 P에게 누차 편지를 하였다. 금년에 입학을 시키지 못하면 명년에는 학령이 초과되어 들여주지 아니할 것이니 어서 데려다가 공부를 시키라는 것이다.

그 어린것이 굶기를 먹듯 하고 재주는 있으면서 남의 집 아이들이 학교에 다니는 것을 부러워하는 꼴은 차마 애처로워 볼 수가 없다. 차라리 이 꼴 저 꼴 보지 아니하는 것이 속이나 편하겠다.

이번 편지에는 이러한 구절이 있고 끝에 가서,

여비가 몇 원 변통되면 차를 태우고 전보를 칠 테니 정거장에 나와 데려가거라. 나도 웬만하면 객지에 혼자 있는 너에게 어린 자식을 떠맡기듯이 보내겠느냐마는 잘못하다가 그것을 굶겨 죽이겠기에 생각다 못해 단행하는 것이다.

이러한 말이 쓰여 있었다.

P는 박박 찢은 편지를 돌돌 뭉쳐 방구석에 내던지고 한숨을

푸— 내쉬었다.

인제는 자식을 데리고 있기가 피할 수 없이 되었는데, 어떻게 했으면 좋을까 하는 것이다. 그는 형이 원망스럽고 아니꼬웠다.

굳이 제 아비를 따라 보낸다는 것이 아니라 부등부등 공부를 시키라는 것 때문이다. 기왕 서울로 보내나 시골서 데리고 있으나 고생시키기는 일반이니 차라리 시골서 일찍부터 생일이나 시켰으면 P에게는 여러 가지로 좋을 것이었다.

"흥! 체면! 공부! 죽여도 인텔리는 만들잖다."

P는 혼자 이렇게 두덜거렸다.

"집에서 온 편지유? 무슨 걱정이 생겼수?"

말거리를 찾지 못하여 머뭇거리고 섰던 안방 노인이 동정이나 하는 듯이 이렇게 묻는다.

"아니요."

P는 마지못해 코대답을 하였다.

"필경 무슨 걱정이 생긴 게구려!"

노인은 자기의 말거리를 만들려고, 아니라는데도 이렇게 걱정을 내어놓는다.

"그게 모다 가난한 탓이지…… 저렇게 젊고 똑똑한 이가 저게 모다 가난한 탓이야! 어데 구실(직업) 자리 말한다더니 아직 아니 됐수?"

"네, 아직……."

"거 큰일 났구려! 어서 돼야 할 텐데…… 나도 꼭 죽겠수…… 이 늙은것이! …… 돈 좀 마련되잖았수?"

"네, 아직 좀······."

"저걸 어쩌나! 오늘은 물 값이야 전깃불 값이야 사뭇 받으러 달려들 텐데!"

"메칠만 더 미루십시오. 설마하니 마나님이야 아니 드리겠습니까······."

"아무렴! 실수야 없을 줄 알지만 내가 하도 옹색하니깐 그러는 거지······."

P는 노인이 지껄이게 두어두고 혼자 생각하였다. 전에 아는 집에서 셋방을 얻어 들었을 때에는 두 달이고 석 달이고 세가 밀려야 조르는 법이 없었다.

밀려도 조르지 아니하는 아는 집······ 이것이 P는 도리어 미안해서 이곳으로 옮겨온 것이다. 옮겨와가지고 막상 졸림질을 당하니 미안해도 졸리지는 아니하던 옛집이 그리워지는 것이다.

노인이 문을 가로막고 서서 수다스러운 소리로 더 지껄이려고 하는데 마침 P의 동무 M과 H가 찾아왔다.

"어데 나가나?"

M이 그렇잖아도 벌씸한 코를 한 번 더 벌씸하고 사이 벌어진 앞니를 내보이며 싱긋 웃는다.

몸집은 M과 같이 통통하지만 키가 작아 M의 뒤에 가려 섰던 H가 옆으로 나서며

"안녕합시요."

하고 인사를 한다.

P는 싱긋이 웃었다. 이 M과 H는 같은 하숙에 있는데 두 사람은

곧잘 같이 돌아다닌다. 같이 가는 것을 나란히 세워놓고 보면 하나는 키가 커서 우뚝하고 하나는 키가 작아서 납작 붙어 가는 것 같다.

얼굴도 M은 우둘부둘한 게 정객 타입으로 생겼고― 잘못하면 복싱 링에 내세워도 좋겠고―H는 안존한 게 사무원 타입이다.

일상의 언행을 보아도 H는 무슨 이야기가 자기 전문인 법률에 관한 것에 다다르면 육법전서의 조목을 따르르 외우면서 이러고 저러고 하다고 설명을 하고, M은 동경서 학생 ××에 제휴를 했던 만큼, 그리고 전문이 정경과인 만큼 좌익 진영에서 쓰는 어투가 그대로 나온다.

"여전히 모다 동색_{冬色}이 창연하군!"

P는 두 사람의 특특한 겨울 양복을 보고, 그리고 자기의 행색을 내려 보며 웃었다.

M이 신을 벗고 들어와 먼지 앉은 책상 위에 걸터앉으며

"춘래불사춘일세."

하고 한마디 외운다. H도 따라 들어와 한편에 앉으며 한마디 한다.

"아직 괜찮아…… 거리에서 보니까 동복 입은 사람이 많데……."

"괜찮기는 무어 괜찮아…… 우리가 길로 돌아다니니까 사방에서 아이구 아야! 소리가 들리데."

"왜?"

"봄이 발밑에서 짓밟히느라고."

"하하하하."

세 사람은 소리를 내어 웃었다.

"참 시험 본 것 어떻게 되었소?"

P는 H가 일전에 총독부에서 본 고원 채용 시험을 생각하고 물어보았다.

"말두 마시우…… 인제는 꼭 들어앉아 공부나 해가지고 변호사 시험이나 치겠소."

사람이 별로 변통성도 없고 그렇다고 여기저기 반연[16]도 없어 취직이 여의하게 되지 못하는 것을 볼 때에 P는 가엾은 생각이 늘 들곤 하였다.

"가만있게…… 어서 변호사 시험만 파스하게. 그러면 인제 내가 백만 원짜리 주식회사를 조직해가지고 자네를 법률 고문으로 모셔 옴세."

이것은 M이 늘 농 삼아 하는 농담이다. M도 일 년 동안이나 취직 운동을 하면서 지냈건만 그는 되레 배포가 유하다. 조금 더 재바르게 했으면 M은 벌써 취직이 되었을는지도 모르나 그는 타고난 배포와 그리고 남에게 아유구용[17]을 하기 싫어하는 성질로 말하자면 취직 전선의 낙오자다.

별로 만나야 할 일도 없다. 그러나 제가끔 혼자 있으면 우울해지니까 이렇게 서로 찾으며 자주 만나게 된다.

만나 앉아서 이야기라도 지껄이면 그동안만은 명랑하여진다. 지금 서울 안에 P니 M이니 H니와 매일 만나 하는 일 없이 돌아다니고 주머니 구석에 돈푼 있으면 서로 털어 선술잔이나 먹고 하는

---

16 무엇에 이르기 위한 연줄.
17 남의 환심을 사려고 알랑거리며 구차스럽게 행동함.

룸펜[18]의 패가 수없이 많다.

무어나 일을 맡겼으면 불이 번쩍 일게 해낼 팔팔한 젊은 사람들이다. 그렇건만 그들은 몸을 비비 꼬고 있다.

아무 데도 용납치 못하는 사람들이다. ××적 ××에서 그들을 불러들이기에는 ××적 ××의 주관적 정세가 너무도 미약하다. 그것은 그들의 몇 부분이 동경서 학생으로 있을 시절에는 그 속에서 활발하게 ××을 계속하던 것이 조선에 나오면서 탈리되는 것으로 보아 그러한 해석을 내리지 아니할 수가 없다.

그렇다고 부르주아의 기성 문화 기관에 들어가자니 그곳에서는 수요를 찾지 아니한다. 레디메이드로 된 존재들이니 아무 때라도 저편에서 필요해야만 몇씩 사들여 간다.

M이 마코를 꺼내놓고 붙여 문다. P는 포켓 속에 들어 있는 해태를 차마 내놓기가 낯이 따가워 M의 마코를 집어 당겼다.

[※원문 80여 자 삭제]

P는 설명을 시작한다. P 자신 그러한 장난 비슷한 공상은 하면서 일단 해보라고 하면 주저할 것이지만 어쨌거나 그랬으면 통쾌하리라는 것이다.

"먼점 경무국에 들어가서 아주 까놓고 이야기를 한단 말이야. 우리가 지금 대상으로 하는 것은 총독부가 아니라 조선의 소위 민간 칙 유지들이니까 간섭을 말어달라고."

"그러면 관허 메이데이로구만."

---

18 독일어로 '부랑자', '실업자'를 이르는 말.

"그래 관허도 좋아…… 그래가지고는 기에다가는 무어라고 쓰느냐 하면 '우리에게 향학열을 고취한 놈이 누구냐?'…… 어때?"

"좋―지!"

"인텔리에게 직업을 대라…… 이렇게 노래를 지어 부르거든."

[※ 원문 10여 자 삭제]

"응…… 유지와 명사의 가면을 박탈시키라고…… 한 몇십 명이 그렇게 데모를 한단 말이야!"

"하하하하."

M은 이렇게 웃고 H는 신어붓잖게 핀잔을 준다.

"드끄럽소, 여보…… 아 글쎄 멀끔멀끔한 양복쟁이들이 종로 네거리로 기를 받고 그렇게 다녀봐! 애들이 와서 나 광고지 한 장 주, 하잖나."

"하하하하."

"허허허허."

창밖에서 냉이 장수가 싸구려 소리를 외치고 지나간다. M이 그에 응하여

"이크! 봄을 떰핑하는구나!"

"흥, 경제학자라 달르군…… 참 우리 하숙에서는 채소를 좀 멕여주어야지!"

"밥값을 잘 내보지."

"그도 그렇지만."

"나는 석 달 치 밀렸네."

"나도 그렇게 될걸."

“그러니까 나처럼 이렇게 아파트 생활을 해요.”

이것은 P의 말이다. 아파트라고 말해놓고도 서글퍼서 허허 웃었다.

“조선식 아파트! 그렇지만 우리가 아파트 생활을 했다면 아마 두어 달 전에 굶어 죽었을걸.”

“나는 돈을 보면 초면 인사를 해야 되겠네…… 본 지가 하도 오래라서 낯을 잊었어.”

“여보게.”

하고 M이 의젓하게 H를 달군다.

“돈 구경한 지 오래됐다지?”

“응.”

“존 수가 있네.”

“멋?”

“자네 책 좀 삼사三四 구락부에 보내세.”

“싫으이.”

“자네 돈 구경하고…… 구경하고 나서 그놈으로 한잔 먹고…….”

“한잔 말이 났으니 말이지 요즘 같으면 술이나 실컨 먹고 주정이라도 했으면 속이 시언하겠네.”

“그러니까 말이야…… 가세. 가서 다섯 권만 잽혀.”

“일없다.”

“내가 찾아주지.”

“흥.”

“정말이야.”

"싫여."

6

그날 밤.

P와 M은 H를 졸라 그의 법률책을 잡혀 돈 육 원을 만들어가지고 나섰다.

선술집에 가서 엔간히 취하도록 먹은 뒤에 C라는 카페에 가서 술 두 병을 놓고 자정이 되도록 노닥거렸다.

그곳에서 나올 때는 육 원 돈이 이 원 남았다. 이 원의 처치를 생각하던 세 사람은 일제히 동관으로 가기로 하였다.

세 사람이 모두 다리가 비틀거렸다. 그중에도 P는 더욱 취하였다.

닐리리 가락으로 들어박힌 갈보집.

다 쓰러져가는 초가집을 세 사람이 아는 집 들어서듯이 쑥쑥 들어서니

"들어옵시오."

"어서옵시오."

라고 머리 땋은 계집애와 배가 북통 같은 애 밴 계집이 마루로 나선다.

P가 무심결에 해태곽을 꺼내어 붙여 무니까 머리 땋은 계집애가 P의 목을 걸싸 안고 볼에다 입을 쪽 맞추더니

"나도 하나."

하고 손을 벌린다. P는 기가 막혀 담뱃곽을 내미는데 H와 M은 박수를 하며

"부라보!"

하고 굉장하게 큰 소리로 외친다.

건넌방에 들어가 앉으니 마루에서 따그락따그락 소리가 난다.

배부른 계집은 푸대접을 받고 머리 땋은 계집애가 H와 M의 손으로 옮아 다니면서 주물린다. 깩깩 소리를 지르며 엄살을 한다. 말을 붙이고 대답을 주고받고 하는 것이 H와 M은 전에 한번 와본 집인 듯하다.

술상이 들어왔다.

잔은 사발만 한데 술주전자는 눈알만 하다. 술을 부어놓으니 M이 척 받아놓고는 노래를 투정한다. 계집애는 그보다 더 약아 제가 그 술을 쪽 들이마시고는 빈 잔만 M의 입에 대어준다.

P는 자숫물[19] 같이 밍밍한 술을 두어 잔 받아먹는 동안에 비위가 콱 거슬려서 진정하느라고 드러누웠다.

H가 계집애를 무릎에 올려놓고 신이 나게 노래를 부른다. 물론 고저도 장단도 맞지 아니하는 노래다.

M이 애 밴 계집을 실컷 시달려주다가 머리 땋은 계집애를 빼앗아 가더니 귀에 대고 무어라고 속삭거린다. 그러면서 둘이서 연해 P를 건너다보며 싱긋벙긋 웃는다.

조금 있다가 계집애가 P에게로 오더니 귀에다 입을 대고 속삭

---

19 개숫물의 사투리, 설거지물.

인다.

"저이가 나더러 당신하고 오늘 저녁…… 응 어때?"

"그래라."

P는 불쑥 성난 것처럼 대답했다.

"아이! 승거워!"

계집애는 P를 한번 꼬집어주고 다시 M에게로 달아났다.

M에게로 가서 또 무어라고 속삭거리더니 재차 와가지고는 귓속말을 한다.

"자고 가, 응."

"그래 글쎄."

"꼭."

"응."

"정말."

"응."

술은 네 주전자가 들어왔는데 세 사람 손님은 두서너 잔씩밖에 아니 먹었다. 그 나머지는 다 저희가 먹었다. 계집애가 술이 곤주가 되게 취해가지고 해롱해롱 까분다.

술값을 치르는 것을 보고 P도 따라 일어섰다. M이 몸뚱이로 슬쩍 밀어서 방 안으로 들여보내고 뒤에서 계집애가 양복 뒷깃을 잡아당긴다.

"그래라, 자고 간다."

P는 방 가운데 벌떡 드러누웠다.

"너희 집이 어데냐?"

계집애가 옆에 와서 앉는 것을 보고 P가 물었다.

"××도 ××."

"언제 왔니?"

"작년에."

P는 몸을 일으켰다. 또 속이 왈칵 뒤집혀 좀 더 진정하려고 하는 생각인데 계집애가 콱 밀어뜨린다.

"나이 몇 살이냐?"

"열여덟."

"부모는?"

"부모가 있으면 여기서 이 짓을 해?"

"왜 이 짓이 나쁘냐?"

"홍…… 나도 사람이야."

"에―꾸! 나는 네가 신선인 줄 알았더니 인제 알고 보니까 사람이로구나!"

"드끄러!"

계집애는 눈을 쪽 흘기고는 갑자기 웃으면서 P의 목을 그러안는다.

"자고 가, 응."

"우리 마누라한테 자볼기 맞고 쫓겨난다."

"그러면 내한테 와서 나하고 살지…… 여기 내 빚 팔십 원만 물어주면……."

"팔십 원이냐?"

"응."

"가겠다."

P가 또 일어나려는 것을 계집이 껴안고 놓지 아니한다.

"자고 가…… 내가 반했어."

"아서라."

"정말!"

"놓아."

"아니야, 안 놓아. 자고 가요, 응…… 자고…… 나 돈 좀 주어."

"돈? 내가 돈이 있어 보이니?"

"돈 소리가 절렁절렁 나는데?"

미상불 P의 포켓 속에서는 아까부터 잔돈 소리가 가끔 잘랑거렸다.

"자고 나 돈 조―꼼 주고 가, 응."

"얼마나?"

"암만[20] 도 좋아…… 오십 전도, 아니 이십 전도."

계집애의 말이 떨어지기도 전에 P는 불에 덴 것같이 벌떡 일어섰다. 일어서면서 그는 포켓 속에 손을 넣어 있는 대로 돈을 움켜쥐어 방바닥에 홱 내던졌다. 일 원짜리 지전 두 장과 백동전이 방바닥에 요란스럽게 흐트러진다.

"아따 돈!"

해 던지고는 P는 뛰어나왔다. 그의 눈에는 눈물이 괴었다.

---

20 밝혀 말할 필요가 없는 값이나 수량을 대신하여 이르는 말.

7

P는 정조적으로 순진한 사나이가 아니다. 열네 살 때에 소꿉질 같은 장가를 갔고 그 뒤 동경 가서 있을 동안에 거기 여자와 살림도 하였다.

조선에 돌아와 직업을 가지고 있는 사이에 기생과 사귀어 한동안 죽을 둥 살 둥 모르게 지내기도 하였다.

그 밖에도 정 두어 지낸 여자가 두엇 더 있다. 그러나 삼십이 되도록 지금까지 유곽을 가거나 은근짜 집을 가거나 동관의 색주가 집에 가서 잠자리를 한 일은 없다.

그것은 P의 괴벽이다. 어떠한 여자를 물론하고 그가 정이 들지 아니한 여자이면 절대로 관계를 아니한다는 것이다.

그 대신 한번 P의 눈에 들고 따라서 정이 들면 아무것도 돌아보지 아니하고 심각한 열정에 맡기어 완전히 그 여자를 움켜쥐어 버리며 또한 그 여자에게 전부를 내주어버린다. 그리하여 그는 늘 'All or nothing'을 말한다.

이것이 처세상 퍽 이롭지 못한 것을 P도 잘 안다. 또 공연한 승벽이요 고집인 줄 알건만 그는 그것을 고치지 못한다.

이날 밤에도 그는 그 계집애를 조금도 어떻게 하겠다는 생각은 나지 아니하였다.

술 취한 끝에 속이 괴로우니까 진정을 하자는 판인데 '오십 전 아니 이십 전도 좋아' 하는 소리에 버쩍 흥분이 된 것이다.

너무도 인간이 단작스럽고 악착스러운 것 같았다. P가 노상 보고 듣는 세상이 돈을 중간에 놓고 악착스럽게 으등으등하는 것임을 모르는 바는 아니나 정조 대가로 일금 이십 전을 요구하는 것은 처음 보았다.

P는 그러한 여자가 정조를 파는 데 무신경한 것도 잘 알고 있으며, 따라서 그것이 비도덕이니 어쩌니 하는 것도 아니다.

그의 관점과 해석은 그런 것보다 더 나아간 입장에 있었다.

그러나 '이십 전만 주어도' 소리에는 이것저것 생각하고 헤아릴 나위도 없었다. 더럽고 얄미우면서 그러면서도 눈물이 고였다. 삼 원쯤 되는 전 재산을 털어 내던지고 정신없이 뛰어나온 것이다.

술 취한 P를 혼자 남겨둔 H와 M은 골목에 기다리고 서서 있었다. P가 뛰어나오는 것을 보고 그들은 위선 농을 건넨다.

"한턱 하오."

"장가간 턱 하게."

P는 고개를 흔들었다. 그리고 멍하니 서서 생각을 하였다.

다분의 가면 밑에서 꿈틀거리는 인도주의에 몹시 증오를 느끼는 P는 이날 밤 자기의 행동을 어떻게 해석할지 몰라 괴로워하였다.

내일을 굶어야 할 그 돈이지만 돈이 아까운 것이 아니다. 정조 값으로 이십 전을 주어도 좋다는데 왜 정조는 퇴하고 돈만 있는 대로 다 떨어주었는가? 왜 눈에 눈물은 고였는가?

8

P는 머리가 띵하고 속이 뉘엿거리어 정신을 차릴 수가 없었다. 그는 두 친구에게 인사도 변변히 하지 아니하고 코를 베인 듯이 삼청동으로 올라왔다. 어서 바삐 좀 드러눕고만 싶었던 것이다.

아무리 방구들은 차고 지저분하게 늘어놓았어도 제 처소는 반가운 것이다. 더구나 몸이 괴로울 때는!

P는 누더기 양복이나마 벗으려고도 아니하고 그대로 펴두었던 이부자리 속에 몸을 파묻었다. 드러누우니 취기가 새삼스레 더하여 영영 옷 벗을 생각도 잊어버리고 그대로 잠이 들었다.

얼마를 자고 났는지 괴로워 부대끼다 못하여 잠이 깨었을 때는 목이 타는 듯이 말랐다.

물은 없다. 물이 없어 못 먹는다고 생각하니 목은 더 말랐다.

밤은 어느 때나 되었는지 짐작할 수가 없다. 전등은 그대로 켜져 있다. 밖에서는 사람 지나다니는 발소리도 들리지 아니한다. 전차 갈리는 소리도 들리지 아니하고 가끔가다가 자동차의 경적이 딴 세상의 소리같이 감감하게 들려온다.

밤이 깊지 아니했으면 잠긴 안대문을 두드려 주인 노인에게라도 물을 청하겠지만 이 깊은 밤에 그리하기도 미안하다. 그것도 방세나 여일하게 내었을세 말이지 얼굴 대하기를 이편에서 피하는 판에 차마 못할 일이다.

물지게 장수의 삐득거리는 소리가 들리나 하고 귀를 기울였으나 감감히 소리가 없다.

목은 더욱더욱 말라 들어온다. 입술이 바싹 마르고 입안이 침기가 없고 목구멍이 바삭바삭 소리가 날 듯이 마르고, 그러고는 창자 속까지 말라 내려가는 듯하다.

방금 미칠 듯하다.

눈앞에 용용하게 흘러가는 푸른 한강이 어릿어릿하고 쏴— 쏟아지는 수통 꼭지가 보이는 듯하다.

P는 배고픈 고비는 많이 겪어보았으나 이대도록도 목마른 참은 당하기 처음이다.

배는 고프면 기운이 없고 착 가라앉을 뿐이었지만 목이 극도로 마름에는 금시 미치고 후덕후덕 날뛸 것 같다.

일어나서 삼청동 꼭대기로 올라가면 산골짜기의 물도 있고 또 우물도 있기는 하다. 그러나 이 어두운 밤에 어디가 어디인지 보이지 아니할 테고 또 우물에는 두레박도 없을 것이다.

겨우겨우 참아가며 몇 시간을 뻐대었다. 실상 한 시간도 못 되는 동안이지만 P에게는 여러 시간인 듯만 싶었다.

그런 뒤에 겨우 물지게 소리를 듣고 그는 수통 있는 곳을 찾아 뛰어나갔다.

사정 이야기도 변변히 하지 아니하고 쏟아지는 수통 꼭지에 매달려 한 동이는 되리시피 냉수를 들이켰다. 물장수가 어이가 없어 멀끔히 쳐다보고만 있다가 P의 꾸벅하고 돌아서는 등 뒤에다 혀를 끌끌 찬다.

밥보다도 더 다급하게 그립던 물을 실컷 들이켜고 나니 찌뿌둥하게 엉킨 듯 불쾌하던 취기도 적이 걷히고 정신이 말쑥하여졌다.

P는 새삼스레 양복을 벗어 던지고 다시 자리에 파묻혔다. 인제는 잠이 십 리나 달아나고 눈이 초랑초랑하여진다. 그러면서 어젯밤 일이 머리에 떠오른다.

그것은 마치 못 먹을 것을 먹은 것처럼 께름칙한 기억이다. 아무렇게나 씻어 넘겨버리재도, 그러나 머리 한구석에 박혀가지고 사라지려 하지 아니하는 어룽(반점)과 같다. 어떻게 해서라도 시원스러운 해석을 내리고라야 마음이 놓일 것 같다.

정조 대가로 일금 이십 전을 부르는 여자…….

방금 세상에는 한 번 정조를 빼앗긴 것으로 목숨을 버려 자살하는 여자가 있다. 그러는 한편 '이십 전도 좋소' 하는 여자가 있다.

여자의 정조가 그것을 잃었다고 자살을 하도록 그다지도 고귀한 것이라면 '이십 전에도 팔겠소' 하는 여자가 눈을 멀끔멀끔 뜨고 살아 있는 사실은 무엇으로 설명할 것인가?

또 정조를 '이십 전에도 팔겠소' 하는 여자가 있도록 그것이 아무렇지도 아니한 것이라면 그것을 한 번 빼앗긴 때문에 생명을 내버리는 여자가 있는 것은 무엇으로 설명할 것인가?

이 두 여자가 모두 건전한 양심의 소유자라고 볼 수는 없다.

그러나 그 가운데 나무라기로 들면 차라리 정조를 빼앗긴 것으로 자살한 여자를 나무랄 것이지 '이십 전에 팔겠소' 하는 여자는 나무랄 수가 없다.

열여섯 살부터 시작하여 이래 삼 년이나 색주가 집으로 굴러다니는 여자다.

언제 누구에게 귀 떨어진 도덕관념이나 정당한 인생관을 얻어

들은 적이 없을 것이다.

　술잔을 들고 앉아 한 잔이라도 오는 손님에게 더 먹여 한 푼어치라도 주인의 수입을 도와주면 칭찬이 오니 그만이다.

　"고년 어여뿌다. 나하고 ××."

하고 손님이 말하면 그에 좇아 비록 조발_{무發}일지언정 생리적 만족을 얻는 한편 그야말로 단돈 이십 전이라도 벌면 그만이다.

　옆에서 그것을 시키기는 할지언정 그것이 나쁘다고 가르쳐주는 사람이 있을 턱이 없는 것이다. 사실 일반 매춘부가 정조적으로 양심을 가진 듯이 보인다는 것은 그 대부분이 되레 한 가식에 지나지 못하는 것이다.

　그것은 그들에게 있어서 일종의 정당성을 가진 노동인 것이다.

　그러니까 그것을 보고 불쌍하다고 여기고 동정을 하는 것은 위문이 폐문이다.

　지금 세상은 정당한 성도덕이 서서 있는 때도 아니다.

　그것은 한 세대에 여러 가지의 시대사조가 얼크러져 있는 때문이다. 그러니까 여자의 정조에 대하여도 일률적으로 선악과 시비를 가릴 수는 없는 것이다.

　하룻밤 몸값으로다 '이십 전도 좋소' 하는 여자, 그에게는 다른 사람이 갖는 성도덕도 없고 따라서 자신을 타락이라서 슬퍼하지도 아니한다.

　그 여자 자신을 나무랄 필요도 없는 것이요, 동정할 며리²¹도 없

---

21 까닭, 필요.

는 것이다. 그 여자 자신은 결코 불쌍한 사람이 아니다.

예수의 사랑(?)도 아무리 그 사랑이 크고 넓다 했을지언정 그 것은 '불쌍한 사람', '죄지은 사람'에게 미칠 수 있는 것이다.

'불쌍하지 아니한', '죄짓지 아니한' 동관의 색주가 계집애에게는 누구의 동정이나 사랑도 일없는 것이다.

'뭣? 관념적이라고?'

그렇다. 관념적이라도 할 수 없다. 그러나 그것은 그 여자의 주관을 객관화한 것이다. 그러니까 그것은 한 엄연한 현실이다.

[※원문 30여 자 삭제]

또 그 병적 현실에 메스를 대는 것은 집단의 역사적 문제이지만 룸펜 인텔리의 결벽과 흥분쯤으로는 문제도 되지 아니한다.

다만 취객이 삼 원 각수[22]를 던져주었음으로 해서 그 여자는 감격 없는 기쁨을 맛보았을 뿐일 것이다.

'이게 웬 떡이냐…… 어제 저녁에 꿈이 갠찮더니 이런 땡을 잡을 영으루 그랬구나…… 웬 얼간망둥이냐.'

그 계집애는 응당 그렇게밖에는 더 생각되지 아니하였을 것이다. 그것이 결코 무리가 없는 당연한 일이다.

P는 여기까지 생각하고 입맛 쓴 고소를 띠었다.

"흥! 되지 못하게…… 장님이 눈병 앓는 사람더러 불쌍하다고 한 셈인가."

P는 돌아누우면서 혀를 끌끌 찼다.

---

22 돈을 원 단위로 셀 때 원 단위 아래에 남은 전을 이르는 말.

9

일천구백삼십사년의 이 세상에도 기적이 있다.

그것은 P가 굶어 죽지 아니한 것이다. 그는 최근 일주일 동안 돈이 생긴 데가 없다. 잡힐 것도 없었고 어디서 벌이한 적도 없다.

그렇다고 남의 집 문 앞에 가서 밥 한술 주시오 하고 구걸한 일도 없고 남의 것을 훔치지도 아니하였다.

그러나 그동안 굶어 죽지 아니하였다. 야위기는 하였지만 그래도 멀쩡하게 살아 있다. P와 같은 인생을 이 세상에 하나도 없이 싹치운다면 근로하는 사람이 조금은 편해질는지도 모른다.

P가 소부르주아 축에 끼이는 인텔리가 아니요 노동자였더라면 그동안 거지가 되었거나 비상수단을 썼을 것이다. 그러나 그에게는 그러한 용기도 없다. 그러면서도 죽지 아니하고 살아 있다. 그렇지만 죽기보다도 더 귀찮은 일은 그를 잠시도 해방시켜주지 아니한다.

그의 아들 창선이를 올려 보낸다고 어제 편지가 왔고 오늘은 내일 아침에 경성역에 당도한다는 전보까지 왔다.

오정 때 전보를 받은 P는 갑자기 정신이 난 듯이 쩔쩔매고 돌아다니며 돈 마련을 하였다. 최소한도 이십 원은…… 하고 돌아다닌 것이 석양 때 겨우 십오 원이 변통되었다.

종로에서 풍로니 냄비니 양재기니 숟갈이니 무어니 해서 살림나부랭이를 간단하게 장만하여가지고 올라오는 길에 전에 잡지사에 있을 때 안 ××인쇄소의 문선[23] 과장을 찾아갔다.

월급도 일없고 다만 일만 가르쳐주면 그만이니 어린아이 하나를 써달라고 졸라대었다.

A라는 그 문선 과장은 요리조리 칭탈[24]을 하던 끝에 ─그는 P가 누구 친한 사람의 집 어린애를 천거하는 줄 알았던 것이다─.

"보통학교나 마쳤나요?"

하고 물었다.

"아─니요."

P는 솔직하게 대답하였다.

"나이 몇인데?"

"아홉 살."

"아홉 살?"

A는 놀라 반문을 하는 것이다.

"기왕 일을 배울 테면 아주 어려서부터 배워야지요."

"그래도 너무 어려서 원…… 뉘 집 애요?"

"내 자식놈이랍니다."

P는 그래도 약간 얼굴이 붉어짐을 깨달았다. A는 이 말에 가장 놀라운 일을 보겠다는 듯이 입만 벌리고 한참이나 P를 물끄러미 바라다본다.

"왜? 내 자식이라고 공장에 못 보내란 법 있답디까?"

"아─니, 정말 그래요?"

"정말 아니고?"

23 文選, 활자를 골라 뽑는 일.
24 무어라고 핑계를 댐.

"괜히 실없는 소리! ……자제라고 해야 들여줄 테니까 그러시지?"

"아니, 그건 그렇잖아요. 내 자식놈야요."

"그럼 왜 공부를 시키잖구?"

"인쇄소 일 배우는 것도 공부지."

"그건 그렇지만 학교에 보내야지."

"학교에 보낼 처지도 못 되고 또 보낸댔자 사람 구실도 못할 테니까……."

"거참 모를 일이오…… 우리 같은 놈은 이 짓을 해가면서도 자식을 공부시키느라고 애를 쓰는데 되려 공부시킬 줄 아는 양반이 보통학교도 아니 마친 자제를 공장엘 보내요?"

"내가 학교 공부를 해본 나머지 그게 못쓰겠으니까 자식은 딴 공부를 시키겠다는 것이지요."

"글쎄 정 그러시다면 내가 내 자식 진배없이 잘 데리고 있으면서 일이나 착실히 가르쳐드리리다마는…… 원 너무 어린데 애차랍잖애요?"

"애차라운 거야 애비 된 내가 더하지오만 그것이 제게는 약이니까……."

P는 당부와 치하를 하고 인쇄소를 나왔다. 한짐 벗어놓은 것같이 몸이 가뜬하고 마음이 느긋하였다.

그는 집으로 올라가는 길에 싸전에 쌀 한 말을 부탁하고 호배추도 몇 통 사들였다. 그렁저렁 오 원을 썼다.

십 원 남은 중에 주인 노인에게 육 원을 내주니 입이 귀밑까지

째어진다. 그 끝에 P가 사온 호배추를 내주며 김치를 담가달라고
하니 선선히 응낙한다. 그리고 자식을 데리고 자취를 하겠다니까
깍두기야 간장이야 된장 같은 것을 아까운 줄 모르고 날라다 주곤
한다.

10

이튿날 전에 없이 첫새벽에 일어난 P는 서투른 솜씨로 화로밥
을 지어놓고 정거장으로 나갔다.

그의 형에게서 온 편지에 S라는 고향 사람이 서울 올라오는 길
에 따라 보낸다고 했으니까 P는 창선이보다도 더 낯이 익은 S를 찾
았다.

과연 차가 식식거리고 들어서매 인간을 뱉어 내놓는 찻간에서 S
가 창선이를 데리고 두리번거리며 내려왔다.

어디서 생겼는지 새까만 고구라 양복을 입고 이화표 붙은 학생
모자를 쓰고 거기다가 보따리를 하나 지고 무엇 꾸린 것을 손에 들
고 차에서 내리는 어린아이…… 저게 내 자식이니라 생각하니 P
는 어쩐지 속으로 얼굴이 붉어지며 한편 가엾기도 하였다.

S가 두 손에 짐을 가득 들고 두리번거리다가 가까이 온 P를 보
고 반겨 소리를 지른다. 창선이가 모자를 벗고 학교식으로 경례를
한다. 얼굴을 자세히 보니 네댓 살 적에 보던 것보다 더한층 저의
외가를 닮았다. P는 그것이 몹시 불만하였다.

"그새 재미나 좋았나?"

S의 하는 첫인사다.

"멀 그저 그렇지…… 괜한 산 짐을 지고 오느라고 애썼네."

P는 이렇게 인사 겸 치하를 하였다.

"원 천만에! ……그 애가 나이는 어려도 어떻게 속이 찼는지……
너 늬 아버지 알어보겠니?"

S는 창선이를 돌아보며 웃는다. 창선이는 고개를 숙이고 수줍은
지 아무 대답도 아니한다.

P는 S와 창선이를 데리고 구름다리로 올라왔다.

"저의 외할머니가 저 양복이야 떡이야 모다 해가지고 자네 댁에
까지 오셨더라네…… 오서서 어제 떠나는데 정거장까지 나오셨는
데 여러 가지 신신당부를 하시데…… 자네에게 전하라고."

S는 P가 그다지 듣고 싶지도 아니한 이야기를 뒤따라오며 늘어
놓는다. 그의 가슴에는 옛날의 반감이 솟쳐 올랐다.

"별걱정 다 하든 게로군…… 내 자식 내가 어련히 할까 버 쫓아
다니며 그래!"

"그래도 노인들이라 어데 그런가…… 객지에서 혼자 있는데 데
리고 있기 정 불편하거든 당신에게로 도루 보내게 하라고 그러시
데……."

"그 집에 내 자식이 무슨 상관이 있어서 보내라는 거야? ……보
낼 테면 그때 데려왔을라구……."

P는 그것이 모두 그와 갈린 아내의 조종인 줄 알기 때문에 더구
나 심정이 났다. 화가 나는 대로 하면 어린아이가 입고 온 양복도

벗겨 내던지고 싶었으나 꿀꺽 참았다.

11

일찍 맛보아보지 못한 새살림을 P는 시작하였다.

창선이가 도착한 날 밤.

창선이는 아랫목에서 색색 잠을 자고 있다. 외롭게 꿈을 꾸고 있
으려니 생각하매 전에 없던 애정이 솟아오르는 듯하였다.

이튿날 아침 일찍 창선이를 데리고 ××인쇄소에 가서 A에게 맡
기고 안 내키는 발길을 돌이켜 나오는 P는 혼자 중얼거렸다.

"레디메이드 인생이 비로소 겨우 임자를 만나 팔리었구나."

— 〈신동아〉, 1934. 5~7.

1902년	6월 17일 전라북도 군산에서 아버지 채규섭蔡奎燮과 어머니 조우섭趙又燮 사이에서 6남 3녀 중 다섯 번째 아들로 태어남.
1910년	임피보통학교 입학.
1914년	임피보통학교를 졸업하고 이후 향리에서 서당 등을 다니며 한문을 배움.
1918년	중앙고등보통학교 입학.
1920년	은선홍殷善興과 결혼.
1922년	중앙고등보통학교 졸업 후 일본 와세다 대학 부속 고등학원 문과에 입학.
1923년	여름방학에 귀향한 뒤 복교하지 않음. 최초 중편소설 〈과도기〉를 탈고하나 검열로 인해 발표되지 못함.
1924년	강화의 사립학교 교원으로 근무. 〈조선문단〉에 이광수의 추천으로 〈세길로〉 발표.
1925년	동아일보에서 정치부 기자로 근무.
1926년	동아일보 사직. 무정부주의와 사회주의 이론에 심취하며 문학에 몰두함.
1929년	개벽사 입사.
1932년	1년여에 걸쳐 동반자 작가 논쟁을 벌임.
1933년	〈조선일보〉에 장편 《인형의 집을 나와서》 발표.
1934년	단편소설 〈레디메이드 인생〉을 〈신동아〉에 발표하는 등 활발한 문예 활동

을 펼침. 이후 카프 2차 사건 발생과 함께 일시적으로 작품 활동 중지.

1936년 개성으로 옮겨가 본격적인 전업 작가 생활에 돌입.《탁류》《태평천하》등을 써내면서 문단에서의 입지를 굳힘.

1941년 《탁류》 재판 간행. 조선총독부로부터 3판 금지처분을 받음.

1945년 일제 말기에 서울 근교를 떠나 고향으로 낙향하였다가 해방이 된 후 서울로 다시 거처를 옮김.

1950년 6·25 전쟁을 앞두고 6월 11일 지병 악화로 사망.

모범 경작생

1931-1940 모던보이, 문학을 만나다

농민문학을 완성한 작가 **박영준**

박영준

박榮濬, 1911~1976

호는 만우晚牛, 서령西嶺. 박영준朴映遼이라는 필명을 사용하기도 하였다. 평양 숭실중학교와 광성고등보통학교를 거쳐 연희전문학교 문과에 들어가 1934년 졸업하였다. 같은 해에 장편소설《1년》이 〈신동아〉 현상모집에 당선되고, 단편소설 〈모범 경작생〉이 〈조선일보〉 신춘문예에, 콩트 〈새우젓〉이 〈신동아〉에 동시에 당선됨으로써 문단에 등단하였다.

1935년 독서회사건으로 붙잡혀 5개월간 구류 당하였고, 1938년 만주 길림성 반석현으로 이주하여 교편생활을 하였다. 광복 후 귀국하여 신세대사에 입사하였다. 1948년 경향신문 문화부를 거쳐 1951년에는 육군본부 정훈감실 문관으로 복무, 종군작가단 사무국장으로 활동하였다. 1954년 창작집《그늘진 꽃밭》으로 제1회 아세아자유문학상을 수상하였고, 1955년 연희대학교와 수도여자사범대학 강사를 거쳐, 1959년 한양대학교 부교수, 1962년에는 연세대학교 교수로 근속하였다. 1965년 제14회 대한민국 예술원상을, 1967년에는 서울특별시문화상을 수상하였다.

작품집《목화씨 뿌릴 때》《풍설》《그늘진 꽃밭》《방관자》《고호》《추정》 등이 있다.

농촌 사회의 참담한 현실을 그린
본격 농민소설

1934년 〈조선일보〉 신춘문예에 당선된 〈모범 경작생〉은 박영준의 데뷔 작품이자 일제의 농업진흥정책의 허구성을 풍자적으로 비판한 농촌소설 계열의 대표작이다.

이 작품은 두 가지 갈등을 담고 있는데, 표면적인 첫 번째 갈등은 일제의 수탈적 농업 정책에 부역하는 이기적 인물 길서와 그에 대항하는 성두 사이의 갈등이고, 심층적인 두 번째 갈등은 일제의 허구적 농업 정책이 만들어낸 참담한 현실과 그 현실에 대항하는 농민들 사이의 갈등이다. 이 두 번째 갈등은 일제 및 일제에 부역하는 지배 계급과 농민 계급의 계급적 갈등이기도 하다. 이 갈등을 가장 잘 보여주는 것이 바로 제목인 '모범 경작생'이다. 동네 유일의 소학교 졸업자이자 자작농인 길서는 일제가 선정한 모범 경작생이지만, 실제로는 수탈적 정책과 그로 인한 농민들의 처참한 현실은 외면하는 이기적인 '반 모범 경작생'으로 이러한 반어성은 소설 속 상황과 어우러져 풍자 문학으로서의 면모를 더욱 분명하게 보여준다. 한편, 모범 경작생의 또 다른 반어성은 실제 모범 경작생들인 농민들이 당대의 농촌 현실과 구조 속에서는 모범도, 심지어는 경작생도 되지 못한다는 점에 있다.

박영준은 농촌의 참담한 현실과 일제의 수탈 그리고 그것에 부역하는 타락한 인간 군상을 사실적이고 풍자적으로 그린 작가이자 그에 대항하는 농민에 대한 인간애를 잃지 않았던 농민문학의 완성자이며 농촌소설의 대표적 작가라 평가할 수 있다.

모범 경작생

"얘얘 나 한마디 하마."

"얘얘얘 기억이보구 한마디 하래라. 아까부터 하겠다구 그러던
데……."

"기억이 성내겠다. 자아 한마디 해보게."

한참 소리를 하는데 이런 말이 나와 일하던 손들이 쥐었던 벼포
기를 놓았고, 모든 눈이 기억의 얼굴로 모이었다.

목청이 남보다 곱지 못하다고 해서 한 차례도 소리를 시키지 않
은 것이 화가 났던지 기억이는 권하는 기회를 놓치지 않고 있는 목
소리를 다 빼어 소리를 꺼냈다.

온갖 물은 흘러 나려두
오장 썩은 물 솟아만 오른다.

같은 논에서 일하던 사람들은 기억의 미나리 곡에 합세하여 다시 노래를 주고받고 하였다.

깔기죽 깔기죽 깔보디 말구
속을 두르러 말해주렴.

소리를 하면 흥겨워져서 모르는 사이에 일이 빨리 되어감에 일터에서는 웃는 소리가 아니면 노래가 그치지 않는다.

모시나 전대에 베 전대에
전에나 전대루 놀아나 보자.

성두의 논에서 일하던 사람들은 누구 하나 빼논 사람 없이 단 한 번씩이라도 목청을 뽑고 소리를 불렀다.

물소리를 출렁출렁 내며 한 움큼씩 쥐인 볏모를 몇 뿌리씩 떼어 꽂는 그들은 서로 뒤떨어지지 않으려고 입으로 소리를 하면서도 손을 재빠르게 놀리었다.

그러나 열네 살밖에 안 되는 성두의 동생은 떨어지는 솜씨에 소리를 한마디 하고 나면 가뜩이나 한 발씩 뒤떨어졌다.

"얘얘, 너는 소린 그만두고 모나 잘 꽂아라. 잘못하면 너 때문에 일을 못 맞출라."

성두가 그의 동생 몫을 꽂아주며 하는 말이다.

"얘들아, 이번에는 수심가나 한마디 하자꾸나아. 아마 수심가는 성두가 가장 나을껄."

다 같이 젊은 사람들만이 모이어 일하는 곳이라 그런지 어떤 이가 이렇게 따라 말했다.

"아암 수심가야 성두지……."

"나야 받기나 하지…… 누가 먼저 꺼내봐."

"공연히 그러지 말고 빨리해."

성두는 처음엔 사양하려 했으나 두 번 권하는 데는 댓자 소리를 꺼냈다.

그럴 때 마침 옆의 논에서 자동차 온다는 고함 소리가 들려왔다. 그 논에서 일하던 이들이 휘었던 허리를 펴고 달려오는 자동차를 보고 있었다.

"저 차에 길서가 온댔지."

"그러더군……."

이런 말이 나자, 성두 동생은 논에서 밭을 건너 신작로로 뛰어갔다. 옆엣 논에서도 몇 사람이 자동차가 머무르는 큰 돌이 놓여 있는 길가에 모여 서서 수군거리었다.

"팔자 좋다. 어떤 놈은 땀을 흘리며 종일 일만 하는데 어떤 놈은 자동차만 슬슬 굴리누나."

기억이가 자동차 온다는 말에 길서를 생각하며 이렇게 말했다. 그러면서도 길서가 부러운 듯 자동차에서 눈을 떼지 않았다.

자동차는 여름 먼지를 뽀얗게 휘날리면서 동네 앞까지 왔으나 기다리던 사람들 앞에서 머물지를 않고 그냥 달아나버렸다. 동네 서쪽 조그만 산을 돌아 가물가물 사라질 때까지 모여 섰던 사람들은 다시 수군거리며 제각기 일터로 돌아갔다. 성두 동생이 돌아왔을 때 일꾼들은 남의 일이 아니면 자기들도 신작로까지 나가 보고야 말았으리라고 수군거리며 다시 모를 꽂기 시작했다.

"오늘 온댔으니 꼭 올 텐데……."

성두가 못단을 왼손에 쥐며 말했다.

"글쎄…… 꼭 올 텐데……. 요새 모를 못 내면 금년에는 상을 못 탈 거 아냐."

기울어지는 햇살을 쳐다보며 진도 애비가 말했다.

"너 원통할 게 무어 있니? 길서가 상을 탄대두 너는 마꼬 한 개 못 얻어먹어…… 이 자식아……."

기억이가 톡 쏘았다.

"그래도 올랴고 한 날에는 올 텐데……."

은근히 기다리던 성두가 다시 말했다.

길서는 그 마을에서 가장 칭찬을 받는 사람이다. 물론 사촌 형뻘이 되면서도 기억이 같은 몇 사람은 길서를 시기하고 속으로는 미워까지 했으나 동네 전체로 보아 소학교 졸업을 혼자 했고, 군청과 면사무소에 혼자서 출입하고 공부를 많이 한 사람에게도 지지 않으리만큼 동네 사람들을 가르치며 지도했다. 나이 젊은 사람으로 일을 부지런히 해서 돈도 해마다 벌며 저축을 하여 마을의 진흥회니 조기회니, 회마다 회장을 도맡고 있는 관계로 무식하고 착한 농부들은 길서를 잘난 위인이라고 생각하지 않을 수 없었다.

더욱이 서울서 모이는 농사 강습회에 군에서 보내는 세 사람 중에 한 사람으로 한 주일 전에 그리고 떠난 뒤로 길서를 칭찬하는 소리는 더 커졌다.

평양 구경도 못 한 마을 사람들이 서울까지 가서 별한 구경을 다하고 돌아올 그에게서 서울 이야기를 들을 생각을 하니 그의 돌아옴이 기다려지는 것도 할 수 없는 일이었다.

점심을 먹은 뒤, 한 번도 쉬지 못한 성두의 논에서 일하던 사람들은 논두렁으로 올라가 담배를 피우기로 했다. 다른 동네에서는 점심 뒤 한 번 쉬는 참에는 새참을 먹는 것이었으나 이들은 몇 해 전부터 그런 것을 잊어버렸다. 그래서 밥은 못 먹어도 그저 몸이나 쉬는 것이었다.

길서네만 내놓고는 전부가 소작으로 사는 그들이 여름철에는 보리밥도 마음대로 먹을 수가 없는 터에 새참쯤은 물론 생각도 못 했다.

"나두 돈이 있으면 죽기 전에 서울 구경이나 한번 해봤으면 좋겠다."

진도 애비가 드러누워 풍뎅이로 얼굴을 가리며 말했다.

"나는 평양이라두 구경해보구 죽었으문 좋갔다."

신문지 조각으로 희연[1]을 말아 침으로 붙이던 성두가 웃었다.

"하늘에서 돈이나 좀 떨어지지 않나……."

풀 위에 엎드려 풀을 손으로 뜯던 기억의 말이다.

여름 하늘은 구름 한 점 없이 말갛고, 곡식의 싹이 돋은 들판은 물들인 것같이 파랗다.

---

1 喜煙, 결혼식 손님 접대용 담배.

"그런데 금년엔 나두 길서네처럼 금비[2]를 사다가 한 번 논에 뿌려봤으면……. 길서는 밭에다 조합 비료래라…… 암모니아를 친대……. 그것을 한번 해 보았으문 좋겠는데……."

하고 성두가 말할 때 진도 애비는 벌떡 일어나 앉았다.

"말 말게, 골메(동네 이름)서는 누가 돈을 빚내다가 그것을 했다는데 본전두 못 빼구 빚만 남었다네……."

"그럼! 웃동네 니특이네두 녹았대더라. 설사 잘된다 한들 우리가 많이 먹을 듯하나? 소작료가 올라가면 그뿐이야……."

기억이가 성난 것처럼 말했다.

"얼마 전에 지주한테 가니까 니특이 칭찬을 하며 우리가 금비 안 쓴다는 말을 하던데……."

"글쎄 말이야…… 금비라는 게 또 못살게 하는 거거든……. 그것은 어떤 놈이 만들었는지 모르지만 아마 돈 있는 놈들이 만들었을 게야. 빚 안 내고 농사를 지어도 굶을 지경인데 빚까지 내래니 살 수 있나?"

기억이가 큰소리를 할 때 진도 애비는 무엇을 생각하고 있다가 말을 꺼내었다.

"길서야 돈 있고 제 땅이 있으니 무슨 짓인들 못 하리……. 또 변[利子] 없이 얼마든지 보통학교에서 돈을 갖다 쓸 수도 있으니까……."

"나두 보통학교나 다녔으면 모범 경작생이나 되어 돈을 가져다

2 화학비료.

그런 것을 한번 해보았으문 좋을 텐데, 보통학교란 물도 못 먹었으니……."

성두가 절반이나 거의 꽂힌 모를 둘러보며 말했다. 그들은 이런 의미에서도 길서를 부러워했다. 물론 제 땅이 얼마만큼 있어야 모범생이라도 될 것이나, 보통학교도 다니지 못한 형편에 그런 꿈은 꿀 수도 없고 따라서 길서처럼 서울 구경을 공짜로 할 생각을 못 해보는 것이 억울했다.

"내일은 우리 조밭 세 벌 김매러들 오게."

기억이가 일어서서 기지개를 켜며 말했다.

"나는 내일 장에 가서 돼지 금새³를 보구 와야갔네……. 그것을 팔아다 지세도 바치고 오월 단오에 의숙이 댕기도 한 감 끊어다 줘야지."

성두가 이 말을 하고 일어날 때는 앉았던 사람들도 논으로 다시 내려갔다.

성두는 말없이 모를 꽂고 있었으나 모 이파리에서 곧 벼알이 열리어 익어주었으면 하고 생각해보았다. 일 년에 벼를 두 번만이라도 거둘 수 있다면 돼지는 안 팔아도 좋을 것이라 생각되었던 까닭이다.

기나긴 해도 기울어지기 시작하자 어느새 쑥 내려갔다.

서산에 넘어가려는 붉은 해를 돌아보고 기억이가 타령조로 소리를 높이었다.

---

3 세상의 형편이나 흥정에 의하여 결정되는 물건의 값.

"어서 꽂구 저녁 먹자……."

다른 사람들도 이 소리를 따라 마지막 춤을 추는 무당처럼 소리를 치며 모를 꽂았다.

어둠이 들을 휩싸고 돌 때 물오리들이 소리치며 떼를 지어 날아갔다.

성두의 논에서 큰 갯둑을 넘어 김매러 갔던 그의 손아래 누이 의숙이는 국숫집 딸 얌전이와 같이 모 꽂는 논두렁을 지나갔다.

"의숙아, 빨리 가서 저녁 지어라. 원 이제야 가니?"

성두의 남동생이 의숙이를 보며 말했다.

"응……."

하며 의숙이가 고개를 돌리었을 때 기억이가 말을 붙이었다.

"길서가 안 와서 맥이 풀리겠구나……."

하며 다시 얌전이에게 말을 했다.

"오늘 저녁 너의 집에 갈까?"

의숙이와 얌전이는 꼭 같이 눈을 떨구고 길을 걸었으나 의숙이만은 얼굴을 붉히었다.

갯둑에 가리어 자동차를 못 보았으나 그래도 동네에 들어가면 길에서라도 길서가 자기를 불러줄 것을 은근히 생각하던 의숙이었다.

먼지 묻은 적삼이 등골에 흐른 땀에 뻘개졌고, 장흙을 뭉갠 듯한 치마가 걸을 때마다 너풀거리었다.

"얘, 길서가 안 왔대지?"

얌전이가 말을 꺼냈다.

"글쎄 누가 아니…….."

"공연히 그러지 마라. 눈물 나오면 울어라. 그런 때 울지 않구 언제 울겠니? 나 같으면 그까짓 거 막 울겠다."

이름만이 얌전이며, 사실은 동네에서 제일가는 말괄량이로 아직 시집도 가기 전에 서방질까지 했다고 하지만 의숙이는 그의 말이 그다지 밉지가 않았다.

하루라도 보지 못하면 가슴이 답답한 듯하여 안타까와하던 길서를 한 주일이나 두고 보지를 못하다가 오늘에야 만나려니 했던 마음을 얌전이만이 알아주는 듯하기도 했다.

"얘, 사랑이라는 게 무어니? 함께 살지두 않으면서 사랑을 할 수 있니? 나는 그래두 기억이를…….."

무슨 소리나 가릴 줄 모르는 얌전이는 하지 않아도 좋을 말을 하면서도 전에 없던 진정을 보였다.

"누군 사랑이 뭔지 아니?"

"그래두 너는 길서 오래비하구 사랑한대더구나…….."

"몰라 얘…….."

마을은 조용했다.

어슬어슬해가는 들에서는 낮에 먹은 더위를 식히고, 마시었던 먼지를 토하는 듯 벌레들이 목청을 가다듬어 울고 있었다.

의숙이와 얌전이는 집에다가 호미를 두고는 꼭 같이 우물로 나왔다.

의숙이는 바가지에 물을 떠서 한 손으로 물을 쏟아 얼굴을 씻고 머리털에 묻은 물방울을 손으로 퉁긴 뒤에 흙에 빨개진 고무신과 발을 씻고 있었다. 마침 그때 동이를 옆에 끼고 오던 마을 여편네가 길서가 이제야 온다는 것을 알려주었다.

"얘, 길서 오래비가 온대! 개들이 짖는 데쯤 온 게다."

하며 얌전이가 만나 보기나 한 것처럼 말했다.

소리가 커지며 또 가까워 올수록 의숙의 마음은 들먹거리었다.

고무신도 마저 씻지 못하고 물동이를 이고 집으로 돌아갈 때 그는 혹시 길에서나 만나지 않을까 하여 가슴을 졸이었다. 집에 가서 아무 정신없이 돼지죽을 바가지에 담아가지고 돼지우리로 나갈 때는 설마 길서가 자기 옆에 와 있으려니 했으나 울근거리는[4] 돼지에게 죽을 쏟아주고 섭섭히 돌아설 때까지 길서가 자기를 만나러 오지 않음이 원망스러웠다.

그러나 대문으로 돌아 들어가려 할 때 귀에 익은 기침 소리가 의숙의 발을 멈추게 했다. 역시 길서의 소리가 틀림없었다.

의숙이는 작년 여름, 설레는 가슴으로 길서를 대하게 된 뒤부터 동네에서도 거의 알게끔 사이가 친했건만 아직까지 어른들에게는 눈을 숨기고 있는 사이라 마당 옆 낟가리 밑에 숨어 길서를 만났다.

"잘 있었니?"

"네……."

"자동차를 타구 올래다가 몇 시간 걸으면 칠십오 전이나 굳는 걸 공연히 타구 오겠든……. 빨리 너를 만나구 싶기는 했지

4 입에 넣고 입을 크게 움직이며 계속 씹다.

만······."

의숙이는 아무 대답도 못 했다.

울렁거리는 가슴은 그저 널뛰듯 뛰었고, 고개는 들고 있을 수 없게 늘어지기만 했다.

매일같이 만날 때는 어느 틈에라도 웃어 보이었고, 말을 한마디만 해도 기쁜 생각이 드솟았건만 며칠 떠났다가 만났음인지 공연히 가슴만 떨리었다.

그날 밤, 동네 사람들은 서울 이야기를 들으려고 길서네 마당으로 몰려들었다. 소 먹이러 갔던 어린애들은 밥술을 놓기 전에 뛰어와서 멍석을 차지하고 앉았다.

마당에는 빨랫줄에 남포등[5]이 걸리어 금새 꺼질 것처럼 바람에 홀떡거렸다.

웆꾼에게 남포등을 내다 건 것이 길서네로서도 처음인 만큼 마을 사람들도 보통 때의 웆과는 달리 말들을 적게 했다.

불빛이 희미하게 비치는 한편 옆에 앉은 부인네들도 각기 길서에게 잘 다녀왔느냐는 인사를 했다.

"오래비 잘 다녀왔소······."

특별히 크게 하는 얌전이의 인사는 웅크리고 앉았던 의숙의 고개를 더 숙이게 했다.

"그래 서울 동네가 얼마나 크던가?"

길서 앞에 앉았던 수염 기른 늙은이가 웃으며 물었다.

---

5 석유를 넣은 그릇의 심지에 불을 붙이고 바람을 막기 위하여 유리로 만든 등피를 끼운 등.

"서울에는 우리 동네 터보다 더 넓은 자리를 잡고 있는 집이 수 없습니다. 총독부 같은 집에는 수만 명이 살겠든데요."

길서는 서울서 구경한 놀랄 만한 일을 하나도 떼지 않고 이야기 했다.

전차는 수백 대나 되며 자동차가 수천 대나 있어 귀가 아파 다닐 수 없었다는 말까지 했다.

혀를 빼고 멍하니 듣던 사람들이 숨을 몰아쉬려 할 때는 그는 그 자리에서 일어서며 강연조로 말을 꺼냈다.

"이제는 강습회에서 배운 것을 조금 말하겠습니다. 농사짓는 법 이란 제가 보통학교에 다니면서 다 배운 것이며, 지금 내가 채소밭 하는 것과 꼭 같은 것이었으니까 말할 것이 없지요. 하나 새로 배 운 것이 있다면 닭을 칠 때 서울서 레그혼이라는 흰 닭을 사다 기 르면 그놈이 알을 굉장히 낳는다는 것입니다. 그밖에는 배운 것이 라고 별로 없습니다."

이 말을 끝맺고 다시 말을 이을 때는 기침을 한번 하고 목청을 올리었다.

"제가 강습회에서도 가장 많이 물은 일입니다마는 우리가 제일 깨달아야 할 것이 하나 있습니다. 그것은 다름 아니라 가장 어렵고 무서운 시국이라는 것입니다. 까딱 잘못했다가는 죽을죄를 짓기 쉽고 일을 아니 하고 놀려고만 생각하면 농사도 못 짓게 됩니다. 불경기, 불경기 하지만 이것이 얼마 오래 갈 것이 아니며 한고비만 넘기면 호경기가 온다는 것입니다. 들으니까 요사이에 감옥에 가 장 많이 갇힌 죄수들은 일하기가 싫어서 남들까지 일을 못 하게 한 놈들이래요. 말하자면 공산주의자라나요. 공연히 알지도 못하고 그런 놈들의 말을 들었다가는 부치던 땅까지 못 부치게 될 것이니 결국은 농군들에 손해가 아니겠소…….”

듣고 있던 사람들은 길서의 얼굴만 처다보며 멍하니 앉아 있었다.

“또 무슨 전쟁이 일어날 것도 같습니다. 하라는 일을 아니 하면 우리가 어떻게 되는지도 모르지요. 그러나 같은 값이면 마음 놓고 하라는 일을 잘하며 살아야 하겠어요. 에에, 우리는 일을 부지런히 합시다. 그러면 굶어 죽는 법이 없으니깐요. 유명하게 된 사람들은 전부 부지런했던 덕택이었다는 것을 우리는 잘 알지 않습니까!”

이 말을 끝맺고 한참이나 섰다가 앉을 때 옆에 앉았던 늙은이가 이마를 긁으며 물었다.

“너 서울 가서 그런 말도 배웠니?”

길서는 그저 웃었다. 의숙이도 재미있게 듣는 동네 사람들을 볼 때 길서가 더 훌륭한 것같이 생각되었다.

“그런데 호경긴가 그것은 언제 온대던?”

아닌 밤중에 홍두깨[6] 내밀 듯 기억이가 한참 동안 잔잔하던 공기를 깨뜨리고 말했다. 대답에 궁했던 길서는 한참이나 생각하다가,

“얼마 안 있으면 온대더라…….”

라고 대답했으나, 어째서 불경기니 호경기니 하는 것이 생기느냐

---

6 뜻하지 않았던 일이 갑작스럽게 일어나거나, 느닷없이 어떤 일이나 말을 꺼내는 것을 가리키는 말.

고 캐어물을 때에는 모르겠다는 솔직한 대답밖에 더 할 수가 없었다. 농민들이 나날이 못살게 되어가는 것이 불경기 때문이냐고 묻는다면 자신 있는 말로 그렇다고 대답했을는지도 모른다.

"암만 호경기가 온다 해두 팔아먹을 것이 있어야 호경기지. 팔 거 없는 놈이 호경기는 무슨 소용이냐. 호경기가 되면 쌀이 많이 생기기나 하나……."

이러한 기억의 말은 아무런 생각도 없이 나온 듯했으나 호경기가 쌀을 많이 가져다주는 것이 아니라는 것을 아는 그들은 길서의 말보다도 더 그럴 듯이 생각했다.

아무리 불경기라 해도 십 리 밖 읍내에 있는 지주地主 서徐재당은 금년에도 맏아들을 분가시키고 고래 같은 기와집을 지어주었다.

쌀값이 조금 오르면 고무신값이 오르고, 쌀값이 떨어지면 물건값도 떨어지는 것을 잘 아는 그들은 불경기니 호경기니 해도 그것이 그들에게는 아무 관계가 없는 것같이 생각되었으며 돈 있는 사람들도 불경기에 땅 팔았다는 말을 못 들었으므로 경기라는 것이 무엇인지 참으로 알 수 없었다.

그러나 그러면서도 길서가 힘든 말을 자기들보다 많이 아는 사람같이 생각하며 집으로 돌아갔다.

다음날, 서울 갈 때 입었던 누런 양복을 벗고 무명 잠방 적삼을 갈아입은 뒤 논에 나가 모를 꽂고 들어온 길서는 컴컴한 저녁때쯤해서 의숙의 집 뒤 모퉁이로 의숙이를 찾아갔다.

기쁨을 기쁘다고 말하지 못하던 의숙이도 이날만은 자기도 모르게 웃음이 솟아오르며, 무슨 말이든 가슴이 시원하게 털어놓고 싫었다. 길서가 서울서 사 왔다고 파란 비누를 손에 쥐어줄 때 의숙은 진정이 서린 눈초리로 길서의 손을 듬뿍 잡았다.

비누 세수라고 평생 못해본 의숙이가 비누 세수를 하면 금세 자기의 탄 얼굴이 희어지며 예뻐질 것 같아 춤을 추고 싶게 기뻤다.

"내 다음 일본 가게 되면 더 좋은 거 사다 줄께."

"언제 또 가세요?"

"가을에는 도에서 세 사람을 뽑아 일본 시찰을 보낸다는데 뽑히거나 할는지 모르지만……."

"뽑히겠지요 뭐……."

자신 있는 듯의 의숙이가 말할 때 껌껌한 데서 사람 소리를 들은 강아지가 깡깡 짖으며 뛰어나왔다.

무서운 호랑이나 본 것처럼 그들은 뒤돌아볼 새도 없이 굴뚝 뒤로 몸을 움츠리었다.

가슴속에서 뛰는 심장의 고동을 제각기 남의 가슴속에서 들었다.

"그놈의 개새끼가 사람을 놀라게 하눈……."

하며 숨을 내쉬고 일어설 때 그들의 손은 꼭 잡히어 있었다.

의숙이는 길서를 떠나서 몰래 집 안으로 들어가서 비누를 궤 속 깊이 넣었다가 한번 다시 꺼내 보고는 마당으로 나와 어머니와 오빠와 동생이 앉아 있는 멍석으로 갔다. 그러나 길서의 품에 안기었던 생각만이 가슴에서 떠나질 않았다.

"그래 사 원 팔십 전을 받고 팔았단 말인가?"

그의 어머니가 성두에게 하는 말이었다.

"그럼 어떡합니까? 그거라두 팔아서 용돈을 써야지요. 우선 지세두 밀리구, 아직 보리 빌 때까지 먹을 보리두 사야 하지 않아요. 또 단오 명절두 가까와오는데 돈 쓸 데가 없어서 그러십니까?"

"아아니 그런 줄은 알지만 큰돈을 만들려구 했던 도야지를 너무 일찍 팔았단 말이다."

"누구는 모르나요. 여름에는 풀을 깎아다 주기만 하면 거름을 잘 만들고 먹일 것도 겨울보다 흔해서 기르기도 쉽구. 그러다가 가을철에 접어들어 팔면 큰돈 된 것두 알기는 하지만 어떻게 합니까?"

성두의 얼굴은 푸르럭푸르럭했다.

"오빠…… 오빠의 잔치는 어떻게 합니까? 돼지를 팔구……."

의숙이가 옆에 앉았다가 눈을 흘기는 것 같으면서도 웃는 얼굴로 말을 했다.

"글쎄 말이다. 내 말이 그 말이 아닌가?"

어머니는 차마 꺼내지 못했던 말이 나와서 시원한 듯했다.

길서는 새벽에 일어나 감자밭에 나가 벌레를 잡고 뽕나무 묘목밭을 한번 돌아보고는 서울 갈 때 입었던 누런 양복을 입고 읍내로 들어갔다.

먼저 보통학교 교장에게로 가서 제 손으로 만든 비 다섯 개를 쓰라고 주고, 모를 다 냈으니 비료를 사야겠다고 이십오 원을 취해가지고는 뽕나무 묘목에 대한 이야기를 하려고 면사무소로 들어갔다.

"리 상, 잘 왔소. 한턱내야지. 오늘은 리 상의 점심을 얻어먹어야겠군……."

세금 못 낸 사람을 잘 치기로 유명한 뚱뚱한 서기가 길서가 들어서자마자 말을 했다.

"한턱은 점심때 내기루 하구, 묘목은 언제 가져갑니까? 퍽 자랐는데, 이번에는 돈을 좀 실하게 받아야겠는데요."

"한턱만 내면야 잘 팔아주지……. 내게만 곱게 보이란 말야. 값을 정해서 갖다 맡기면 그만이니까 누가 무슨 소리를 감히 해내나……."

면서기는 농담 비슷하게 웃었다. 허리를 구부리고 복종하는 농부들은 절대로 마음대로 할 자신이 있다는 듯한 호걸웃음을 웃었다.

"일본으로 보내는 사람을 뽑는 때두 면장을 시켜서 잘 말하도록 할 테니 그저 한턱만 내요."

"그것은 염려 마십시오. 술 한 병이면 녹초가 될 걸……. 그러면서도 얼마나 먹는 듯이…… 하하하……."

길서는 진정으로 한턱내고 싶기도 했다. 묘목만 잘 팔아주면 예산 이외의 돈이 수십 원 들어온다는 것을 모를 리 없었다. 그때 뚱뚱한 몸에 맵시 없는 의복을 입은 면장이 들어와서 길서 앞에 섰다. 길서는 인사를 하고 서울 갔던 이야기를 보고했다.

보고를 듣고 수고했다는 말을 한 뒤는 곧장,

"그런데 이번 호세[7]는 자네 동네에서도 조금 많이 부담해야겠

---

7 戶稅, 집집마다 징수하던 세금.

네……. 보통학교를 육 학급으로 증축해야겠으니까……."

하고 길지도 않은 수염을 쓸며 호세 이야기를 했다.

"거야 제가 압니까?"

"아니야, 자네 동네서야 자네만 승낙하면 되는 게니까. 그렇다구 자네에게 해로운 것은 없을 게고."

"글쎄요."

길서는 면장의 말에 무엇이라고 대답할 수가 없었다. 만약 그에게 조금이라도 재미없는 말을 해서 비위에 거슬리게 하면 자기도 끼니때를 굶고 지내는 동네 소작인들이나 다름이 없는 생활을 해야 할 것을 잘 알고 있다. 일본은 둘째로 하고라도 묘목도 못 팔아먹을 것이며, 그런 말이 보통학교 교장 귀에 들어가면 돈도 빌어다 쓸 수 없게 된다.

그러면 묘목 심었던 밭에 조를 심게 되고, 면사무소 사무원들과 학교 선생님들에게 팔던 감자와 파도 썩어버리게 된다.

삼백 평밖에 안 되는 논에 비료를 많이 내지 않으면 미곡 품평회에 출품도 못 해 볼 것이며, 그러면 상금을 못 탈 뿐 아니라 벼가 겨우 넉 섬밖에 소출[8] 못 날 것이다.

그러면 동네 사람들과 꼭 같이 일 년 양식도 부족할 것이 아닌가.

"자네 동네 사람들은 얌전하게 근심 없이 사는 모양이던데……."

면장이 다시 말을 꺼낼 때 길서는 곧 대답했다.

"그러문요. 근심이 조금도 없다고야 할 수 없지마는 무던한 편

8 所出, 논밭에서 생산되는 곡식의 양.

은 됩니다."

벼는 누릇누릇해서 이삭들이 뭉친 것이 황금 덩이 같았다. 그러
나 얼굴의 주름살을 편 사람이라고는 하나도 없었다.

강충이[9]가 먹어 예년에 비해서 절반도 곡식을 거둘 수가 없었기
때문이었다.

길서만이 평양 가서 북어 기름을 통으로 사다가 쳤기 때문에 그
의 논만은 작년보다도 더 잘 되었으나 다른 논들은 털 빠진 황소
가죽같이 민숭민숭해졌다.

이[蝨] 새끼만 한 작은 벌레까지가 못살게 하는 것이 가슴 원통했
으나 여름내 땀을 빼고도 제 입으로 들어올 것이 없을 것을 생각하
니 눈물이 솟아오를 지경이었다.

그들은 할 수 없으므로 성두의 말대로 길서를 시켜 읍내 지주
서재당에게 가서 금년만 도지를 조금 감해 달래보자고 했다.

그러나 길서는 자기와 관계가 없을 뿐 아니라 정해놓은 도지를
곡식이 안 되었다고 감해달라는 것은 흔히 일어나는 소작쟁의와
같은 당치 않은 짓이라고 해서 거절했다. 그리고는 며칠 있다가 일
본 시찰단으로 뽑히어 떠나가 버렸다.

동네 사람들은 어찌할 줄을 몰랐다. 더구나 금년 겨울에는 기어
이 잔치를 하려고 하던 성두는 가끔 우는 얼굴을 하곤 했다.

그들은 할 수 없이 큰마음을 먹고 떼를 지어 읍내로 들어가 서재

---

9 줄강충잇과에 속한 곤충을 통틀어 이르는 말.

당에게 사정을 말해보았으나 물론 들어주지 않았다. 오히려 아들을 분가시킨 관계로 돈이 몰린다는 근심까지를 들었다.

"너희들 마음대로 그렇게 하려거든 명년부터는 논을 내놓아라."

하는 말에는 더 할 말이 없어 갈 때보다도 더 기운 없이 돌아왔다. 그들은 돌아가는 길에 길서의 논 앞에 서서 모범 경작이라고 쓴 말뚝을 부럽게 내려다보았다.

볏대가 훨씬 큰데 이삭이 한길만치 늘어선 것이 여간 부럽지 않았다. 그러나 말도 잘하고 신망도 있다고 해서 대신 교섭을 해달라고 부탁했음에도 불구하고 못 들은 체 들어주지 않은 길서가 미웠다.

"나도 내 땅이 있어 비료만 많이 하면 이삼 곱을 내겠다. 그까짓 것……."

기억이가 침을 탁 뱉으며 말했다. 며칠 뒤 그들이 다시 놀란 것은 값도 모르는 뽕나뭇값이 엄청나게 비싸진 것과, 십삼 등 하던 호세가 십일 등으로 올라간 것이다.

그것보다도 십 등이던 길서네만은 그대로 십 등으로 있는 것이 너무도 이상했다. 길서네는 그래도 작년에 돈을 모아 빚을 주었으나 다른 사람들은 흉년까지 만나 먹고 살 수도 없는데 호세만 올랐다는 것이 우스우면서도 기막힌 일이었다.

무엇을 보고 호세를 정하는지 알 수 없었다.

흉년, 그러면서도 도지를 그대로 바쳐야 하는데다가 호세까지 오른 그들의 세상은 캄캄했다.

'아마 북간도나 만주로 바가지를 차고 떠나야 하는가보다.'

성두는 혼자 생각했다. 그들은 마을에 대한 애착심도 잊었고 제 고장이라는 것도 생각하기 싫었다. 다만 못살 놈의 땅만 같았다.

마을 사람들은 길서의 장난으로 호세까지 올랐다는 것을 다음에야 알고 누구 하나 그를 곱게 이야기하는 이가 없게 되었다. 길서 때문에 동네를 떠나야겠다는 오빠의 말을 들은 의숙이도 눈물을 흘리며 길서가 그렇지 않기를 속으로 바랐다.

길서는 일본서 돌아올 때 우선 자기 논두렁에서 가슴이 서늘함을 느꼈다.

논에 박은 '김길서'라고 쓴 푯말은 간 곳도 없고 '모범 경작생'이라고 쓴 말뚝은 쪼개져서 흐트러져 있었다.

심술궂은 애들이 장난을 했는가 하고 생각하려 했으나 그 한 짓으로 보아서 반드시 무슨 일이 일어난 것 같은 예감이 들었다.

동네에 들어섰을 때 동네에는 어른이라고 한 사람도 찾아볼 수 없었다.

읍내 서재당 집엘 가서 저녁때가 되도록 아직 돌아오지 않았다는 말을 듣자 서울 갔다 돌아왔을 때보다도 더 의기양양해 온 길서의 마음은 조각조각 깨지고 말았다.

보지도 못했고 이름조차 들어보지 못하던 바나나를 가지고 밤이 이슥했을 무렵 의숙이를 찾아갔건만 그를 본 의숙이도 얼굴을 돌리고 울기만 했다. 길서의 마음은 터지는 듯했다.

뒤에서 몽둥이를 들고 따라오던 사람의 숨소리를 듣는 듯 가슴이 떨리었다. 불길한 징조가 눈에 보이는 듯했다.

성두가 충혈된 얼굴로 아랫문으로 뛰어들었을 때 길서는 들고 왔던 바나나를 들고 뒷문으로 도망쳤다.

— 〈조선일보〉, 1934.

1911년	3월 2일 평안남도 강서에서 목사인 박석훈朴錫薰의 둘째 아들로 출생.
1930년	평양 숭실중학교와 광성고등보통학교를 거쳐 연희전문학교 문과에 입학.
1931년	연희전문학교에서 발행하는 〈연희〉에 시 〈근성〉〈눈물은 다 말랐다〉 등 발표.
1934년	연희전문학교 졸업. 〈신동아〉 현상모집 장편소설《1년》, 〈조선일보〉 신춘문예에 단편소설 〈모범 경작생〉, 〈신동아〉에 콩트 〈새우젓〉이 동시에 당선되면서 문단에 등단.
1935년	독서회사건으로 붙잡혀 5개월간 구류 당함.
1938년	만주 길림성으로 이주하여 교편생활을 함.
1945년	광복 후 귀국하여 신세대사에 입사.
1948년	경향신문 문화부 입사.
1951년	육군본부 정훈감실 문관으로 복무, 종군작가단 사무국장으로 활동.
1954년	창작집《그늘진 꽃밭》으로 제1회 아세아자유문학상 수상.
1955년	연희대학교와 수도여자사범대학 강사로 근무.
1959년	한양대학교 부교수 재직.
1962년	연세대학교 교수 재직.
1965년	제14회 대한민국 예술원상 수상.

1967년   서울특별시문화상 수상.
1976년   7월 14일 사망.

사랑손님과
어머니

1931-1940 모던보이, 문학을 만나다

순수 애정을 문학으로 승화시킨 작가 주요섭

주요섭

朱耀燮, 1902~1972

호는 여심餘心 또는 여심생餘心生. 시인 주요한朱耀翰의 동생이다. 평양의 숭덕소
학교를 거쳐 숭실중학교 3학년 때 아버지를 따라 일본으로 가 아오야마 학
원 중학부 3학년에 편입하였다. 1919년 3·1 운동이 일어나자 귀국하여 지
하신문을 발간하다가 출판법 위반으로 10개월의 형을 받았다. 1920년 〈매일
신보〉 신춘문예에 〈이미 떠난 어린 벗〉이 입선하여 등단하였으며, 같은 해
중국으로 가 쑤저우 안세이 중학을 거쳐 1921년 상하이 후장 대학 부속 중
학교를 졸업하였고, 1927년에는 후장 대학 교육학과를 졸업하였다. 1928년
미국으로 건너가 스탠퍼드 대학원에서 교육심리학을 전공한 뒤 1929년 귀
국하였다.

1931년 동아일보에 입사하여 〈신동아〉 주간으로 일하다가 1934년 중국의
베이징 푸렌 대학 교수로 취임하였으나 1943년 일본의 대륙 침략에 협조하
지 않는다는 이유로 추방령을 받아 귀국하였다. 1946년부터 1953년 사이
에 상호출판사 주간과 〈코리아타임스〉 주필을 역임하였다. 1953년부터 경
희대학교 교수로 재직하면서 1954년부터 국제펜클럽 한국본부 사무국장,
1961년 코리안 리퍼블릭 이사장, 1968년 한국문학번역협회 회장 등을 역
임하였다.

작품으로는 〈추운 밤〉 〈인력거꾼〉 〈살인〉 〈개밥〉 〈사랑손님과 어머니〉 〈아
네모네의 마담〉 〈대학교수와 모리배〉 〈낙랑고분의 비밀〉 등이 있다.

어린 소녀의 눈으로 묘사한
서정적이고 낭만적인 사랑 이야기

〈사랑손님과 어머니〉는 1935년 〈조광〉 창간호에 발표된 단편소설로 두 남녀 간의 담백하지만 애절한 사랑과 그 사랑의 좌절을 서정적이고 낭만적으로 그려낸 주요섭의 대표작이다.

〈사랑손님과 어머니〉는 봉건 질서에 억압되어 소극적인 순응의 삶에 길들여진 젊은 과부와 사랑손님인 남성과의 이루어지지 못한 사랑을 그리고 있다. 그러나 이 작품은 통속성으로 빠져들지 않는데, 그럴 수 있는 가장 큰 이유는 바로 이야기가 과부의 딸인 '옥희'라는 어린 소녀의 관찰을 통해 전달되고 있다는 데 있다. 대상에 대한 인식이나 해석이 미숙한 화자인 옥희가 주인공이 되어 두 사람의 사랑을 관찰하게 함으로써 작가는 그 사랑의 서정성과 낭만성을 자연스럽게 확보함과 동시에 그 사랑을 불가능하게 하는 봉건 질서의 억압을 객관적으로 전달하고 있다. 봉건적 폐쇄 사회에서 자유로운 개방 사회로 가는 당대의 과도기적 상황 속에서 사랑으로서의 욕망, 욕망으로서의 사랑은 선택 혹은 결단이라는 과정을 요구하는데, 옥희는 어린 소녀라는 특성을 통해 두 사람 간의 사랑의 심리나 행동을 서정적이고 낭만적으로 자연스럽게 표출해 보여준 것이다.

사랑의 좌절을 과장되거나 과격하지 않고 애틋하고 아름답게 전함으로써 주요섭은 이 작품을 통해 순수 애정을 예술로 승화시킨 작가라 평가받고 있다.

사랑손님과 어머니

1

　나는 금년 여섯 살 난 처녀애입니다. 내 이름은 박옥희이구요.
우리 집 식구라고는 세상에서 제일 이쁜 우리 어머니와 단 두 식구
뿐이랍니다. 아차 큰일 났군, 외삼촌을 빼놓을 뻔했으니.

　지금 중학교에 다니는 외삼촌은 어디를 그렇게 싸돌아다니는지
집에는 끼니때나 외에는 별로 붙어 있지를 않으니까 어떤 때는 한
주일씩 가도 외삼촌 코빼기도 못 보는 때가 많으니까요, 깜빡 잊어
버리기도 예사지요, 무얼.

　우리 어머니는, 그야말로 세상에서 둘도 없이 곱게 생긴 우리 어
머니는 금년 나이 스물네 살인데 과부랍니다. 과부가 무엇인지 나
는 잘 몰라도 하여튼 동리 사람들은 날더러 '과부 딸'이라고들 부

르니까 우리 어머니가 과부인 줄을 알지요. 남들은 다 아버지가 있는데 나만은 아버지가 없지요. 아버지가 없다고 아마 '과부 딸'이라나 봐요.

2

외할머니 말씀을 들으면 우리 아버지는 내가 이 세상에 나오기한 달 전에 돌아가셨대요. 우리 어머니하고 결혼한 지는 일 년 만이고요. 우리 아버지의 본집은 어디 멀리 있는데 마침 이 동리 학교에 교사로 오게 되기 때문에 결혼 후에도 우리 어머니는 시집으로 가지 않고 여기 이 집을 사고(바로 이 집은 우리 외할머니 댁 옆집이지요), 여기서 살다가 일 년이 못 되어 갑자기 돌아가셨대요. 내가 세상에 나오기도 전에 아버지는 돌아가셨다니까 나는 아버지 얼굴도 못 뵈었지요. 그러기에 아무리 생각해보아도 아버지 생각은 안 나요. 아버지 사진이라는 사진은 나도 한두 번 보았지요. 참말로 훌륭한 얼굴이야요. 아버지가 살아 계시다면 참말로 이 세상에서 제일가는 잘난 아버지일 거야요. 그런 아버지를 뵙지도 못한 것은 참으로 분한 일이야요. 그 사진도 본 지가 퍽 오래되었는데 이전에는 그 사진을 어머니 책상 위에 놓아두시더니 외할머니가 오시면 오실 때마다 그 사진을 치우라고 늘 말씀하셨는데 지금은 그 사진이 어디 있는지 없어졌어요. 언젠가 한 번 어머니가 나없는 동안에 몰래 장롱 속에서 무엇을 꺼내 보시다가 내가 들어오니까 얼른 장롱 속에 감추는 것을 내가 보았는데 그게 아마 아버지 사진인 것 같았어요.

아버지가 돌아가시기 전에 우리가 먹고살 것을 남겨놓고 가셨대요. 작년 여름에, 아니로군 가을이 다 되어서군요. 하루는 어머니를 따라서 저 여기서 한 십 리나 가서 조그만 산이 있는 데를 가서 거기서 밤도 따 먹고 또 그 산 밑에 초가집에 가서 닭고깃국을 먹고 왔는데, 거기 있는 땅이 우리 땅이래요. 거기서 나는 추수로 밥이나 굶지 않게 된다고요. 그래도 반찬 사고 과자 사고 할 돈은 없대요. 그래서 어머니가 다른 사람의 바느질을 맡아서 해주지요. 바느질을 해서 돈을 벌어서 청어도 사고 달걀도 사고 또 내가 먹을 사탕도 사고 한다고요.

그리고 우리 집 정말 식구는 어머니와 나와 단둘뿐인데 아버님이 계시던 사랑방이 비어 있으니까 그 방도 쓸 겸 또 어머니의 잔심부름도 좀 해줄 겸 해서 우리 외삼촌이 사랑에 와 있게 되었대요.

3

금년 봄에는 나를 유치원에 보내준다고 해서 나는 너무나 좋아서 동무 아이들한테 실컷 자랑을 하고 나서 집으로 들어오노라니까 사랑에서 큰외삼촌이(우리 집 사랑에 와 있는 외삼촌의 형님 말이야요) 웬 한 낯선 사람 하나와 앉아 이야기를 하고 있었습니다. 큰외삼촌이 나를 보더니 '옥희야' 하고 부르겠지요.

"옥희야, 이리 온. 와서 이 아저씨께 인사드려라."

나는 어째 부끄러워서 비슬비슬하니까 그 낯선 손님이,

"아, 그 애기 참 곱다. 자네 조카딸인가?"

하고 큰외삼촌더러 묻겠지요. 그러니까 큰외삼촌은,

"응, 내 누이의 딸…… 경선 군의 유복녀 외딸일세."

하고 대답합니다.

"옥희야, 이리 온, 응! 그 눈은 꼭 아버지를 닮았네그려."

하고 낯선 손님이 말합니다.

"자, 옥희야, 커단 처녀가 왜 저 모양이야. 어서 와서 이 아저씨께 인사해여. 너의 아버지의 옛날 친구신데 오늘부터 이 사랑에 계실 텐데 인사 여쭙고 친해 두어야지."

나는 이 낯선 손님이 사랑방에 계시게 된다는 말을 듣고 갑자기 즐거워졌습니다. 그래서 그 아저씨 앞에 가서 사붓이 절을 하고는 그만 안마당으로 뛰어 들어왔지요. 그 낯선 아저씨와 큰외삼촌은 소리를 내서 크게 웃더군요.

나는 안방으로 들어오는 나름으로 어머니를 붙들고,

"어머니, 사랑방에 큰삼춘이 아저씨를 하나 데리구 왔는데에, 그 아저씨가아, 이제 사랑에 있는대."

하고 법석을 하니까,

"응, 그래."

하고 어머니는 벌써 안다는 듯이 대수롭잖게 대답을 하더군요, 그래서 나는,

"언제부텀 와 있나?"

하고 물으니까,

　"오늘부텀."

　"애구 좋아."

하고 내가 손뼉을 치니까 어머니는 내 손을 꼭 붙잡으면서,

　"왜 이리 수선이야."

　"그럼 작은외삼춘은 어디루 가나?"

　"외삼춘두 사랑에 계시지."

　"그럼 둘이 있나?"

　"응."

　"한방에 둘이 있어?"

　"왜, 장짓문¹ 닫구 외삼춘은 아랫방에 계시구 그 아저씨는 윗방
에 계시구 그러지."

4

　나는 그 아저씨가 어떠한 사람인지는 몰랐으나 첫날부터 내게
는 퍽 고맙게 굴고 나도 그 아저씨가 꼭 마음에 들었어요. 어른들
이 저희끼리 말하는 것을 들으니까 그 아저씨는 돌아가신 우리 아
버지와 어렸을 적 친구라고요. 어디 먼 데 가서 공부를 하다가 요
새 돌아왔는데 우리 동리 학교 교사로 오게 되었대요. 또 우리 큰

1　방과 마루 또는 방과 방 사이에 있는 장지 짝을 덧단 지게문.

외삼촌과도 동무인데 이 동리에는 하숙도 별로 깨끗한 곳이 없고 해서 위 사랑으로 와 계시게 되었다고요. 또 우리도 그 아저씨한테 서 밥값을 받으면 살림에 보탬도 좀 되고 한다고요.

그 아저씨는 그림책들을 얼마든지 가지고 있어요. 내가 사랑방 으로 나가면 그 아저씨는 나를 무릎에 앉히고 그림책들을 보여줍 니다. 또 가끔 과자도 주고요.

어느 날은 점심을 먹고 이내 살그머니 사랑에 나가보니까 아저 씨는 그때에야 점심을 잡수셔요. 그래 가만히 앉아서 점심 잡숫는 걸 구경하고 있노라니까 아저씨가,

"옥희는 어떤 반찬을 제일 좋아하누?"

하고 묻겠지요. 그래 삶은 달걀을 좋아한다고 했더니 마침 상에 놓 인 삶은 달걀을 한 알 집어주면서 나더러 먹으라고 합니다. 나는 그 달걀을 벗겨 먹으면서,

"아저씨는 무슨 반찬이 제일 맛나우?"

하고 물으니까 그는 한참이나 빙그레 웃고 있더니,

"나두 삶은 달걀."

하겠지요. 나는 좋아서 손뼉을 짤깍짤깍 치고,

"아, 나와 같네. 그럼 가서 어머니한테 알려야지."

하면서 일어서니까 아저씨가 꼭 붙들면서,

"그러지 말어."

그러시겠지요. 그래도 나는 한번 맘을 먹은 다음엔 꼭 그대로 하 고야 마는 성미지요. 그래 안마당으로 뛰쳐 들어가면서,

"엄마, 엄마, 사랑 아저씨두 나처럼 삶은 달걀을 제일 좋아한대."

하고 소리를 질렀지요.

"떠들지 말어."

하고 어머니는 눈을 흘기십니다.

그러나 사랑 아저씨가 달걀을 좋아하는 것이 내게는 썩 좋게 되었어요. 그것은 그다음부터는 어머니가 달걀을 많이씩 사게 되었으니까요. 달걀 장수 노파가 오면 한꺼번에 열 알도 사고 스무 알도 사고, 그래선 두고두고 삶어서 아저씨 상에도 놓고 또 으레 나도 한 알씩 주고 그래요. 그뿐만 아니라 아저씨한테 놀러 나가면 가끔 아저씨가 책상 서랍 속에서 달걀을 한두 알 꺼내서 먹으라고 주지요. 그래 그 담부터는 나는 아주 실컷 달걀을 많이 먹었어요.

나는 아저씨가 매우 좋았어요마는 외삼촌은 가끔 툴툴하는 때가 있었어요. 아마 아저씨가 마음에 안 드나 봐요. 아니, 그것보다도 아저씨 잔심부름을 꼭 외삼촌이 하게 되니까 그것이 싫어서 그러나 봐요. 한번은 어머니와 외삼촌이 말다툼하는 것까지 내가 들었어요. 어머니가,

"야, 또 어데 나가지 말구 사랑에 있다가 선생님 들어오시거든 상 내가야지."

하고 말씀하시니까, 외삼촌은 얼굴을 찡그리면서,

"제길, 남 어디 볼일이 있는 날은 으레 끼니때에 안 들어오고 늦어지니……."

하고 툴툴하겠지요. 그러니까 어머니는,

"그러니 어짜갔니. 너밖에 사랑 출입할 사람이 어디 있니?"

"누님이 좀 상 들구 나가구려. 요새 세상에 내외하십니까!"

어머니는 갑자기 얼굴이 발개지시고 아무 대답도 없이 그냥 외삼촌에게 향하여 눈을 흘기셨습니다. 그러니까 외삼촌은 흥흥 웃으면서 사랑으로 나갔지요.

5

나는 유치원에 가서 창가도 배우고 댄스도 배우고 하였습니다. 유치원 여자 선생님이 풍금을 아주 썩 잘 타요. 그런데 우리 유치원에 있는 풍금은 우리 예배당에 있는 풍금과는 아주 다른데 퍽 조그마한 것이지마는 소리는 썩 좋아요. 그런데 우리 집 윗간에도 유치원 풍금과 똑같이 생긴 것이 놓여 있는 것이 갑자기 생각이 났어요. 그래 그날 나는 집으로 오는 길로 어머니를 끌고 윗간으로 가서,

"엄마, 이거 풍금 아니우?"

하고 물으니까 어머니는 빙그레 웃으시면서,

"그렇단다. 그건 어찌 알았니?"

"우리 유치원에 있는 풍금이 이것과 꼭 같은데 무얼. 그럼 엄마두 풍금 탈 줄 아우?"

하고 나는 다시 물었습니다. 그것은 내가 이때껏 한 번도 어머니가 이 풍금 앞에 앉은 것을 본 일이 없기 때문입니다.

어머니는 아무 대답도 아니 하십니다.

"엄마, 이 풍금 좀 타봐!"

하고 재촉하니까 어머니 얼굴은 약간 흐려지면서,

"그 풍금을 너의 아버지가 날 사다 주신 거란다. 너의 아버지 돌아가신 후에는 그 풍금은 이때까지 뚜껑두 한번 안 열어 보았다……."

이렇게 말씀하시는 어머니 얼굴을 보니까 금방 또 울음보가 터질 것만 같이 보여서 나는 그만,

"엄마, 나 사탕 주어."

하면서 아랫방으로 끌고 내려왔습니다.

6

아저씨가 사랑방에 와 계신지 벌써 여러 밤을 잔 뒤입니다. 아마 한 달이나 되었지요. 나는 거의 매일 아저씨 방에 놀러 갔습니다. 어머니는 나더러 그렇게 가서 귀찮게 굴면 못 쓴다고 가끔 꾸지람을 하시지만 정말인즉 나는 조금도 아저씨를 귀찮게 굴지는 않았습니다. 도리어 아저씨가 나를 귀찮게 굴었지요.

"옥희 눈은 아버지를 닮았다. 고 고운 코는 아마 어머니를 닮았지, 고 입하고! 응, 그러냐, 안 그러냐? 어머니도 옥희처럼 곱지, 응……?"

이렇게 여러 가지로 물을 적도 있었습니다. 그래서 나는,

"아저씨, 입때 우리 엄마 못 봤수?"

하고 물었더니, 아저씨는 잠잠합니다. 그래 나는,

"우리 엄마 보러 들어갈까?"

하면서 아저씨 소매를 잡아당겼더니, 아저씨는 펄쩍 뛰면서,

"아니, 아니, 안 돼. 난 지금 분주해서."

하면서 나를 잡아끌었습니다. 그러나 정말로는 무슨 그리 분주하지도 않은 모양이었어요. 그러기에 나더러 가란 말도 않고 그냥 나를 붙들고 앉아서 머리도 쓰다듬어주고 뺨에 입도 맞추고 하면서,

"요 저구리 누가 해주지? ……밤에 엄마하구 한자리에서 자니?"

하는 둥 쓸데없는 말을 자꾸만 물었지요!

그러나 웬일인지 나를 그렇게도 귀애해주던 아저씨도 아랫방에 외삼촌이 들어오면 갑자기 태도가 달라지지요. 이것저것 묻지도 않고 나를 꼭 껴안지도 않고 점잖게 앉아서 그림책이나 보여주고 그러지요. 아마 아저씨가 우리 외삼촌을 무서워하나 봐요.

하여튼 어머니는 나더러 너무 아저씨를 귀찮게 한다고 어떤 때는 저녁 먹고 나서 나를 꼭 방 안에 가두어 두고 못 나가게 하는 때도 더러 있었습니다. 그러나 조금 있다가 어머니가 바느질에 정신이 팔리어서 골몰하고 있을 때 몰래 가만히 일어나서 나오지요. 그런 때에는 어머니는 내가 문 여는 소리를 듣고서야 퍼뜩 정신을 차려서 쫓아와 나를 붙들지요. 그러나 그런 때는 어머니는 골은 아니 내시고,

"이리 온, 이리 와서 머리 빗고……."

하고 끌어다가 머리를 다시 곱게 땋아 주시지요.

"머리를 곱게 땋고 가야지. 그렇게 되는 대루 하구 가문 아저씨가 숭보시지 않니?"

하시면서, 또 어떤 때에는 머리를 다 땋아 주시고는,

"응, 저구리가 이게 무어냐?"

하시면서 새 저고리를 내어주시는 때도 있었습니다.

7

어떤 토요일 오후였습니다. 아저씨는 나더러 뒷동산에 올라가
자고 하셨습니다. 나는 너무나 좋아서 가자고 그러니까, 아저씨가,

"들어가서 어머니께 허락받고 온."

하십니다. 참 그렇습니다. 나는 뛰쳐 들어가서 어머니께 허락을 맡
았습니다. 어머니는 내 얼굴을 다시 세수시켜 주고 머리도 다시 땋
고, 그러고 나서는 나를 아스러지도록 한번 몹시 껴안았다가 놓아
주었습니다.

"너무 오래 있지 말고, 응."

하고 어머니는 크게 소리치셨습니다. 아마 사랑 아저씨도 그 소리
를 들었을 거야요.

뒷동산에 올라가서는 정거장을 한참 내려다보았으나 기차는 안
지나갔습니다. 나는 풀잎을 쭉쭉 뽑아보기도 하고 땅에 누운 아저
씨의 다리를 꼬집어보기도 하면서 놀았습니다. 한참 후에 아저씨
가 손목을 잡고 내려오는데 유치원 동무들을 만났습니다.

"옥희가 아빠하구 어디 갔다 온다, 응."

하고 한 동무가 말하였습니다. 그 아이는 우리 아버지가 돌아가신
줄을 모르는 아이였습니다. 나는 얼굴이 빨개졌습니다. 그때 나는

얼마나 이 아저씨가 정말 우리 아버지였더라면 하고 생각했는지
모릅니다. 나는 정말로 한 번만이라도, '아빠!' 하고 불러보고 싶었
습니다. 그리고 그날 그렇게 아저씨하고 손목을 잡고 골목골목을
지나오는 것이 어찌도 재미가 좋았는지요.

　나는 대문까지 와서,

　"난 아저씨가 우리 아빠래문 좋겠다."

하고 불쑥 말해버렸습니다. 그랬더니 아저씨는 얼굴이 홍당무처
럼 빨개져서 나를 몹시 흔들면서,

　"그런 소리 하문 못써."

하고 말하는데 그 목소리가 몹시 떨렸습니다. 나는 아저씨가 몹시
성이 난 것처럼 보여서 아무 말도 못 하고 안으로 뛰어들어갔습니
다. 어머니가,

　"어디까지 갔던?"

하고 나와 안으며 묻는데, 나는 대답도 못 하고, 그만 훌쩍훌쩍 울
었습니다. 어머니는 놀라서

　"옥희야, 왜 그러니? 응?"

하고 자꾸만 물었으나 나는 아무 대답도 못 하고 울기만 했습니다.

　8

　이튿날은 일요일인 고로 나는 어머니와 함께 예배당에를 가려
고 차리고 나서 어머니가 옷을 갈아입는 동안 잠깐 사랑에를 나가

보았습니다.

'아저씨가 아직두 성이 났나?' 하고 가만히 방 안을 들여다보았더니 책상에 앉아서 무엇을 쓰고 있던 아저씨가 내다보면서 빙그레 웃었습니다. 그 웃음을 보고 나는 마음을 놓았습니다. 아저씨가 지금은 성이 풀린 것이 확실하니까요. 아저씨는 나를 이리 보고 저리 보고 훑어보더니,

"옥희 오늘 어디 가노? 저렇게 곱게 채리구."

하고 물었습니다.

"엄마하고 예배당에 가."

"예배당에?"

하고 나서 아저씨는 잠시 나를 멍하니 바라다보더니,

"어느 예배당에?"

하고 물었습니다.

"요 앞에 예배당에 가지 뭐."

"응? 요 앞이라니?"

이때 안에서,

"옥희야."

하고 부드럽게 부르는 어머니 목소리가 들리었습니다. 나는 얼른 안으로 뛰어들어오면서 돌아다보니까 아저씨는 또 얼굴이 빨갛게 성이 났겠지요. 내 원, 참으로 무슨 일로 요새는 아저씨가 그렇게 성을 잘 내는지 알 수 없었습니다.

예배당에 가서 찬미하고 기도하다가 기도하는 중간에 갑자기 나는 '혹시 아저씨두 예배당에 오지 않았나?' 하는 생각이 나서 눈

142

을 뜨고 고개를 들어 남자석을 바라다보았습니다. 그랬더니 하, 바로 거기에 아저씨가 와 앉아 있겠지요. 그런데 아저씨는 어른이면서도 눈 감고 기도하지 않고 우리 아이들처럼 눈을 빤히 뜨고 여기저기 두리번두리번 바라봅니다. 나는 얼른 아저씨를 알아보았는데 아저씨는 나를 못 알아보았는지 내가 방그레 웃어 보여도 웃지도 않고 멀거니 보고만 있겠지요. 그래 나는 손을 흔들었지요. 그러니까 아저씨는 얼른 고개를 숙이고 말더군요. 그때 어머니가 내가 팔 흔드는 것을 깨닫고 두 손으로 나를 붙들고 끌어당기더군요. 나는 어머니 귀에다 입을 대고,

"저기 아저씨두 왔어."

하고 속삭이니까 어머니는 흠칫하면서 내 입을 손으로 막고 막 끌어 잡아다가 앞에 앉히고 고개를 누르더군요. 보니까 어머니가 또 얼굴이 홍당무처럼 빨개졌구요.

그날 예배는 아주 젬병[2]이었어요. 웬일인지 예배 다 끝날 때까지 어머니는 성이 나서 강대[3]만 향하여 앞으로 바라보고 앉았고 이전 모양으로 가끔 나를 내려다보고 웃는 일이 없었어요. 그리고 아저씨를 보려고 남자석을 바라다보아도, 아저씨도 한 번도 바라다보아주지도 않고 성이 나서 앉아 있고, 어머니는 나를 보지도 않고 공연히 꽉꽉 잡아당기지요. 왜 모두들 그리 성이 났는지…….나는 그만 으아 하고 한번 울고 싶었어요. 그러나 바로 멀지 않은 곳에 우리 유치원 선생님이 앉아 있는 고로 울고 싶은 것을 아주

2 형편없는 것을 속되게 이르는 말.
3 講臺. 강의나 설교를 할 때 책 같은 것을 올려놓는 도구.

억지로 참았답니다.

9

　내가 유치원에 입학한 후 처음 얼마 동안은 유치원에 갈 때나 올 때나 외삼촌이 바래다주었습니다. 그러나 여러 밤을 자고 난 뒤에는 나 혼자서도 넉넉히 다니게 되었어요. 그러나 언제나 내가 유치원에서 돌아오는 때이면 어머니가 옆 대문(우리 집에는 대문이 사랑 대문과 옆 대문 둘이 있어서 어머니는 늘 이 옆 대문으로만 출입하시는 것이었습니다) 밖에 기다리고 섰다가 내가 달음질쳐 가면 안고 집 안으로 들어가곤 하는 것이었습니다.

　그런데 하루는 어쩐 일인지 어머니가 대문가에 보이지를 않겠지요.

　어떻게도 화가 나던지요. 물론 머릿속으로는 '아마 외할머니 댁에 가셨나부다' 하고 생각했지마는 하여튼 내가 돌아왔는데 문간에서 기다리지 않고, 집을 떠났다는 것이 몹시 나쁘게 생각되더군요. 그래서 속으로 '오늘 엄마를 좀 더 골려야겠다' 하고 생각하고 있는데 옆 대문 밖에서,

　"아이고, 얘가 원 벌써 왔나?"

하는 어머니 목소리가 들리더군요. 그 순간 나는 얼른 신을 벗어 들고 안방으로 뛰어들어가서 벽장 문을 열고 그 속에 들어가서 숨어버렸습니다.

"옥희야, 옥희 너, 여태 안 왔니?"

하는 어머니 목소리가 바로 뜰에서 나더니,

"여태 안 왔군."

하면서 밖으로 나가는 모양이었습니다. 나는 재미가 나서 혼자 흐흥흐흥 웃었습니다.

한참을 있더니 집에서는 온통 야단이 났습니다. 어머니 목소리도 들리고 외할머니 목소리도 들리고 외삼촌 목소리도 들리고……

"글쎄, 하루 종일 집이라군 안 떠났다가 옥희 유치원 파하고 오면 멕일 과자가 없기에 어머님 댁에 잠깐 갔다 왔는데 고 동안에 이런 변이 생긴걸……"

하는 것은 어머니 목소리.

"글쎄 유치원에서 벌써 이십 분 전에 떠났다는데 원 중간에서……"

하는 것은 외할머니 목소리.

"하여튼 내 나가서 돌아댕겨 보웨다. 원 고것이 어딜 갔담?"

하는 것은 외삼촌의 목소리.

이윽고 어머니의 울음소리가 가늘게 들렸습니다. 외할머니는 무어라고 중얼중얼 이야기하는 모양이었습니다. '이젠 그만하고 나갈까?' 하고도 생각했으나, '지난 주일날 예배당에서 성냈던 앙갚음을 해야지' 하는 생각이 나서 나는 그냥 벽장 안에 누워 있었습니다. 벽장 안은 답답하고 더웠습니다. 그래서 이윽고 부지중에 나는 슬며시 잠이 들고 말았습니다.

얼마 동안이나 잤는지요? 이윽고 잠을 깨어보니 아까 내가 벽장 안으로 들어왔던 것은 잊어버리고 참 이상스러운 데에 내가 누워 있거든요. 어두컴컴하고 좁고 덥고……. 나는 갑자기 무서운 생각이 나서 엉엉 울기 시작했지요. 그러자 갑자기 어디 가까운 데서 어머니의 외마디 소리가 나더니 벽장 문이 벌컥 열리고 어머니가 달려들어서 나를 안아 내렸습니다.

"요 망할 것아."

하면서 어머니는 내 엉덩이를 댓 번 때렸습니다. 나는 더욱더 소리를 내서 울었습니다. 그때 어머니는 나를 끌어안고 어머니도 따라 울었습니다.

"옥희야, 옥희야, 응 인젠 괜찮다. 엄마 여기 있지 않니, 응, 울지 마라, 옥희야. 엄마는 옥희 하나문 그뿐이다. 옥희 하나만 바라구 산다. 난 너 하나문 그뿐이야. 세상 다 일이 없다. 옥희만 있으문 바라고 산다. 옥희야 응, 울지 마라. 응, 울지 마라."

이렇게 어머니는 나더러 자꾸 울지 말라고 하면서도 어머니는 그치지 않고 그냥 자꾸자꾸 울었습니다. 외할머니는,

"원 고것이 도깨비가 들렸단 말일까, 벽장 속엔 왜 숨는담."

하고 앉아 있고 외삼촌은,

"에, 재수 메유[4]다."

하면서 밖으로 나갔습니다.

---

4 '메유'는 중국어로 없다는 뜻. 즉 재수 없다라는 의미다.

이튿날 유치원을 파하고 집으로 오게 된 때 나는 갑자기 어제 벽장 속에 숨었다가 어머니를 몹시 울게 했던 생각이 나서 집으로 돌아가기가 어쩐지 부끄러워졌습니다. '오늘은 어머니를 좀 기쁘게 해드려얄 텐데……. 무엇을 갖다 드리문 기뻐할까?' 하고 생각하였습니다. 그러자 문득 유치원 안에 선생님 책상 위에 놓여 있던 꽃병 생각이 났습니다. 그 꽃병에는 나는 이름도 모르나 곱고 빨간 꽃이 꽂히어 있었습니다. 그 꽃은 개나리도 아니고 진달래도 아니었습니다. 그런 꽃은 나도 잘 알고 또 그런 꽃은 벌써 피었다가 져버린 후였습니다. 무슨 서양 꽃이려니 하고 나는 생각하였습니다. 나는 우리 어머니가 꽃을 사랑하는 줄을 잘 압니다. 그래서 그 꽃을 갖다가 드리면 어머니가 몹시 기뻐하려니 하고 생각하였습니다.

그래서 나는 도로 유치원 방 안으로 들어갔습니다. 마침 방 안에는 아무도 없었습니다. 선생님도 잠깐 어디를 가셨는지 보이지 않았습니다. 그래 나는 그 꽃을 두어 개 얼른 빼 들고 달음질쳐 나왔지요.

집에 오니 어머니는 문간에서 기다리고 있다가 나를 안고 들어왔습니다.

"그 꽃은 어디서 났니? 퍽 곱구나."

하고 어머니가 말씀하셨습니다. 그러나 나는 갑자기 말문이 막혔습니다. '이걸 엄마 드릴라구 유치원서 가져왔어' 하고 말하기가

어째 몹시 부끄러운 생각이 들었습니다. 그래 잠깐 망설이다가,

"응, 이 꽃! 저, 사랑 아저씨가 엄마 갖다 주라구 줘."

하고 불쑥 말했습니다. 그런 거짓말이 어디서 그렇게 툭 튀어나왔는지 나도 모르지요.

꽃을 들고 냄새를 맡고 있던 어머니는 내 말이 끝나기가 무섭게 무엇에 몹시 놀란 사람처럼 화닥닥하였습니다. 그리고는 금시에 어머니 얼굴이 그 꽃보다도 더 빨갛게 되었습니다. 그 꽃을 든 어머니 손가락이 파르르 떠는 것을 나는 보았습니다. 어머니는 무슨 무서운 것을 생각하는 듯이 방 안을 휘 한번 둘러보시더니,

"옥희야, 그런 걸 받아오문 안 돼."

하고 말하는 목소리는 몹시 떨렸습니다. 나는 꽃을 그렇게도 좋아하는 어머니가 이 꽃을 받고 그처럼 성을 낼 줄은 참으로 뜻밖이었습니다. 어머니가 그렇게도 성을 내는 것을 보니까 그 꽃을 내가 가져왔다고 그러지 않고 아저씨가 주더라고 거짓말을 한 것이 참 잘되었다고 나는 속으로 생각했습니다. 어머니가 성을 내는 까닭을 나는 모르지만 하여튼 성을 낼 바에는 내게 내는 것보다 아저씨에게 내는 것이 내게는 나았기 때문입니다. 한참 있더니 어머니는 나를 방 안으로 데리고 들어와서,

"옥희야, 너 이 꽃 얘기 아무보구두 하지 말아라, 응."

하고 타일러주었습니다. 나는,

"응."

하고 대답하면서 고개를 여러 번 까닥까닥했습니다.

어머니가 그 꽃을 내버릴 줄로 나는 생각했습니다마는 내버리

지 않고 꽃병에 꽂아서 풍금 위에 놓아두었습니다. 아마 퍽 여러 밤 자도록 그 꽃은 거기 놓여 있어서 마지막에는 시들었습니다. 꽃이 다 시들자 어머니는 가위로 그 대는 잘라버리고 꽃만은 찬송가 갈피에 곱게 끼워 두었습니다.

내가 어머니께 꽃을 갖다 주던 날 밤에 나는 또 사랑에 놀러 나가서 아저씨 무릎에 앉아 그림책을 보고 있었습니다. 갑자기 아저씨 몸이 흠칫하였습니다. 그리고는 귀를 기울입니다. 나도 귀를 기울였습니다.

풍금 소리!

그 풍금 소리는 분명 안방에서 흘러나오는 것이었습니다.

"엄마가 풍금 타나부다."

하고 나는 벌떡 일어나서 안으로 뛰어왔습니다. 안방에는 불을 켜지 않았었습니다. 그러나 그때는 음력으로 보름께나 되어서 달이 낮같이 밝은데 은빛 같은 흰 달빛이 방 한 절반 가득히 차 있었습니다. 나는 흰옷을 입은 어머니가 풍금 앞에 앉아서 고요히 풍금을 타는 것을 보았습니다.

나는 나이 지금 여섯 살밖에 안 되었지마는 하여튼 어머니가 풍금을 타시는 것을 보는 것은 오늘이 처음이었습니다. 어머니는 우리 유치원 선생님보다도 풍금을 더 잘 타시는 것이었습니다. 나는 어머니 곁으로 갔습니다마는 어머니는 내가 곁에 온 것도 깨닫지 못하는지 그냥 까딱 아니하고 앉아서 풍금을 탔습니다. 조금 있더니, 어머니는 풍금 곡조에 맞추어서 노래를 부르기 시작하였습니다. 어머니의 목소리가 그렇게도 아름다운 것도 나는 이때까지 모르고 있었습니다. 어머니는 참으로 우리 유치원 선생님보다도 목소리가 훨씬 더 곱고, 또 노래도 훨씬 더 잘 부르시는 것이었습니다. 나는 가만히 서서 어머님 노래를 들었습니다. 그 노래는 마치 은실을 타고 저 별나라에서 내려오는 노래처럼 아름다웠습니다.

그러나 얼마 오래지 않아 목소리는 약간 떨리기 시작하였습니다. 가늘게 떨리는 노랫소리, 그에 따라 풍금의 가는 소리도 바르르 떠는 듯했습니다. 노랫소리는 차차 가늘어지더니 마지막에는 사르르 없어져 버렸습니다. 풍금 소리도 사르르 없어졌습니다. 어머니는 고요히 풍금에서 일어나시더니 옆에 섰는 내 머리를 쓰다듬었습니다. 그다음 순간 어머니는 나를 안고 마루로 나오셨습니다. 어머니는 아무 말씀도 없이 그냥 나를 꼭꼭 껴안는 것이었습니다. 달빛을 함빡 받은 내 어머니 얼굴은 몹시도 새하얗다고 생각되었습니다. 우리 어머니는 참으로 천사 같다고 생각하였습니다. 우리 어머니의 새하얀 두 뺨 위로 쉴 새 없이 두 줄기 눈물이 줄줄 흘러내리고 있는 것을 나는 보았습니다. 그것을 보니 나도 갑자기 울고 싶어졌습니다.

"어머니, 왜 울어?"

하고 나도 훌쩍거리면서 물었습니다.

"옥희야."

"응?"

한참 동안 어머니는 아무 말씀도 없었습니다. 그러나 한참 후에,

"옥희야, 난 너 하나문 그뿐이다."

"엄마."

어머니는 다시 대답이 없으셨습니다.

11

하루는 밤에 아저씨 방에서 놀다가 졸려서 안방으로 들어오려고 일어서니까 아저씨가 하얀 봉투를 서랍에서 꺼내어주었습니다.

"옥희, 이것 갖다가 엄마 드리고 지나간 달 밥값이라구, 응."

나는 그 봉투를 갖다가 어머니에게 드렸습니다. 어머니는 그 봉투를 받아 들자 갑자기 얼굴이 파랗게 질렸습니다. 그 전날 달밤에 마루에 앉았을 때보다도 더 새하얗다고 생각되었습니다. 어머니는 그 봉투를 들고 어쩔 줄을 모르는 듯이 초조한 빛이 나타났습니다. 나는,

"그거 지나간 달 밥값이래."

하고 말을 하니까 어머니는 갑자기 잠자다 깨나는 사람처럼 '응?' 하고 놀라더니 또 금시에 백지장같이 새하얗던 얼굴이 발갛게 물들었습니다. 봉투 속으로 들어갔던 어머니의 파들파들 떨리는 손가락이 지전을 몇 장 끌고 나왔습니다. 어머니는 입술에 약간 웃음을 띠면서 후 하고 한숨을 내쉬었습니다. 그러나 그것도 잠깐, 다시 어머니는 무엇에 놀랐는지 흠칫하더니 금시에 얼굴이 다시 새하얘지고 입술이 바르르 떨렸습니다. 어머니의 손을 바라다보니 거기에는 지전 몇 장 외에 네모로 접은 하얀 종이가 한 장 잡혀 있

는 것이었습니다.

어머니는 한참을 망설이는 모양이었습니다. 그러더니 무슨 결심을 한 듯이 입술을 악물고 그 종이를 차근차근 펴들고 그 안에 쓰인 글을 읽었습니다. 나는 그 안에 무슨 글이 씌어 있는지 알 도리가 없었으나 어머니는 그 글을 읽으면서 금시에 얼굴이 파랬다 발갰다 하고 그 종이를 든 손은 이제는 바들바들이 아니라 와들와들 떨리어서 그 종이가 부석부석 소리를 내게 되었습니다.

한참 후에 어머니는 그 종이를 아까 모양으로 네모지게 접어서 돈과 함께 봉투에 도로 넣어 반짇그릇에 던졌습니다. 그러고는 정신 나간 사람처럼 멀거니 앉아서 전등만 치어다보는데 어머니 가슴이 불룩불룩합니다. 나는 어머니가 혹시 병이나 나지 않았나 하고 염려가 되어서 얼른 가서 무릎에 안기면서,

"엄마, 잘까?"

하고 말했습니다.

엄마는 내 뺨에 입을 맞추어주었습니다. 그런데 어머니의 입술이 어쩐지 그리도 뜨거운지요. 마치 불에 달군 돌이 볼에 와 닿는 것 같았습니다.

한잠을 자고 나서 잠이 채 깨지는 않았으나, 어렴풋한 정신으로 옆을 쓸어보니 어머니가 없었습니다. 가끔가다가 나는 그런 버릇이 있어요. 어렴풋한 정신으로 옆을 쓸면 어머니의 보드라운 살이 만져지지요. 그러면 다시 나는 잠이 들어버리곤 하는 것이었습니다.

어머니가 자리에 없다는 것을 알게 되자 나는 갑자기 무서워졌

습니다. 그래서 잠은 다 달아나고 눈을 번쩍 뜨고 고개를 돌려 살펴보았습니다. 방 안에는 불은 안 켰지만 어슴푸레하게 밝습니다. 뜰로 하나 가득한 달빛이 방 안에까지 희미한 밝음을 던져주는 것이었습니다. 윗목을 보니 우리 아버지의 옷을 넣어 두고 가끔 어머니가 꺼내서 쓸어보시는 그 장롱문이 열려 있고, 그 아래 방바닥에는 흰옷이 한 무더기 널려 있습니다. 그리고 그 옆에는 장롱을 반쯤 기대고 자리옷만 입은 어머니가 주춤하고 앉아서 고개를 위로 쳐들고 눈을 감고 무엇이라고 입술로 소곤소곤 외고 있는 것이 보였습니다. 아마 기도를 하나 보다 하고 나는 생각하였습니다. 나는 자리에서 일어나서 기어가서 어머니 무릎을 뻐개고 기어들어갔습니다.

"엄마, 무얼 해?"

어머니는 소곤거리기를 그치고 눈을 떠서 나를 한참이나 물끄러미 들여다보십니다.

"옥희야."

"응?"

"가서 자자."

"엄마두 같이 자."

"응, 그래 엄마두 같이 자."

그 목소리가 어째 싸늘하다고 내게 생각되었습니다.

어머니는 돌아가신 아버지의 옷들을 한 가지씩 들고는 가만히 손바닥으로 쓸어보고는 장롱 안에 넣었습니다. 하나씩 하나씩 쓸어보고는 장롱에 넣곤 하여 그 옷을 다 넣은 때 장롱문을 닫고 쇠를 채우고, 그러고 나서 나를 안고 자리로 돌아왔습니다.

"엄마, 우리 기도하고 자?"

하고 나는 물었습니다. 어머니는 나를 밤마다 재워줄 때마다 반드시 기도를 하는 것이었습니다. 내가 할 줄 아는 기도는 주기도문뿐이었습니다. 그 뜻은 하나도 모르지만 어머니를 따라서 자꾸자꾸 해보아서 지금에는 나도 주기도문을 잘 욉니다. 그런데 웬일인지 어젯밤 잘 때에는 어머니가 기도할 것을 잊어버리고 그냥 잤던 것이 지금 생각이 났기 때문에 나는 그렇게 물었던 것입니다. 어젯밤 자리에 들 때 내가,

"기도할까?"

하고 말하고 싶었으나 어머니가 너무도 슬픈 빛을 띠고 있는 고로 그만 나도 가만히 아무 소리 없이 잠이 들고 말았던 것입니다.

"응, 기도하자."

하고 어머니가 고요히 기도했습니다.

"엄마가 기도해."

하고 나는 갑자기 어머니의 기도하는 보드라운 음성이 듣고 싶어져서 말했습니다.

"하늘에 계신 우리 아버지시여."

어머니는 고요히 기도를 시작하였습니다.

"이름을 거룩하게 하옵시며 나라에 임하옵시며 뜻이 하늘에서 이루어진 것처럼 땅에서도 이루어지이다. 오늘날 우리에게 일용할 양식을 주옵시고 우리가 우리에게 죄지은 자를 용서하여준 것처럼 우리 죄를 사하여 주옵시고, 우리를 시험에 들지 말게 하옵

시고…… 우리를 시험에 들지 말게 하옵시고…… 시험에 들지 말
게…… 시험에 들지 말게……."

이렇게 어머니는 자꾸 되풀이하였습니다. 나도 지금은 막히지
않고 줄줄 외는 주기도문을 글쎄 어머니가 막히다니 참으로 우스
운 일이었습니다.

"시험에 들지 말게…… 시험에 들지 말게……."

하고 자꾸만 되풀이하는 것을 나는 참다 못해서,

"엄마, 내 마저 할게."

하고,

"다만 악에서 구하옵소서. 대개 나라와 권세와 영광이 아버지께
영원히 있사옵나이다."

하고 내가 끝을 마쳤습니다. 어머니는 한참이나 가만있다가 오래
후에야 겨우,

"아멘."

하고 속삭이었습니다.

12

요새 와서 어머니의 하는 일이란 참으로 알 수가 없는 노릇입니
다. 어떤 때는 어머니도 퍽 유쾌하셨습니다. 밤에 때로는 풍금도
타고 또 때로는 찬송가도 부르고 그러실 때에는 나는 너무도 좋아
서 가만히 어머니 옆에 앉아 듣습니다. 그러나 가끔가끔 그 독창은

소리 없는 울음으로 끝을 맺는 때가 많은데 그런 때면 나도 따라서 울었습니다. 그러면 어머니는 나를 안고 내 얼굴에 돌아가면서 무수히 입을 맞추어주면서,

"엄마는 옥희 하나문 그뿐이야, 응, 그렇지……."

하시면서 언제까지나 언제까지나 우시는 것이었습니다.

어떤 일요일 날, 그렇지요, 그것은 유치원 방학하고 난 그 이튿날이었어요. 그날 어머니는 갑자기 머리가 아프시다고 예배당에를 그만두었습니다. 사랑에서는 아저씨도 어디 나가고 외삼촌도 나가고 집에는 어머니와 나와 단둘이 있었는데 머리가 아프다고 누워 계시던 어머니가 갑자기 나를 부르시더니,

"옥희야, 너 아빠를 보고 싶니?"

하고 물으십디다.

"응, 우리두 아빠 하나 있으문."

나는 혀를 까불고 어리광을 좀 부려가면서 대답을 했습니다. 한참 동안을 어머니는 아무 말씀도 아니 하시고 천장만 바라다보시더니,

"옥희야, 옥희 아버지는 옥희가 세상에 나오기도 전에 돌아가셨단다. 옥희두 아빠가 없는 건 아니지. 그저 일찍 돌아가셨지. 옥희가 이제 아버지를 새로 또 가지면 세상이 욕을 한단다. 옥희는 아직 철이 없어서 모르지만 세상이 욕을 한단다. 사람들이 욕을 해. 옥희 어머니는 화냥년이다. 이러구 세상이 욕을 해. 옥희 아버지는 죽었는데 옥희는 아버지가 또 하나 생겼대, 참 망측두 하지. 이러구 세상이 욕을 한단다. 그리 되문 옥희는 언제나 손가락질 받구.

156

옥희는 커두 시집두 훌륭한 데 못 가구. 옥희가 공부를 해서 훌륭하게 돼두 에 그까짓 화냥년의 딸, 이러구 남들이 욕을 한단다."

이렇게 어머니는 혼잣말하시듯 드문드문 말씀하셨습니다. 그러고는 한참 있더니,

"옥희야."

하고 또 부르십니다.

"응?"

"옥희는 언제나 언제나, 내 곁을 안 떠나지. 옥희는 언제나 언제나 엄마하구 같이 살지. 옥희는 엄마가 늙어서 꼬부랑 할미가 되어두 그래두 옥희는 엄마하구 같이 살지. 옥희가 유치원 졸업하구 또 소학교 졸업하구 또 중학교 졸업하구 또 대학교 졸업하구, 옥희가 조선서 제일 훌륭한 사람이 돼두 그래두 옥희는 엄마하구 같이 살지. 응! 옥희는 엄마를 얼만큼 사랑하나?"

"이만큼."

하고 나는 두 팔을 짝 벌리어 보였습니다.

"응? 얼만큼? 응! 그만큼! 언제나, 언제나 옥희는 엄마만 사랑하지. 그리구 공부두 잘하구 그리구 훌륭한 사람이 되구……."

나는 어머니의 목소리가 떨리는 것으로 보아 어머니가 또 울까 봐 겁이 나서,

"엄마, 이만큼, 이만큼."

하면서 두 팔을 짝짝 벌리었습니다.

어머니는 울지 않으셨습니다.

"응, 그래, 옥희 엄마는 옥희 하나문 그뿐이야. 세상 다른 건 다

소용없어, 우리 옥희 하나문 그만이야. 그렇지, 옥희야."

"응!"

어머니는 나를 당기어서 꼭 껴안고 내 가슴이 막혀 들어올 때까지 자꾸만 껴안아주었습니다.

그날 밤 저녁밥 먹고 나니까 어머니는 나를 불러 앉히고 머리를 새로 빗겨주었습니다. 댕기도 새 댕기를 드려주고, 바지, 저고리, 치마, 모두 새것을 꺼내 입혀주었습니다.

"엄마, 어디 가?"

하고 물으니까,

"아니."

하고 웃음을 띠면서 대답합니다. 그러더니 풍금 옆에서 새로 다린 하얀 손수건을 내리어 내 손에 쥐어주면서,

"이 손수건, 저 사랑 아저씨 손수건인데, 이것 아저씨 갖다 드리구 와, 응. 오래 있지 말구 손수건만 갖다 드리구 이내 와, 응."

하고 말씀하셨습니다.

손수건을 들고 사랑으로 나가면서 나는 그 손수건 속에 무슨 발각발각하는 종이가 들어 있는 것처럼 생각되었습니다마는 그것을 펴보지 않고 그냥 갖다가 아저씨에게 주었습니다.

아저씨는 방에 누워 있다가 벌떡 일어나서 손수건을 받는데 웬일인지 아저씨는 이전처럼 나보고 빙그레 웃지도 않고 얼굴이 몹시 파래졌습니다. 그리고는 입술을 질근질근 깨물면서 말 한마디 아니 하고 그 수건을 받더군요.

나는 어째 이상한 기분이 돌아서 아저씨 방에 들어가 앉지도 못

하고 그냥 뒤돌아서 안방으로 도로 왔지요. 어머니는 풍금 앞에 앉아서 무엇을 그리 생각하는지 가만히 있더군요. 나는 풍금 옆으로 가서 가만히 그 옆에 앉아 있었습니다. 이윽고 어머니는 조용조용히 풍금을 타십니다. 무슨 곡조인지는 몰라도 어째 구슬프고 고즈넉한 곡조야요.

밤이 늦도록 어머니는 풍금을 타셨습니다. 그 구슬프고 고즈넉한 곡조를 계속하고 또 계속하면서.

13

여러 밤을 자고 난 어떤 날 오후에 나는 오래간만에 아저씨 방엘 나가 보았더니 아저씨가 짐을 싸느라고 분주하겠지요. 내가 아저씨에게 손수건을 갖다 드린 다음부터는 웬일인지 아저씨가 나를 보아도 언제나 퍽 슬픈 사람, 무슨 근심이 있는 사람처럼 아무 말도 없이 나를 물끄러미 바라다만 보고 있는 고로 나도 그리 자주 놀러 나오지 않았던 것입니다. 그랬었는데 이렇게 갑자기 짐을 꾸리는 것을 보고 나는 놀랐습니다.

"아저씨, 어디 가우?"

"응, 멀리루 간다."

"언제?"

"오늘."

"기차 타구?"

"응, 기차 타구."

"갔다가 언제 또 오우?"

아저씨는 아무 대답도 없이 서랍에서 이쁜 인형을 하나 꺼내서 내게 주었습니다.

"옥희, 이것 가져, 응. 옥희는 아저씨 가구 나문 아저씨 이내 잊어버리구 말겠지!"

나는 갑자기 슬퍼졌습니다. 그래서,

"아니."

하고 얼른 대답하고 인형을 안고 안으로 들어왔습니다.

"엄마, 이것 봐. 아저씨가 이것 나 줬다우. 아저씨가 오늘 기차 타구 먼 데루 간대."

하고 내가 말했으나 어머니는 대답이 없으십니다.

"엄마, 아저씨 왜 가우?"

"학교 방학했으니깐 가지."

"어디루 가우?"

"아저씨 집으루 가지, 어디루 가."

"갔다가 또 오우?"

어머니는 대답이 없으십니다.

"난 아저씨 가는 거 나쁘다."

하고 입을 쭝긋했으나 어머니는 그 말은 대답 않고,

"옥희야, 벽장에 가서 달걀 몇 알 남았나 보아라."

하고 말씀하셨습니다.

나는 깡충깡충 방 안으로 들어갔습니다. 달걀은 여섯 알이 있었습니다.

"여스 알."

하고 나는 소리쳤습니다.

"응, 다 가지구 이리 나오너라."

어머니는 그 달걀 여섯 알을 다 삶았습니다. 그 삶은 달걀 여섯 알을 손수건에 싸놓고는 또 반지[5]에 소금을 조금 싸서 한 귀퉁이에 넣었습니다.

"옥희야, 너 이것 갖다 아저씨 드리구, 가시다가 찻간에서 잡수시랜다구, 응."

14

그날 오후에 아저씨가 떠나간 다음 나는 방에서 아저씨가 준 인형을 업고 자장자장 잠을 재우고 있었습니다. 어머니가 부엌에서 들어오시더니,

"옥희야, 우리 뒷동산에 바람이나 쐬러 올라갈까?"

하십니다.

"응, 가, 가."

하면서 나는 좋아 덤비었습니다.

잠깐 다녀올 터이니 집을 보고 있으라고 외삼촌에게 이르고 어

5 半紙. 일본 종이의 하나.

머니는 내 손목을 잡고 나섰습니다.

"엄마, 나 저, 아저씨가 준 인형 가지고 가?"

"그러렴."

나는 인형을 안고 어머니 손목을 잡고 뒷동산으로 올라갔습니다. 뒷동산에 올라가면 정거장이 빤히 내려다보입니다.

"엄마, 저 정거장 봐. 기차는 없군."

어머니는 아무 말씀도 없이 가만히 서 계십니다. 사르르 바람이 와서 어머니 모시 치맛자락을 산들산들 흔들어주었습니다. 그렇게 산 위에 가만히 서 있는 어머니는 다른 때보다도 더한층 이쁘게 보였습니다.

저―편 산모퉁이에서 기차가 나타났습니다.

"아, 저기 기차 온다."

하고 나는 좋아서 소리쳤습니다.

기차는 정거장에 잠시 머물더니 금시에 삑 하고 소리를 지르면서 움직였습니다.

"기차 떠난다."

하면서 나는 손뼉을 쳤습니다. 기차가 저편 산모퉁이 뒤로 사라질 때까지, 그리고 그 굴뚝에서 나는 연기가 하늘 위로 모두 흩어져 없어질 때까지 어머니는 가만히 서서 그것을 바라다보았습니다.

뒷동산에서 내려오자 어머니는 방으로 들어가시더니 이때까지 뚜껑을 늘 열어두었던 풍금 뚜껑을 닫으십니다. 그리고는 거기 쇠를 채우고 그 위에다가 이전 모양으로 반짇그릇을 얹어놓으십니다. 그리고는 그 옆에 있는 찬송가를 맥없이 들고 뒤적뒤적하시더

니 빼빼 마른 꽃송이를 그 갈피에서 집어내시더니,

"옥희야, 이것 내다 버려라."

하고 그 마른 꽃을 내게 주었습니다. 그 꽃은 내가 유치원에서 갖다가 어머니께 드렸던 그 꽃입니다. 그러자 옆 대문이 삐걱하더니,

"달걀 사소."

하고 매일 오는 달걀 장수 노친네가 달걀 광주리를 이고 들어왔습니다.

"인젠 우리 달걀 안 사요. 달걀 먹는 이가 없어요."

하시는 어머니 목소리는 맥이 한 푼어치도 없었습니다.

나는 어머니의 이 말씀에 놀라서 떼를 좀 써보려 했으나 석양에 빤히 비치는 어머니 얼굴을 볼 때 그 용기가 없어지고 말았습니다. 그래서 아저씨가 주신 인형 귀에다가 내 입을 갖다 대고 가만히 속삭이었습니다.

"얘, 우리 엄마가 거짓부리 썩 잘하누나. 내가 달걀 좋아하는 줄 잘 알문성 생 먹을 사람이 없대누나. 떼를 좀 쓰구 싶다만 저 우리 엄마 얼굴을 좀 봐라. 어쩌문 저리두 새파래졌을까? 아마 어디가 아픈가 보다."

라고요.

— 〈조광〉, 1935. 11.

1902년   11월 24일 평양에서 목사인 주공립朱孔立과 어머니 양진심粱鎭心 사이에서 8남
            매 중 둘째 아들로 출생.

1915년   숭덕소학교를 졸업하고 숭실중학교에 입학.

1918년   일본 도쿄 아오야마 학원 중학교 3학년에 편입.

1919년   3 · 1 운동이 일어나자 귀국해 평양에서 김동인 등과 어울려 등사판 지하
            신문을 발간하며 만세운동에 가담, 이로 인해 옥고를 치른 뒤 출소.

1920년   〈매일신보〉 신춘문예에 〈임의 떠난 어린 벗〉이 3등으로 입선. 일본 세이쇼
            쿠 영어학교 수학.

1921년   중국 상하이 후장 대학 중학부 입학. 〈개벽〉에 〈추운 밤〉을 〈신민공론〉에
            〈죽음〉 발표.

1923년   후장 대학 입학.

1927년   후장 대학 졸업 후 도미하여 스탠퍼드 대학 대학원 입학.

1929년   스탠퍼드 대학 대학원 교육학 석사과정 수료 후 귀국. 황해도 출신 여인과
            결혼하지만 곧 이혼.

1931년   〈신동아〉 주간으로 취임.

1934년   중국 베이징 푸런 대학 교수 부임.

1936년   〈신가정〉의 여기자 김자혜와 결혼.

1943년	일본의 대륙 침략에 협조하지 않는다는 이유로 중국 정부로부터 추방당해 귀국.
1945년	평양에서 해방을 맞은 후 월남.
1953년	경희대학교 영어영문학과 교수 취임.
1955년	국제 펜클럽 한국본부 사무국장 역임.
1959년	국제 펜클럽 주최 제30차 세계작가대회에 한국 대표로 참가.
1961년	코리언 리퍼블릭 이사장 역임.
1965년	경희대학교 교수 사임.
1972년	11월 14일 연희동 자택에서 심근경색증으로 사망.

백치 아다다

1931-1940 모던보이, 문학을 만나다

사실성과 낭만성을 아우른 순수문학의 선구자 계용묵

계용묵

桂鎔默, 1904~1961

본명은 하태용河泰鏞. 대지주 집안에서 태어나 신학문을 반대하는 할아버지 밑에서 한문을 수학하였다. 삼봉공립보통학교 졸업 후 서당에서 공부하다 휘문고등보통학교를 거쳐 1928년 일본에 건너가 도요 대학교 동양학과에 입학했으나 가산의 파산으로 1931년 귀국하였다.

1920년 소년 잡지 〈새소리〉의 문예 공모에 시 〈글방이 깨어져〉를 응모해 2등으로 당선된 바 있으며 1925년 시 〈부처님, 검님 봄이 왔네〉가 〈생장〉의 현상 문예에 당선되었다. 1927년 〈조선문단〉에 단편소설 〈최 서방〉이 당선되고, 1928년 〈조선지광〉에 〈인두지주人頭蜘蛛〉를 발표하면서 본격적인 작품 활동을 전개하였다. 1935년 〈조선문단〉에 〈백치 아다다〉를 발표하면서 작가로서의 지위를 확보하였다.

1938년에 조선일보 출판부에서 근무하였으며, 1943년에는 일본 천황 불경 죄로 2개월간 수감되기도 했다. 1945년 광복 직후에 좌우익 문단의 대립 속에 중도적 입장을 지키며 정비석과 함께 〈조선〉을 창간하였다. 작품 경향은 초기에는 현실주의적이고 경향파적이었으나, 1935년 〈백치 아다다〉 이후에는 인생파적이며 예술파적인 경향을 보였다. 차차 예술 지상주의적 작품을 썼던 것으로 평가되고 있다.

작품으로는 창작집 《병풍에 그린 닭이》 《백치 아다다》 《별을 헨다》 외에 수필집 《상아탑》 등이 있다.

황금만능주의의 세상 속에서
순수에의 가치를 지향한 작품

1935년 5월 〈조선문단〉에 발표된 〈백치 아다다〉는 초기 프로문학을 지향
했던 계용묵이 순수문학으로의 전환을 시도한 작품으로 일제강점기 식민
자본주의가 뿌리를 내린 1930년대, 돈의 물신화로 인한 인간의 타락과 파
멸 그리고 승화를 그린 작가의 대표작이다.

이 작품은 자본주의 시장경제의 상징이자 그 자체인 돈과 시장경제 이전
인간의 극단적인 상징이라 할 수 있는 백치의 대립을 통해 돈, 곧 자본이
인간의 윤리와 사랑 그리고 삶을 어떻게 파괴하는지 명확하게 보여준 작품
이다. 집안의 천덕꾸러기로 살아온 벙어리이자 백치인 아다다는 지참금 덕
분에 5년 정도 행복한 결혼 생활을 하지만, 돈을 번 남편이 첩을 들이고 학
대를 시작하면서 행복은 깨지고 만다. 돈으로 얻은 행복이 돈 때문에 무너
진 것이다. 이 반어적 상황은 돈의 힘에 굴복하고 왜곡되는 남편의 변화와
맞물려 비극성을 고조시킨다. 그런데 이 비극성은 비극에 머물지 않고, 자
신을 아끼는 수롱이 많은 돈을 가지고 있다는 사실을 알게 된 아다다가 그
것을 바다에 흩뿌릴 때, 인간 본연의 가치와 윤리 그리고 순수한 사랑으로
승화되면서 소유의 틀에서 존재의 틀로 인간의 존재성까지 승화시킨다.

이 작품에서 계용묵은 담백한 문체와 단선적 구성 그리고 인물 성격의 선
명성 등을 통해 독자들의 공감을 수월하게 이끌어내면서도 관조적인 자세
를 유지함으로써 현실과 이상, 사실과 낭만, 이념과 순수를 자연스럽게 결
합하였다.

백치 아다다

질그릇이 땅에 부딪치는 소리가 났다고 들렸는데 마당에는 아무도 없다.

부엌에 쥐가 들었나? 샛문을 열어 보려니까,

"아 아 아이 아아 아야……."

하는 소리가 뒤란 곁으로 들려온다. 샛문을 열려던 박 씨는 뒷문을 밀었다.

장독대 밑 비스듬한 켠 아래 아다다가 입을 헤 벌리고 넙적 엎더져 두 다리만을 힘없이 버지럭거리고 있다.

그리고 머리 편으로 한 발쯤 나가선 깨어진 동이 조각이 질서없이 너저분하게 된장 속에 묻혀 있다.

"아이구테나! 무슨 소린가 했더니 이년이 동애를 또 잡았구나! 이년아! 너더러 된장 푸래든! 푸래?"

어머니는 딸이 어딘가 다쳤는지 일어나지도 못하고 아파하는데 가는 동정심보다 깨어진 동이만이 아깝게 눈에 보였던 것이다.

"어 어마! 아다아다 아다 아다다……."

모닥불을 뒤집어쓰는 듯한 끔찍한 어머니의 음성을 또다시 듣게 되는 아다다는 겁에 질려 얼굴에 시퍼런 물이 들며 넘어진 연유를 말하여 용서를 빌려는 기색이나 말이 되지를 않아 안타까워한다.

아다다는 벙어리였던 것이다. 말을 하려 할 때에는 한다는 것이 아다다 소리만이 연거푸 나왔다. 어찌어찌하다가 말이 한마디씩 제법 되어 나오는 적도 있었으나, 그것은 쉬운 말에 그치고 만다.

그래서 이것을 조롱 삼아 확실이라는 뚜렷한 이름이 있음에도 불구하고 누구나 그를 부르는 이름은 '아다다'였다. 그리하여 이것이 자연히 이름으로 굳어져 그 부모네까지도 그렇게 부르게 되었거니와, 그 자신조차도 '아다다!' 하고 부르면 마땅히 이름인 듯이 대답을 했다.

"이년까타나 끌이 세누나! 시켠엘 못 가갔으문 오늘은 어드메든지 나가서 뒈디고 말아라, 이년아! 이년아! 아, 이년아!"

어머니는 눈알을 가로 세워 날카롭게도 흰자위만으로 흘기며 성큼 문턱을 넘어선다.

아다다는 어머니의 손길이 또 자기의 끌채를 감아쥘 것을 연상하고 몸을 겨우 뒤쳐 비꼬아 일어서서 절룩절룩 굴뚝 모퉁이로 피해가며 어쩔 줄을 모르고 일변 고개를 좌우로 둘러 살피며 아연하게도,

"아다 어 어마! 아다 어마! 아다다다다다!"

하고 부르짖는다. 다시는 일을 아니 저지르겠다는 듯이, 그리고 한 번만 용서를 하여 달라는 듯싶게. 그러나 사정 모르는 체 기어이 쫓아간 어머니는,

"이년! 어서 뒈데라. 뒈디기 싫건 시집으로 당장 가거라. 못 가 간?"

그리고 주먹을 귀 뒤에 넌지시 얼메고 마주 선다.

순간 주먹이 떨어지면? 하는 두려운 생각에 오싹하고 끼치는 소름이 튀해 놓은 닭같이 전신에 돋아나는 두드러기를 느끼는 찰나, 턱 하고 마침내 떨어지는 주먹은 어느새 끝채를 감아쥐고 갈지자로 흔들어댄다.

"아다 어어 어마! 아 아고 어 어마!"

아다다는 떨며 빌며 손을 모은다.

그러나 소용이 없다. 한번 손을 댄 어머니는 그저 죽어 싸다는 듯이 자꾸만 흔들어댄다. 하니, 그렇지 않아도 가꾸지 못한 텁수룩한 머리는 물결처럼 흔들리며 구름같이 피어나선 얼크러진다.

그래도 아다다는 그저 빌 뿐이요, 조금도 반항하려고는 않는다. 이런 일은 거의 날마다 지내보는 것이기 때문에 한대야 그것은 도리어 매까지 사는 것이 됨을 아는 것이다. 집에 일이 아무리 밀려 돌아가더라도 나 모르는 채 손 싸매고 들어앉았으면 오히려 이런 봉변은 아니 당할 것이, 가만히 앉았지는 못했다.

선천적으로 타고난 천치에 가까운 그의 성격은 무엇엔지 힘에 부치는 노력이 있어야 만족을 얻는 듯했다. 시키건 안 시키건, 헐

하나 힘차나 가리는 법이 없이 하여야 될 일로 눈에 띄기만 하면 몸을 아끼는 일이 없이 하는 것이 그였다. 그래서 집안의 모든 고된 일은 실로 아다다가 혼자서 치워놓게 된다.

그러나 어머니는 그것이 반갑지 않았다. 둔한 지혜로 마련 없이 뼈가 부러지도록 몸을 돌보지 않고, 일종 모험에 가까운 짓을 하게 되므로, 그 반면에 따르는 실수가 되레 일을 저질러놓게 되어, 그릇 같은 것을 깨쳐 먹는 일은 거의 날마다 있다 하여도 옳을 정도로 있었다.

그래도 아다다의 힘을 빌리지 않고는 집안일을 못 치겠다면 모르지만, 그는 참여를 하지 않아도 행랑에서 차근차근히 다 해줄 일을 쓸데없이 가로맡아선 일을 저질러놓고 마는데 그 어머니는 속이 상했다.

본시 시집을 보내기 전에도 그 버릇은 지금이나 다름이 없어, 벙어리인데다 행동까지 그러하였으므로 내용 아는 인근에서는 그를 얻어가려는 사람이 없었다. 그리하여 열아홉 고개를 넘기도록 처 묻어 두고 속을 태우다 못해 깃부[1]로 논 한 섬지기를 처넣어 똥 치듯 치워버렸던 것이 그만 오 년이 멀다 다시 쫓겨와, 시집에는 아예 갈 생각도 아니 하고 하루같이 심화를 올렸다. 그래서 어머니는 역겨운 마음에 아다다가 실수를 할 때마다 주릿대를 내리고 참례를 말라건만 그는 참는다는 것이 그 당시뿐이요, 남이 일을 하는 것을 보면 속이 쏘는 듯이 슬그머니 나와서 곁을 슬슬 돌

---

1 지참금.

다가는 손을 대고 만다.

바로 사흘 전엔가도 무명 뇜[2]을 할 때 활짝 달은 솥뚜껑을 마련 없이 맨손으로 열다가 뜨거움을 참지 못해 되는 대로 집어 엎는 바람에 그만 자배기[3]를 하나 깨쳐서 욕과 매를 한바탕 겪고 났었 건만 어제저녁 행랑 색시더러 오늘은 묵은 된장을 옮겨 담아야 되 겠다고 이르는 말을 어느결에 들었던지 아다다는 아침밥이 끝나 자 어느새 나가서 혼자 된장을 퍼 나르다가 그만 또 실수를 한 것 이었다.

"못 가간? 시집이! 못 가간? 이년! 못 가갔음 죽어라!"

움켜쥐었던 머리를 힘차게 획 두르며 밀치는 바람에 손에 감겼 던 머리카락이 끊어지는지 빠지는지 무뚝 묻어나며 아다다는 비 칠비칠 서너 걸음 물러난다.

순간 정신이 어찔해진 아다다는 넘어지지 않으려고 애써 버지 럭거리며 삐치는 다리에 겨우 진정을 얻어 세우자,

"아다 어마! 아다 어마! 아다 아다!"

하고 다시 달려들 듯이 눈을 흘기고 섰는 어머니를 향하여 눈물 글 썽한 눈을 끔벅 한 번 감아 보이고, 그리고 북쪽을 손가락질하여 어머니의 말대로 시집으로 가든지 그렇지 않으면 죽어라도 버리 겠다는 뜻으로 고개를 주억이며 겁에 질려 어쩔 줄을 모르고 허청 허청 대문 밖으로 몸을 이끌어댔다.

나오기는 나왔으나 갈 곳이 없는 아다다는 마당귀를 돌아서선

2 피륙을 잿물에 담갔다가 솥에 찜.
3 둥글넓적하고 아가리가 쩍 벌어진 오지그릇이나 질그릇.

발길을 더 내놓지 못하고 우뚝 섰다.

　시집으로 간다고 하였으나, 아무리 생각해도 남편의 매는 어머니의 그것보다 무섭다. 그러면 다시 집으로 들어가나? 이번에는 외상없는 매가 떨어질 것 같다. 어디로 가야 하나? 갈 곳 없는 갈 곳을 짜보자니 눈물이 주는 위로밖에 쓸데없는 오 년 전 그 시집이 참을 수 없이 그립다.

　—추울세라, 더울세라, 힘이 들까, 고단할까, 알뜰살뜰히 어루만져주던 시부모, 밤이면 품속에 꼭 껴안아 피로를 풀어주던 남편. 아! 얼마나 시집에서는 자기를 위하여 정성을 다하던 것인가—

　참으로 아다다가 처음 시집을 가서의 오 년 동안은 온 집안의 사랑을 한몸에 받아왔던 것이 사실이다.

　벙어리라는 조건이 귀에 들어맞는 것은 아니었으나, 돈으로 아내를 사지 아니하고는 얻어볼 수 없는 처지에서 스물여덟 살에 아직 장가를 못 들고 있는 신세로 목구멍조차 치기 어려운 형세이었으므로 아내를 얻게 되기의 여유를 기다리기까지에는 너무도 막연한 앞날이었다. 벙어리이나 일생을 먹여줄 것까지 가지고 온다는 데 귀가 번쩍 튀어 그 자리를 앗기울까 두렵게 혼사를 지었던 것이니, 그로 의해서 먹고 살게 되는 시집에서는 아다다를 아니 위할 수가 없었던 것이다. 그러한 가운데 또한 아다다는 못 하는 일이 없이 일 잘하고 고분고분 말 잘 듣고, 조금도 말썽을 부리는 일이 없었다. 그래서 생활고가 주는 역겨움이 쓸데없이 서로 눈독을 짓게 하여 불쾌한 말만으로 큰소리가 끊일 새 없이 오고 가던 가족은 일시에 봄비를 맞는 동산같이 화락한 웃음의 꽃이 피었다.

원래 바른 사람이 못 되는 아다다에게는 실수가 없는 것이 아니었으나 그로 인해서 밥을 먹게 된 시집에서는 조금도 역겹게 안 여겨졌고, 되레 위로를 하고 허물을 감추기에 서로 힘을 썼다.

여기에 아다다가 비로소 인생의 행복을 느끼며, 시집가기 전 지난날 어머니 아버지가 쓸데없는 자식이라는 구실 밑에, 아니, 되레 가문을 더럽히는 앙화映禍 자식이라고 사람으로서의 푼수에도 넣어주지 않고 박대하던 일을 생각하고는 어머니 아버지를 원망하는 나머지 명절목이나 제향 때이면 시집에서는 그렇게도 가보라는 친정이었건만 이를 악물고 가지 않고, 행복 속에 묻혀 살던 지나간 그 날이 아니 그리울 수가 없었다.

그러나 그날은 안타깝게도 다시 못 올 영원한 꿈속에 흘러가고 말았다.

해를 거듭하며 생활의 밑바닥에 깔아 놓았던 한 섬지기라는 거름이 차츰 그들을 여유한 생활로 이끌어, 몇백 원이란 돈이 눈앞에 굴게 되니, 까닭 없이 남편 되는 사람은 벙어리로서의 아내가 미워졌다.

조그만 실수가 있어도 눈을 흘겼다. 그리고 매를 내렸다. 이 사실을 아는 아버지는 그것은 들어오는 복을 차버리는 짓이라고 타이르나 듣지 않았다. 그리하여 부자간에 충돌이 때때로 일어났다. 이럴 때마다 아버지에게는 감히 하고 싶은 행동을 못 하는 아들은 그 분을 아내에게로 돌려 풀기가 일쑤였다.

"이년, 보기 싫다! 네 집으로 가거라."

그리고 다음에 따르는 것은 매였다. 그러나 아다다는 참아가며 아내로서의, 그리고 며느리로서의 임무를 다했다.

이것이 시부모로 하여금 더욱 아다다를 귀엽게 만드는 것이어서 아버지에게서는 움직일 수 없는 며느리인 것을 깨닫게 되어 아들은 가정적으로 불만을 느끼게 되어 한 해의 농사를 지은 추수를 온통 팔아가지고 집을 떠나 마음의 위안을 찾아 돌다가 주색에 돈을 다 탕진하고 물거품같이 밀밀려 돌다가 동무들과 안동현安東縣으로 건너갔다.

그리하여 이 투기적投機的인 도시에서 뒹굴며 노동의 힘으로 밑천을 얻어선 '양화'와 '은떼루'에 투기하여 황금을 꿈꾸어오던 것이 기적적으로 맞아 나기 시작하여 이태 만에는 이만 원에 가까운 돈을 손에 쥐게 되었다. 그리하여 언제나 불만이던 완전한 아내로서의 알뜰한 사랑에 주렸던 그는 돈에 따르는 무수한 여자 가운데서 마음대로 흡족히 골라가지고 집으로 돌아왔다.

그리고는 새로운 살림을 꿈꾸는 일변 새로이 가옥을 건축함과 동시에 아다다를 학대함이 전에 비할 정도가 아니었다. 이에는 그 아버지도 명민하고 인자한 남부끄럽지 않은 뻐젓한 새 며느리에게 마음이 쏠리는 나머지, 이미 생활은 걱정이 없이 되었으니, 아다다의 것으로써가 아니라도 유족할 앞날의 생활을 내다볼 때 아들로서의 아다다를 대하는 태도는 소모도 마음에 걸리는 것이 없었다. 그리하여 시부모의 눈에서까지 벗어나게 된 아다다는 호소할 곳조차 없는 사정에 눈감은 남편의 매를 견디다 못해 집으로 쫓겨오게 되었던 것이니, 생각만 하여도 옛 매 자리가 아픈 그 시집은 죽으면 죽었지 다시는 찾아갈 생각이 없었던 것이다.

그래서 집에 있게 되니 그것보다는 좀 헐할망정 어머니의 매도 결코 견디기에 족한 것이 아니다. 그리고 그것은 날마다 더 심해만 왔다. 오늘도 조금만 반항이 있었던들 어김없이 매는 떨어지고 말았을 것이다.

그러나 어디로 가나? 아무리 생각을 해보아야 그저 이 세상에서는 수롱이네 집밖에 또 찾아갈 곳이 없었다.

수롱은 부모 동생조차 없이 삼십이 넘은 총각으로 누구보다도 자기를 사랑하여준다고 믿는 단 한 사람이었다. 그리하여 쫓기어 날 때마다 그를 찾아가선 마음의 위안을 얻어오던 것이다.

아다다는 문득 발걸음을 떼어 아지랑이 어른거리는 마을 끝 산턱 아래 떨어져 박힌 한 채의 오막살이를 향하여 마당귀를 꺾어 돌았다.

수롱은 벌써 일 년 전부터 아다다를 꾀어왔다. 시집에서까지 쫓겨난 벙어리였으나, 김 초시의 딸이라 스스로도 낮추어 보여지는 자신으로서는 거연히 염을 내지 못하고 뜻 있는 마음을 속을 건너볼 길이 없어 속을 태워가며 눈치만 보아오던 것이, 눈치에서보다는 베풀어진 동정이 마침내 아다다의 마음을 사게 된 것이었다.

아이들은 아다다를 보기만 하면 따라다니며 놀렸다. 아니, 어른까지도 '아다다, 아다다' 하고 골을 올려서 분하나 말은 못 하고 이상한 시늉을 하며 두덜거리는 것을 봄으로 좋아라고 손뼉을 치며 웃었다.

그래서 아다다는 사람을 싫어하였다. 집에 있으면 어머니의 욕과 매, 밖에 나오면 뭇사람들의 놀림, 그러나 수롱이만은 자기를 사랑하는 것이었다. 아이들이 따라다닐 때에도 남 아니 말려주는 것을 그는 말려주고, 그리고 매에 터질 듯한 심정을 풀어주는 것이었다.

그리하여 아다다는 마음이 불편할 때마다 수롱을 생각해오던 것이 얼마 전부터는 찾아다니게까지 되어 동네의 눈치에도 이미 오른 지 오랬다.

그러나 아다다의 집에서도 그 아버지만이 지처地處를 가지기 위하여 깔맵게⁴ 아다다의 행동을 경계하는 듯하고 그 어머니는 도리어 수롱이와 배가 맞아서 자기 눈앞에 보이지 아니하고 어디로든지 달아났으면 하는 눈치를 알게 된 수롱이는 지금에 와서는 어느 정도까지 내어놓다시피 그를 사귀어온다.

아다다는 제집이나처럼 서슴지도 않고 달리어 오자마자 수롱이네 집 문을 벌컥 열었다.

"아, 아다다!"

수롱은 의외에 벌떡 일어섰다.

"너 또 울었구나!"

울었다는 것이 창피하긴 하였으나 숨길 차비가 아니다. 호소할 길 없는 가슴속에 꽉 찬 설움은 수롱이의 따뜻한 위무가 어떻게도 그리웠는지 모른다.

방 안에 들어서기가 바쁘게 쫓기어난 이유를 언제나 같이 낱낱이 고했다.

4 깔끔하고 매섭다.

"그러기 이젠 아야 다시는 집으로 가지 말구 나하구 둘이서 살아, 응?"

그리고 수롱은 의미 있는 웃음을 벙긋벙긋 웃어가며 아다다의 등을 척척 두드려 달랬다. 오늘은 어떻게 해서든지 자기의 것을 영원히 만들어보고 싶은 욕망에 불탔던 것이다.

그러나 아다다는,

"아다 무 무서! 아바 무 무서! 아다아다다다!"

하고 그렇게 한다면 큰일 난다는 듯이 눈을 둥그렇게 뜬다. 집에서 학대를 받고 있느니보다는 수롱의 사랑 밑에서 살았으면 오죽이나 행복되랴! 다시 집으로는 아니 들어가리라는 생각이 없었던 바도 아니었으나 정작 이런 말을 듣고 보니, 무엇엔지 차마 허하지 못할 것이 있는 것 같고, 그렇지 않은지라 눈을 부릅뜨고 수롱이한테 다니지 말라는 아버지의 이르던 말이 연상될 때 어떻게도 그 말은 엄한 것이었다.

"우리 둘이 달아났음 그만이디, 무섭긴 뭐이 무서워."

"……."

아다다는 대답이 없다.

딴은 그렇기도 한 것이다. 당장 쫓기어난 몸이 갈 곳이 어딘고? 다시 생각을 더듬어볼 때 어머니의 매는 아버지의 그 눈총보다도 몇 배나 더한 두려움으로 견딜 수 없이 아픈 것이다. 그러마고 대답을 못 하고 거역한 것이 금시 후회스러웠다.

"안 그래? 무서울 게 뭐야. 이젠 아야 집으루 가지 말구 나하구 있어, 응?"

"응, 아다 이 있어, 아다 아다."

하고 아다다는 다시 있자는 수롱이의 말이 나오기를 기다렸던 듯이, 그리고 살길은 이제 찾았다는 듯이 한숨과 같이 빙긋 웃으며 있겠다는 뜻을 명백히 보이기 위하여 고개를 주억이며 혓바닥을 손으로 툭툭 뚜드려 보인다.

"그렇지그래, 정 있으야 돼, 응?"

"응, 이서 이서 아다 아다……."

"정말이야?"

"으, 응 저 정 아다 아다……."

단단히 강문[5]을 받고 난 수롱이는 은근히 솟아나는 미소를 금할 길이 없었다.

벙어리인 아다다가 흡족할 이치는 없었지만, 돈으로 사지 아니하고는 아내라는 것을 얻어볼 수 없는 처지였다. 그저 생기는 아내는 벙어리였어도 족했다. 그저 자기의 하는 일이나 도와주고 아들딸이나 낳아주었으면 자기는 게서 더 바랄 것이 없었다. 아내를 얻으려고 십여 년 동안을 불피풍우[6] 품을 팔아 궤 속에 꽁꽁 묶어둔 일백오십 원이란 돈이 지금에 와서는 아내 하나를 얻기에 그리 부족할 것은 아니나, 장가를 들지 아니하고 아다다를 꾀어온 이유도 아다다를 꾐으로 돈을 남겨서 그 돈으로는 살림의 밑천을 만들어 가정의 마루를 얹자는 데서였던 것이다. 이제 그 계획이 은근히 성공에 가까워 옴에 자기도 남과 같이 가정을 이루어보게 되누나 하

5 講問, 따져서 물음.
6 不避風雨, 비바람을 무릅쓰고 한결같이 일함.

니 바라지도 못하였던 인생의 행복이 자기에게도 이제 찾아오는 것 같았다.

"우리 아다다."

수롱이는 아다다의 등에 손을 얹으며 빙그레 웃었다.

"아다 아다다."

아다다도 만족한 듯이 히쭉 입이 벌어졌다.

그날 밤을 수롱의 품 안에서 자고 난 아다다는 이미 수롱의 아내되기에 수줍음조차 잊었다. 아니, 집에서 자기를 받들어 들인다 하더라도 수롱을 떨어져서는 살 수 없으리만큼 마음은 굳어졌다. 수롱이가 주는 사랑은 이 세상에서는 더 찾을 수 없는 행복이리라 느끼어졌던 것이다.

그러나 영원한 행복을 위하여는 이 자리에 그대로 박혀서는 누릴 수 없을 것이 다음에 남은 근심이었다. 수롱이와 같이 살자면, 첫째 아버지가 허하지 않을 것이요, 동네 사람도 부끄럽지 않은 노릇이 아니다. 이것은 수롱이도 짐짓 근심이었다. 밤이 깊도록 의논을 하여 보았으나 동네를 피하여 낯모르는 곳으로 감쪽같이 달아나는 수밖에 다른 묘책이 없었다.

예식 없는 가약을 그들은 서로 맹세하고 그날 새벽으로 그 마을을 떠나 '신미도'라는 섬으로 흘러가서 그곳에 안주[7]를 정하였다. 그러나 생소한 곳이므로 직업을 찾을 길이 없었다. 고기를 잡아먹

---

7 安住, 한곳에 자리를 잡고 편안히 삶.

고 사는 섬이라 뱃놀음을 하는 것이 제 길이었으나 이것은 아다다가 한사코 말렸다. 몇 해 전에 자기네 동네에서도 농토를 잃은 몇몇 사람이 이 섬으로 들어와 첫배를 타다가 그만 풍랑에 몰살을 당하고 만 일이 있던 것을 잊지 못하는 때문이었다.

그렇지 않은지라 수룡이조차도 배에는 마음이 없었다. 섬으로 왔다고는 하지만 땅을 파서 먹는 것이 조마구⁸ 빨 때부터 길러온 습관이요, 손익은 일이었기 때문에 그저 그 노릇만이 그리웠다.

그리하여 있는 돈으로 어떻게, 밭날갈이⁹나 사서 조 같은 것이나 심어가지고 겨울의 시탄¹⁰과 양식을 대게 하고 짬짬이 조개나 굴, 낙지, 이런 것들을 캐어서 그날그날을 살아갔으면 그것이 더할 수 없는 행복일 것만 같았다.

그러지 않아도 삼십 반생에 자기의 소유라고는 손바닥만 한 것조차 없어, 어떻게도 몽매에 그리던 땅이었는지 모른다. 완전한 아내를 사지 아니하고 아다다를 꾀어온 것도 이 소유욕에서였다. 아내가 얻어진 이제, 비록 많지는 않은 땅이나마 가져보고 싶은 마음도 간절하였거니와 또한 그만한 소유를 가지는 것이 자기에게 향한 아다다의 마음을 더욱 굳게 하는 데도 보다 더한 수단일 것 같았기 때문이다.

그런데 본시 뱃놀음판인 섬인데, 작년에 놀구지가 잘되었다 하여 금년에 와서 더욱 시세를 잃은 땅은 비록 때가 기경시起耕時¹¹

8 조막. 주먹보다 작은 물건의 덩이를 비유적으로 이르는 말.
9 소로 며칠 동안 걸려서 갈 만큼의 넓은 밭.
10 땔감으로 쓰는 나무, 숯, 석탄 따위를 이르는 말.
11 농사를 시작하는 때.

라 하더라도 용이히 살 수까지 있는 형편이었으므로, 그렇게 하리라 일단 마음을 정하니 자기도 땅을 마침내 가져보누나 하는 생각에 더할 수 없는 행복을 느끼며 아다다에게도 이 계획을 말하였다.

"우리 밭을 한 뙈기 사자, 그래두 농살 허야 사람 사는 것 같디. 내가 던답을 살라구 묶어둔 돈이 있거든."

하고 수롱이는 봐라는 듯이 실겅 위에 얹힌 석유통 궤 속에서 지전 뭉치를 뒤져내더니 손끝에다 침을 발라가며 펄딱펄딱 뒤져 보인다.

그러나 그 돈을 본 아다다는 어쩐지 갑자기 화기가 줄어든다.

수롱이는 그것이 이상했다. 돈을 보면 기꺼워할 줄 알았던 아다다가 도리어 화기를 잃은 것이다. 돈이 있다니 많은 줄 알았다가 기대에 틀림으로써인가?

"이거 봐, 그래봬두, 이게 일천오백 냥(일백오십 원)이야. 지금 시세에 밭 이천 평은 한참 놀다가두 떡 먹두룩 살 건데!"

그래도 아다다는 아무 대답이 없다. 무엇 때문엔지 수심의 빛까지 역연히 얼굴에 떠오른다.

"아니 밭이 이천 평이문 조를 심는다 하구 잘만 가꿔 봐. 조가 열 섬에 조짚이 백여 목 날 터이야. 그래 이걸 개지구 겨울 한동안이야 못 살아? 그럭허구 둘이 맞붙어 몇 해만 벌어 봐? 그 적엔 논이 또 나오는 거야. 이건 괜히 생……."

아다다는 말없이 머리를 흔든다.

"아니, 내레 이게, 거즈뿌레기야? 아 열 섬이 못 나?"

아다다는 그래도 머리를 흔든다.

"아니, 고롬 밭은 싫단 말인가?"

"아다 시 싫어."

그리고 힘없이 눈을 내리깐다.

아다다는 수롱이에게 돈이 있다 해도 실로 그렇게 많은 돈이 있는 줄은 몰랐다. 그래서 그 많은 돈으로 밭을 산다는 소리에 지금까지 꿈꾸어오던 모든 행복이 여지없이도 일시에 깨어지는 것만 같았던 것이다. 돈으로 인해서 그렇게 행복할 수 있던 자기의 신세는 남편(전남편)의 마음을 악하게 만듦으로 그리고 시부모의 눈까지 가리는 것이 되어, 필야엔 쫓겨나지 아니치 못하게 되던 일을 생각하면 돈 소리만 들어도 마음은 좋지 않던 것인데, 이제 한 푼 없는 알몸인 줄 알았던 수롱에게도 그렇게 많은 돈이 있어 그것으로 밭을 산다고 기꺼워하는 것을 볼 때, 그 돈의 밑천은 장래 자기에게 행복을 가져다주기보다는 몽둥이를 가져다주는 데 지나지 못하는 것 같았고, 밭에다 조를 심는다는 것은 불행의 씨를 심는다는 것만 같았기 때문이다.

아다다는 그저 섬으로 왔거니 조개나 굴 같은 것을 캐서 그날그날을 살아가야 할 것만이 수롱의 사랑을 받는 데 더할 수 없는 살림인 줄만 안다. 그래서 이러한 살림이 얼마나 즐거우랴! 혼자 속으로 축복을 하며 수롱을 위하여 일층 벌기에 힘을 써야 할 것을 생각해오던 것이다.

"고롬 논을 사재나? 밭이 싫으문?"

수롱은 아다다의 의견을 알고 싶어 이렇게 또 물었다.

그러나 아다다는 그냥 힘없는 고개만 주억일 뿐이었다. 논을 산

대도 그것은 똑같은 불행을 사는 데 있을 것이다. 돈이 있는 이상 어느 것이든지간 사기는 반드시 사고야 말 남편의 심사이었음에 머리를 흔들어댔자 소용이 없을 것이었다. 그리하여 그 근본 불행인 돈을 어찌할 수 없는 이상엔 잠시라도 남편의 마음을 거슬림으로 불쾌하게 할 필요는 없다고 아는 때문이었다.

"흥! 논이 좋은 줄은 너두 아누나! 그러나 가난한 놈에겐 밭이 논보다 나았디 나아……."

하고, 수롱이는 기어이 밭을 사기로, 그 달음에 거간을 내세웠다.

그날 밤, 아다다는 자리에 누웠으나 잠이 오지 않았다.

남편은 아무런 근심도 없는 듯이 세상모르고 씩씩 초저녁부터 자 내건만 아다다는 그저 돈 생각을 하면 장차 닥쳐올 불길한 예감에 잠을 이룰 수가 없었다. 이불을 붙안고 밤새도록 쥐어뜯며 아무리 생각을 해야 그 돈을 그대로 두고는 수롱의 사랑 밑에서 영원한 행복을 누릴 수 있으리라고는 믿기지 않았다.

짧은 봄밤은 어느덧 새어 새벽을 알리는 닭의 울음소리가 사방에서 처량히 들려온다.

밤이 벌써 새누나 하니 아다다의 마음은 더욱 조급하게 탔다. 이 밤으로 그 돈에 대한 처리를 하지 못하는 한, 내일은 기어이 거간이 밭을 흥정하여가지고 올 것이다. 그러면 그 밭에서 나는 곡식은 해마다 돈을 불려줄 것이다. 그때면 남편은 늘어가는 돈에 따라 차차 눈은 어둡게 되어 점점 정은 멀어만 가게 될 것이다. 그다음에는? 그다음에는 더 생각하기조차 무서웠다.

닭의 울음소리에 따라 날은 자꾸만 밝아온다. 바라보니 어느덧 창은 희끄스럼하게 비친다. 아다다는 더 누워 있을 수가 없었다. 옆에 누운 남편을 지그시 팔로 밀어보았다. 그러나 움찍하지도 않는다. 그래도 못 믿어지는 무엇이 있는 듯이 남편의 코에다 가까이 귀를 가져다 대고 숨소리를 엿들었다. 씨근씨근 아직도 잠은 분명히 깨지 않고 있다. 아다다는 슬그머니 이불 속을 새어 나왔다. 그리고 실경 위의 석유통을 휩쓸어 그 속에다 손을 넣었다. 그리하여 마침내 지전 뭉치를 더듬어서 손에 쥐고는 조심조심 발자국 소리를 죽여가며 살그머니 문을 열고 부엌으로 내려갔다.

그리고는 일찍이 아침을 지어 먹고 나무새기를 뽑으러 간다고 바구니를 끼고 바닷가로 나섰다. 아무도 보지 못하게 깊은 물 속에다 그 돈을 던져버리자는 것이다.

솟아오르는 아침 햇발을 받아 붉게 물들며 잔뜩 밀린 조수는 거품을 부걱부걱 토하며 바람결조차 철썩철썩 해안에 부딪친다.

아다다는 바구니를 내려놓고 허리춤 속에서 지전 뭉치를 쥐어들었다. 그리고는 몇 겹이나 쌌는지 알 수 없는 헝겊 조각을 둘둘 풀었다. 헤집으니 일 원짜리, 오 원짜리, 십 원짜리, 무수한 관 쓴 영감들이 나를 박대해서는 아니 된다는 듯이 모두들 마주 바라본다. 그러나 아다다는 너 같은 것을 버리는 데는 아무런 미련도 없다는 듯이, 넘노는 물결 위에다 획 내어뿌렸다. 세찬 바닷바람에 채인 지전은 바람결 쫓아 공중으로 올라가 팔랑팔랑 허공에서 재주를 넘어가며 산산이 헤어져 멀리, 그리고 가깝게 하나씩 하나씩 물 위에 떨어져서는 넘노는 물결 쫓아 잠겼다 떴다 솟구막질을 한다.

어서 물속으로 가라앉든지, 그렇지 않으면 흘러내려 가든지 했으면 하고 아다다는 멀거니 서서 기다리나 너저분하게 물 위를 덮은 지전 조각들은 차마 주인의 품을 떠나기가 싫은 듯이 잠겨버렸는가 하면 다시 기웃거리며 솟아올라서는 물 위를 빙글빙글 돈다.

하더니, 썰물이 잡히자부터야 할 수 없는 듯이 슬금슬금 밑이 떨어져 흐르기 시작한다.

아다다는 상쾌하기 그지없었다. 밀려 내려가는 무수한 그 지전 조각들은 자기의 온갖 불행을 모두 거두어가지고 다시 돌아올 길이 없는 끝없는 한 바다로 내려갈 것을 생각할 때 아다다는 춤이라도 출 듯이 기꺼웠다.

그러나 그 돈이 완전히 눈앞에 보이지 않게 흘러내려 가기까지에는 아직도 몇 분 동안을 요하여야 할 것인데, 뒤에서 허덕거리는 발자국 소리가 들리기에 돌아다보니 뜻밖에도 수롱이가 헐떡이며 달려오는 것이 아닌가.

"야! 야! 아다다야! 너, 돈 돈 안 건새핸? 돈, 돈 말이야, 돈······?"

청천의 벽력같은 소리였다.

아다다는 어쩔 줄을 모르고 남편이 이까지 이르기 전에 어서어서 물결은 휩쓸려 돈을 모두 거둬가지고 흘러버렸으면 하나 물결은 안타깝게도 그닐그닐 한가히 돈을 이끌고 흐를 뿐, 아다다는 그 돈이 어서 자기의 눈앞에서 자취를 감추어버리는 것을 보기 위하여 거덜거리고 있는 돈 위에다 쏘아 박은 눈을 떼지 못하고 쩔쩔매는 사이, 마침내 달려오게 된 수롱이 눈에도 필경 그 돈은 띄고야 말았다.

뜻밖에도 바다 가운데 무수하게 지전 조각이 널려서 앞서거니 뒤서거니 둥둥 떠내려가는 것을 본 수롱이는 아다다에게 그 연유를 물을 겨를도 없이 미친 듯이 옷을 훨훨 벗고 첨버덩 물속으로 뛰어들었다.

그러나 헤엄을 칠 줄 모르는 수롱이는 돈이 엉키어 도는 한복판으로 들어갈 수가 없었다. 겨우 가슴패기까지 잠기는 깊이에서 더 들어가지 못하고 흘러내려 가는 돈더미를 안타깝게도 바라보며 허우적허우적 달려갔다. 차츰 물결에는 휩쓸려 떠내려가는 속력이 빨라진다. 돈들은 수롱이더러 어디 달려와 보라는 듯이 획획 솟구막질을 하며 흐른다. 그러나 물결이 세어질수록 더욱 걸음발은 자유로 놀릴 수가 없게 된다. 더퍽더퍽 물과 싸움이나 하듯 엎어졌다가는 일어서고, 일어섰다가는 다시 엎어지며 달려가나 따를 길이 없다. 그대로 덤비다가는 몸조차 물속으로 휩쓸려 들어갈 것 같아 멀거니 서서 바라보니 벌써 지전 조각들은 가물가물하고 물거품인지도 분간할 수 없으리만큼 먼 거리에서 흐르고 있다. 그러나 그것도 한순간이었다. 눈앞에는 아무것도 보이는 것이 없다. 획획하고 밀려 내려가는 거품 진 물결뿐이다.

수롱이는 마지막으로 돈을 잃고 말았다고 아는 정도의 물결 위에 쏘아진 눈을 돌릴 길이 없이 정신 빠진 사람처럼 그냥그냥 바라보고 섰더니, 쏜살같이 언덕 켠으로 달려오자 아무런 말도 없이 벌벌 떨고 섰는 아다다의 중동을 사정없이 발길로 제겼다.

"홍앗!"

소리가 났다고 아는 순간, 철썩하고 감탕[12]이 사방으로 뛰자 보니, 벌써 아다다는 해안의 감탕판에 등을 지고 쓰러져 있다.

"이— 이— 이……."

수롱이는 무슨 말인지를 하려고는 하나, 너무도 기에 차서 말이 되지를 않는 듯 입만 너불거리다가, 아다다가 움찍하는 것을 보더니 아직도 살았느냐는 듯이 번개같이 쫓아 내려가 다시 한 번 발길로 제겼다.

"풍!"

하는 소리와 같이 아다다는 가꿈선[13] 언덕을 떨어져 덜덜덜 굴러서 물속에 잠긴다.

한참 만에 보니 아다다는 복판도 한복판으로 밀려가서 솟구어 오르며 두 팔을 물 밖으로 허우적거린다. 그러나 그 깊은 파도 속을 어떻게 헤어나랴! 아다다는 그저 물 위를 둘레둘레 굴며 요동을 칠 뿐, 그러나 그것도 한순간이었다. 어느덧 그 자체는 물속에 사라지고 만다.

주먹을 부르쥔 채 우상같이 서서 굽실거리는 물결만 그저 뚫어져라 쏘아보고 섰는 수롱이는 그 물속에 영원히 잠들려는 아다다를 못 잊어함인가? 그렇지 않으면 흘러버린 그 돈이 차마 아까워서인가?

짝을 찾아 도는 갈매기떼들은 눈물겨운 처참한 인생 비극이 여기에 일어난 줄도 모르고 '끼약끼약' 하며 흥겨운 춤에 훨훨 날아

12 곤죽처럼 된 진흙.
13 '가파른'의 방언.

다니는 깃 치는 소리와 같이 해안의 풍경만 돕고 있다.

— 〈조선문단〉, 1935. 6

1904년	9월 8일 평안북도 선천에서 아버지 하항교河恒教와 어머니 죽산 박 씨 사이에서 1남 3녀 중 장남으로 출생.
1909년	대지주 집안에서 태어나 신학문을 반대하는 할아버지 밑에서 엄격한 훈육을 받으며 〈천자문〉〈동몽선습〉〈소학〉〈대학〉 등을 배움.
1914년	4년 동안 한학을 배운 뒤 삼봉공립보통학교에 입학.
1918년	평남 안주의 순홍 안 씨 규수 안정옥安靜玉과 결혼.
1919년	삼봉공립보통학교 졸업 후 2년 동안 더 한학을 배우며 문학에 관심을 갖게 됨.
1920년	소년 잡지 〈새소리〉의 문예 공모에 시 〈글방이 깨어져〉를 응모해 2등으로 입선.
1921년	조부 몰래 상경하여 중동학교에 입학하지만 상경한 지 한 달 만에 조부의 명령으로 낙향. 김안서의 소개로 염상섭 · 김동인 · 남궁벽 · 김환 등과 교유하며 문학에 뜻을 둠.
1922년	다시 상경하여 휘문고등보통학교에 입학하지만 다시 강제 낙향한 뒤 집에서 독학으로 문학 공부 시작.
1925년	〈생장〉에 응모한 시 〈부처님, 검님 봄이 왔네〉와 〈조선문단〉에 응모한 단편소설 〈상환相換〉 각각 당선.

1927년	〈조선문단〉에 응모한 단편소설 〈최 서방〉 재차 당선.
1928년	일본으로 건너가 도요 대학교 철학과에 입학. 〈조선지광〉에 〈인두지주人頭蜘蛛〉 발표.
1931년	집안이 파산하여 귀국 후 〈신가정〉에 〈제비를 그리는 마음〉 투고.
1935년	정비석 · 석인해 · 허윤석 등과 문학동인지 〈해조〉 발간을 논의했으나 무산.
1938년	조선일보 출판부 입사.
1943년	일본 천황 불경 혐의로 투옥되나 2개월 뒤 무혐의로 석방. 방송국에 취직하나 일본인과의 차별대우에 반발하여 사흘 만에 퇴사.
1944년	일제의 강압에 못 이겨 고향 선천으로 돌아옴.
1945년	해방과 더불어 상경 후 정비석과 함께 언론종합잡지 〈대조〉 창간. 창작집 《백치 아다다》 발행.
1948년	김억과 함께 출판사 수선사 창립.
1950년	제주도로 피난 감.
1952년	제주도에서 월간 〈신문화〉 창간.
1954년	서울로 돌아옴.
1961년	8월 9일 성북구 자택에서 위암으로 사망.

김 강사와
T 교수

1931-1940 모던보이, 문학을 만나다

지식인 문학을 정초한 작가 유진오

유진오

兪鎭吾, 1906~1987

호는 현민호民. 일제강점기에 보성전문학교 교수, 조선문인보국회 상무이사 등을 지냈으며, 해방 이후에는 헌법기초위원, 법제처장, 한일회담 수석대표, 고려대학교 총장, 신민당 총재 등으로 활동하였다. 카프가 민중 문제에 소홀하다는 이유로 불참하였으며, 경성제국대학에서 결성되었던 경제연구회라는 마르크스주의 연구 단체에 가입하여 활동하기도 했고, 나중에는 친일 사회주의 좌파 문학인으로 활동했으나 태평양 전쟁 이후 친일 칼럼, 논설, 친일 어용단체에서 활동한 친일반민족행위자다.

1933년 10월부터 동아일보 객원기자로 활동하면서 〈김 강사와 T 교수〉〈창랑정기〉 등의 단편소설을 발표했고, 1948년 제헌 국회에 참여하여 헌법 기초위원회 위원의 한 사람으로 제헌 헌법을 입안하였다. 정치 활동으로는 제 1공화국 기간 중 민국당과 민주당에 참여하였으며, 1959년 장택상 등과 함께 재일동포 북송 반대운동에도 동참했다. 그 뒤 윤보선 등과 함께 민주당 구파 계열의 지도자로 활동했으며, 언론, 법률 활동 외에 제3공화국, 제4공화국 기간 중 야당 지도자의 한 사람으로 활동했다. 1962년 세계교육자대회에 참석했고 문화훈장을 받았다.

작품집으로 《유진오 단편집》《창랑정기》가 있고, 장편소설 《구름 위의 만상》《젊은 날의 자화상》《젊음이 깃칠 때》《다시 창랑정에서》 등이 있다.

지식인의 이중성을 냉정하게 비판한
지식인 소설의 전형

1935년 〈신동아〉에 발표된 단편소설 〈김 강사와 T 교수〉는 사실주의에 바탕을 둔 심리소설로 1930년대 지식인의 속물성과 이중성, 그리고 참담한 현실을 보여준 작품이자 그것들 모두에 적극적으로 저항하지 못하는 나약한 지식인 상을 보여준 소설이다.

전문학교 강사인 '김만필'이 겪는 위협과 그것에 대한 심리적 갈등을 깊이 있게 그리고 있는 이 작품에서 주목할 것은 이중성과 속물성 그리고 그것에 대한 굴복이다. 강사 김만필은 좌익활동을 했던 지식인이지만, 개혁 의지를 잃은 채 현실과 타협하고 마는 이중적 지식인이다. 이 이중성은 당대 현실의 참담함에 기인하는 것이긴 하지만, 비판의 대상이 될 수밖에 없다. 한편 동료인 일본인 교수 T는 알력 싸움으로 편이 갈린 학교에서 김만필을 자기 쪽으로 끌어들이려고 좌익활동 폭로라는 위협을 가하는 속물적인 인물이다. 이때 이 속물성은 그것 그대로 비판받을 것이기도 하지만, 그 위협에 적극적으로 저항하지 못하고 대신 쫓겨나는 것을 택함으로써 결과적으로 속물성에 굴복하고 마는 김만필의 속물적 선택과 맞물려 당대 지식인 사회의 참담한 현실을 종합적으로 보여주는 것이기도 하다.

이효석과 함께 소위 '동반자 작가'로 평가받을 정도로 일제강점기 현실에 대한 비판과 개혁에 대한 열망을 보여준 작가인 유진오는 소시민적 인식이라는 한계를 가진 지식인 작가라는 비판을 받기도 했지만, 지식인 문학을 정초한 작가라는 평가에 여전히 값하는 작가다.

김 강사와 T 교수

1

김만필金萬弼을 태운 택시는 웃고 떠들고 하며 기운 좋게 교문을 들어가는 학생들 옆을 지나 교정을 가로질러 기운차게 큰 커브를 그려 육중한 본관 현관 앞에 우뚝 섰다. 그의 가슴은 벌써 아까부터 두근거리기 시작하였다. 오늘은 그가 일 년 반 동안의 룸펜 생활을 겨우 벗어나서 이 관립전문학교의 독일어 교사로 득의의 취임식에 나가는 날인 것이다. 어른이 다 된 학생들의 모양을 보기만 해도 젊은 김 강사의 가슴은 두근두근한다. 저렇게 큰 학생들을 앞에 놓고 내일부터 강의를 시작하는 것이로구나 하고 생각하니 근심과 기쁨이 뒤섞여 가만히 있을 수 없는 것이었다.

세물[1] 내온 모닝[2]의 옷깃을 가다듬고 넥타이를 바로잡아 위의[3]를 갖춘 후에 그는 자동차를 내렸다. 초가을 교외의 아침 신선한 공기와 함께 그윽한 나프탈렌의 값싼 냄새가 코밑에 끼친다. 그는 운전사에게 준 돈을 거스를 필요 없다는 의미로 손짓을 하고 무거운 정문을 열고 안으로 들어갔다. 수부에서 교장실을 묻고 복도를 오른편으로 꺾어 둘째 번 도어 앞에 섰다.

교장은 넓은 방 한가운데다 커다란 테이블을 놓고 듬직한 회전의자 위에 가슴을 내밀고 앉아 있었다. 그 일부러 꾸민 태도는 확실히 김만필을 기다리고 있던 것에 틀림없었다. 그전에도 김만필은 대여섯 번이나 교장을 관사로 찾아간 일이 있기는 했지만 그때는 교장의 태도는 몹시 친절한데다가 두 볼이 푹 팬 얼굴이 위엄이 없어서 제법 만만하게 이야기를 할 수 있었다. 그러나 지금 이렇게 교장실에서 대하는 그는 아주 다른 사람같이 느껴졌다. 교장은 눈을 반짝반짝 날카롭게 빛내며 조그만 머리를 뒤로 젖히고 두 팔을 버틴 품이 금방에 덤벼라도 들 것같이 보였다. 그 너무나 굳은 과장된 표정은 자기 깐에는 교장으로서의 위엄을 차린 것이겠지만 오랜 동안 속료[4] 생활을 해온 그의 경력을 말하는 것임에 틀림없었다.

"어— 어서 오시오. 자 이리로—."

교장은 테이블 앞에 있는 의자를 가리키며 말했다. 그러면서도 두 볼에 깊이 팬 주름살 하나도 움직이지 않는다. 김만필은 온몸이

1 남에게 세놓은 물건.
2 검정색으로 만들어진 서양식 상복.
3 威儀. 격식을 갖춘 태도나 차림새.
4 屬僚. 계급적으로 보아 아래에 딸린 동료.

오그라지는 것을 느끼며 황송해 의자에 앉았다.

교장은 조금 목소리를 부드럽게 해,

"우리 학교는 처음이죠? 이왕에 오신 일이 있던가요?"

"아뇨, 처음입니다."

"어때요. 누추한 곳이라서. 도무지 예산이 넉넉지 못하니까."

"천만에요. 대단 훌륭합니다."

김만필은 교장실 창의 반쯤 열어놓은 호화스러운 자줏빛 커튼으로 눈을 옮기며 대답하였다. 사실 S 전문학교의 당당한 철근 콘크리트 삼 층 교사는 그 주위의 돼지우리같이 더러운 올망졸망한 집들을 발밑에 짓밟고 있는 것같이 솟아 있는 것이었다. 교장실 사치한 품도 김만필의 동경 유학 시대에는 별로 보지 못한 것만이었다.

교장은 테이블 위에 놓인 종을 서너 번 울렸다. 옆방으로 통하는 문이 열리며 모닝을 입은 뚱뚱한 친구가 허리를 굽실굽실하며 들어왔다.

"여보게 그것 가져오게."

"핫."

뚱뚱한 친구는 흘낏 김만필을 보고 체수에 맞지 않게 가볍게 허리를 굽실하고 도로 나갔다. 잠깐 있더니 그는 무슨 네모진 종이를 들고 들어와 공손하게 교장에게 내밀었다.

"이것이 당신 사령서입니다."

하고 교장은 그 종이를 받아 김만필에게로 내밀었다.

김만필은 뚱뚱한 친구의 눈짓에 재촉되어 황당해 일어나서 사령서를 받아 들고 허리를 굽혔다.

사령서를 전한 교장은,

"인젠 자네도."

하고 말을 잠깐 끊었다가

"우리 학교의 직원의 한 사람이니까 우리 학교의 특수한 중대 사명을 위해 전력을 다해주어야 되네."

"네ー."

하고 김만필은 다시 한 번 머리를 숙였으나 속으로는 기가 막혔다. 더군다나 '자네'라고 특별히 힘을 주어 하는 말이 귀에 거슬렸다. 스무 살가량이나 나이가 위이고 또 교장으로 앉은 사람에게 '자네' 소리를 듣는 것은 그리 이상할 것이 없지만 금방 아까까지도 일부러 '당신'이라고 하던 끝이기 때문에 그 표변하는 품이 너무나 부자연한 것이었다.

교장은 훈시를 계속하였다.

"그리고 특별히 자네한테 주의를 주는 것은 다름 아니라 우리 학교로서는 조선 사람을 교원으로 쓰는 것은 자네가 처음이니까 여러 가지로 주의를 해야 한단 말일세. 학생들도 내선인이 섞여 있을 뿐 아니라 여러 가지 복잡한 문제도 있고 또 당국으로서의 일정한 교육 방침이라는 것도 있으니까 이런 여러 가지 사정을 특별히 주의해달라는 것일세. 알어듣겠지."

"네."

김만필은 또 한 번 고개를 꾸뻑했다. 그러나 마음속으로는 별별 생각을 다 하고 있었다. 교장의 말은 의례히 할 소리에 틀림없지만 그것이 자기한테 하는 말이라고 생각하니 우스웠다. 동시에 그는 지금 자기가 처해 있는 환경이 어떤 것이라는 것을 처음으로 조금 깨달은 것같이도 생각되었다.

"그리고 저— 김 군. 이 사람을 소개하지. 이분은 교무주임의 T 군—."

교장은 아까부터 옆에 양수거지하고 섰는 뚱뚱한 친구를 소개하였다.

"T— 올시다. 앞으로 많이 사랑해주십시오."

T 교수는 거리의 장사치같이 허리를 굽히며 김만필에게 절을 했다. 김만필은 그제서야 약간 숨을 내두르고 금방 아까까지 경멸을 느끼던 이 T 교수에게 도리어 호감을 느끼며 자기도 공손하게 마주 예를 했다.

"자 그러면 우리 저 방으로 가십시다. 곧 식이 시작될 테니까. 교련의 A 소좌도 와 계십니다."

T 교수는 앞서서 김 강사를 그 옆방—교수실로 안내했다.

교무실에는 가슴에 훈장을 번쩍이는 A 소좌가 긴 칼을 짚고 단정하게 앉아 있었다.

T 교수의 소개로 김만필은 A 소좌하고 인사를 했다. T 교수의 설명에 의하면 A 소좌는 먼저 있던 M 소좌의 뒤에 이번에 새로 S 전문학교 배속이 되었기 때문에 오늘 김과 함께 취임식에 나간다는 것이었다. 김만필은 A 소좌와 나란히 앉아 자기의 환경 변화가 너무나 심해 어째 꿈나라에나 온 것같이 생각되었다. 그의 과거—는 그만두더라도 아까 그가 아침을 먹고 나온 하숙집 풍

경, 그 더러운 뒷골목 속에 허덕거리고 있는 함께 있는 사람들, 하숙료를 못 내고 담뱃값에 쩔쩔매는 영화감독, 일 년 열두 달 감시를 못 벗어나는 요시찰인인 잡지 기자, 아침부터 밤중까지 경상도 사투리로 푸성귀 장사, 밥값 못 낸 손님들을 붙들고 꽥꽥 소리를 지르는 하숙집 마나님…… 이런 모든 것과 이 당당한 건물, 가슴에 훈장을 빛낸 장교, 모닝의 교수들 사이에는 대체 어떠한 연락의 줄이 있는 것일까. 김 강사는 이 두 가지 연락 없는 풍경의 중간에서 기적과 같이 연락을 붙여놓고 있는 자기 자신이 아무리해도 현실의 것으로는 생각되지 않는 것이었다.

김 강사와 A 소좌의 취임식은 제이학기 시업식에 이어 거행되었다. 식장은 엄숙하다 못해 살기가 뻗친 것 같았다. 교장은 김만필을 동경제대를 졸업한 보기 드문 수재라고 소개하고 이어 이번에 새로 교련을 맡아보게 된 A 소좌를 맞이하게 된 것은 실로 분수에 넘치는 영광이라고 말했다. 교장이 단을 내려오자 T 교수에게 재촉되어 김만필이 먼저 단 위로 올라가고 다음에 A 소좌가 따랐다. 단 위에 선 김 강사는 몹시 흥분되어 얼굴이 창백하였다. 검붉은 햇볕에 탄 얼굴과 강철 같은 체격에 나이도 김만필의 존장뻘이나 됨직한 A 소좌가 그 옆에 와 나란히 섰다.

"게─렛─!"

깜짝 놀랄 만큼 큰 소리로 체조 선생이 호령을 불렀다. 동시에 수백 명 검은 머리가 일제히 아래로 숙였다.

S 전문학교의 신임 교원 취임식이 엄숙할 것쯤이야 미리부터 짐작 못 한 바 아니었지만 막상 눈앞에 대하고 보니 김만필은 갈피를

잡을 수 없었다. 그러나 학생들이 경례를 하고 있는 동안에 그것은 짧은 동안이었지만 그는 이상하게도 정신이 찬물같이 맑아지며 끝없이 얼크러진 모순에 찬 자기의 과거와 현재를 분석하고 비판해보는 것이었다. 대학 시대에 문화비판회라는 학생 단체의 한 멤버였던 일, 졸업하자 그때까지 속으로 멸시하고 있던 N 교수를 찾아 취직을 부탁하던 일, N 교수로부터 경성 어떤 관청의 H 과장에게 소개장을 받던 일, 서울서는 H 과장 집에 자주 드나들면서도 일변으로는 신문 잡지 등속에 독일 좌익문학운동의 소개 또는 평론 같은 것을 쓰던 일, H 과장의 소개로 작년 가을 처음으로 이 S 전문학교 교장을 찾아갔던 일— 이 모든 것은 하나도 모순의 감정 없이는 한꺼번에 생각할 수 없는 것이었다. 하지만 인생이란 도대체 모순 그것이 아닌가 하고 그는 생각해보았다. 그중에도 지식 계급이라는 것은 이 사회에서는 이중 삼중 사중 아니 칠중 팔중 구중의 중첩된 인격을 갖도록 강제되고 있는 것이다. 그 많은 중에서 어떤 것이 정말 자기의 인격인가는 남모르게 저 혼자만 알고 있으면 그만인 것이다. 어떤 사람은 사실 똑똑하게 이것을 의식하고 경우를 따라 인격을 변한다. 그러나 어떤 자는 자기 자신의 그 수많은 인격에 황홀해 끝끝내는 어떤 것이 정말 자기의 인격인지도 모르게 되는 것이다—.

아— 더러운 노릇이다, 싫은 노릇이다라고 김만필은 생각하였다. 그러면 지금 자기는 어떤가? 그 대답은 마음 깊은 속에는 벌써 똑똑하게 나와 있는 것같이 생각되었으나 그것까지는 지금 분석해보기가 싫었다. 그에게는 그 단 위에 올라서 있는 짧은 동안이

지긋지긋하게 지루하게 생각되었다. 어째 눈이 핑핑 돌고 다리가 우둘우둘 떨리는 것 같았다.

식이 끝나고 강당을 나올 때 T 교수는 김만필—아니 김 강사의 옆으로 오며,

"긴상 몹시 몸이 약하시구먼. 얼굴빛이 대단 좋지 않은데요. 어디 괴로우십니까?"

하고 물었다.

"아뇨. 별로 몸에 고장은 없습니다마는—."

김 강사는 등에 식은땀이 흐른 것을 느끼며 대답했다.

2

김만필은 생전 처음 서는 교단이라 실수를 하지 않으려고 그날 밤은 늦도록 공부를 했다. 전에 있던 선생이 병으로 일 학기를 거의 전부 빼먹었기 때문에 학생들의 독일어는 아—베—체—부터 가르치는 것이나 다름없는 것이었지만 그래도 무슨 실수나 있을까 봐 아—베—체—, 아—베—체— 하고 알파벳 발음 연습까지 해 보았다. 그의 수업 시간은 바로 개학식 다음 날에 끼어 있는 것이었다.

이튿날 아침, 김 강사는 전날의 취임식 광경 같은 것을 생각해 가며 그래도 얼마쯤 마음이 가볍게 학교를 갔다. 교관실에 들어가니까 먼저 와 있던 교수가 두서너 사람 떠들고 있다가 잠깐 말을

멈추고 김만필의 인사에 대답하고 도로 떠들기 시작하였다. 시간 강사인 김만필에게는 아직 책상이 돌아오지 않았으므로 그는 하는 수 없이 창 앞으로 가서 담뱃불을 붙였다. 교수들은 김만필이 있는 것을 잊어버린 듯이 자기들끼리만 떠들고 있는데 이야기는 아마도 엊저녁의 여자에 관한 것인 듯싶었다. 교수가 하나 늘고 둘 더 옴에 따라 교관실의 소동도 점점 더 커갔다. 그들은 그 여름이 몹시 더웠던 이야기, 비리야드,[5] 해수욕, 등산, 갑자원,[6] 야구, 긴부라[7](은좌 통신보) 스틱 걸[8] 등등 갖은 종류의 무의미한 화제에 대해 시골 공직자같이 굵은 소리를 내서 한없이 떠들어대었다.

이러한 교관실의 공기는 김 강사에게는 극단으로 천하게 생각되었다. 전문학교의 교수라고 하면 좀 더 학자적 근신과 학문적 향기를 가져야 할 것이다. 그런데 마치 보험 회사 외교원이나 길거리의 약장수같이 떠드는 것은 무슨 꼴인가. 그러다가 생각하니 그 떠들고 있는 여러 사람 중에 김 강사와 이야기를 하려고 하는 사람은 하나도 없는 것이었다. 김 강사는 자기가 일부러 돌림뱅이가 된 것 같아서 몹시 고독을 느꼈다. 내가 공연히 신경과민이 된 것이 아닌가 하고 그는 생각해보았다. 그러나 그렇지도 않다. 다른 사람들은 김 강사의 존재를 무시하는 태도를 취함으로써 그를 모욕하는 것이다. 하지만 아니다, 이것은 자기가 '신출'이기 때문이다. 용기를 내서 그들 틈에 한몫 끼어보리라고 돌이켜 생각도 해본다. 그러나

5 billiards, 당구.
6 고시엔, 고시엔 구장 주변을 뜻하는 지명.
7 ぎんぶら, 거리를 산책하는 일.
8 돈을 받고 데이트를 해주는 젊은 여성.

무어니 무어니 해도 그는 아직 책상물림이라 그렇게 뻔뻔한 배짱은 없었다.

김 강사는 내내 교관실을 나와, 옆에 있는 신문실로 들어갔다. 신문실에는 외국서 온 신문 잡지 등속이 겉봉도 뜯지 않은 채로 책상 위에 흩어져 있었다. 새로 온 독일의 그림 신문을 펴들고 있노라니 문이 열리며 T 교수의 벙글벙글하는 친절한 얼굴이 나났다.

"어— 이런 데 와 계셨습니까. 신진 학자는 다르시군."

김 강사는 의미 없이 얼굴을 붉히고 일어나 아침 인사를 했다. T 교수는 어슬렁어슬렁 옆으로 오며,

"이번이 당신 시간이지요."

"네."

"그거 대단 잘됐습니다. 처녀 강의를 새 학기 첫 시간에 하시게 됐으니."

"네, 무어."

T 교수는 빙글빙글 웃으며 걸상에 앉아서,

"허…… 무어 어런허실 것은 아니지만 교장도 걱정을 하고 계시기에 또 말씀하는 것입니다만."

하고는,

"그건 다름 아니라 당신은 교단에 서시는 것이 처음이시라니까 학생조종술 같은 데 대해 안즉 생각해보신 일이 없으실 줄 아는데요. 어쨌든 이 선생 장사라는 것은 남이 보기에는 신성한지 몰라도 결국은 말하자면 일종 인기 장사니까요. 새 선생이 오면 학생 놈들

의 버릇이 의례히 찧고 까불고 괴롭게 굽니다. 말하자면 이것도 시험이라 헐까요. 이 시험에 급제를 하면 관계찮지만 만일 떨어지는 날이면 탈이 납니다. 나도 그전에는 이 시험을 당했습니다. 허……그리고 또 이건 당신과 나 사이니까 말씀하는 것이지만."

하고 T 교수는 목소리를 낮추어,

"어제 교장 선생도 잠깐 말씀하셨지만 여기는 내선 공학 아닙니까. 그러니까 당신한테 대해서도 내지인 학생들이 어떤 태도를 가질지 이것이 걱정이 됩니다. 쓸데없는 일로 학생들 새에 무슨 재미없는 일이 일어나도 안됐고…… 허기는 다 어련하시겠습니까마는 허……."

T 교수의 말을 듣고 있는 동안에 김 강사는 그의 말을 깊이 생각해볼 여유도 없이 그저 그에게 감사하는 생각뿐이었다. 금방 아까까지 그는 고독을 느끼고 있던 끝이라 상관이며 또 경험 많은 선배인 T 교수로부터 이런 솔직한 의견을 듣는 것은 정말 고맙게 생각되었다.

T 교수는 몇 마디 잡담을 더 하고 일어나 나갔다. 뚱뚱한 몸을 흔들흔들하며 나가는 뒷모양이 김 강사에게는 몹시 믿음직해 보였다. 사실을 말하면 김 강사는 N 교수—H 과장—S 교장— 이렇게 학벌 동향 관계 등의 썩어진 인연을 더듬어 이것을 교묘하게 이용해 차례차례로 그들을 꼼짝 못 할 궁경으로 몰아넣어 가지고 억지로 이 S 전문학교에 비비고 들어온 것이므로—거기다가 자기는 조선 사람이라는 자격지심도 있었고—이곳의 교원들에게 이상스러운 눈초리로 보여지는 것을 처음부터 염려했던 것이다.

그 염려가 어째 헛것이 아니었던 것같이 생각되어가는 이때에 T 교수가 나타난 것이다. 그만큼 그의 친절한 말은 그야말로 빈 골짜기의 발자취 소리같이 생각되는 것이었다.

그러나 첫째 시간의 처녀 강의는 의외로 평온하게 지났다. 그를 괴롭게 하기는커녕 학생들은 도리어 이 새로 온 색다른 선생의 말을 흥미 있게 듣고들 있었다. 김 강사는 T 교수의 주의도 있고 해서 머리를 길게 늘인 국수파 방카라[9] 학생들에게 특별히 경계를 하였으나 그들도 의외로 얌전하게 그의 강의를 듣고 있었다. 단 위에 올라서서 말하는 동안에 차차로 마음이 가라앉아서 어깨를 으쓱하고 눈살을 찌푸리고 앉은 그들 방카라 학생들의 꼴이 도리어 어리게도 보였다.

시간을 끝내고 교관실에서 담배를 피우고 있노라니 T 교수가 또 와서 처음 교단에 선 감상이 어떠냐고 빙글빙글 웃으며 물었다.

"아무 감상도 없었습니다마는 생각던 이보다도 학생들은 얌전하더구먼요."

김 강사는 약간 득의의 어조로 대답하였다.

"그렇습니까. 그것 잘됐습니다. 허지만요, 아직 방심해선 안 됩니다. 학생들 중에는 별별 고약한 놈이 다 있으니까요. 에 별놈이 다 있습니다."

하고 T 교수는 학교 수첩―학생들이 엠마쵸[10]라고 부르는 것―을

---

9 ばん・カラ, 복장이나 언행 등이 거칠고 품위가 없음.
10 えんまちょう, 염라대왕의 염마장을 뜻하며, 교사가 학생의 성적이나 품행 등을 적어두는 수첩을 가리킴.

꺼내면서,

"당신은 아직 처음이시라 모르실 테니까 미리 말씀해드립니다마는 (하고 수첩을 펴 연필 끝으로 죽 훑어 내려가면서) 우선 이 스즈끼란 놈만 해도 웬 고약한 놈입니다. 학교는 결석만 하면서 어쩌다 나오면 선생한테 싸움 걸기가 일쑤고 이런 놈은 졸업은 안 시킬 텝니다. 그리고 또 이 야마다라는 놈, 이놈도 건방진 놈입니다. 그리고 이 김홍규란 놈, 또 가도, 그리고 주형식, 이누이, 다까하시, 최, 박, 마쓰모도…… 나쁜 놈들이다. 바보 같은 놈들. 도대체 이 반은 급장부터가 건방져."

T 교수의 목소리는 열을 띠어오며 증오의 가시로 듣는 사람의 신경을 쿡쿡 찌르는 듯이 울렸다. 김 강사는 너무나 의외의 광경에 놀랐다. 웬일일까. 이 온후해 보이던 T 교수가. 대체 교육자의 태도라는 것이 이래도 좋은 것인가.

"허지만."

하고 김 강사는 T 교수의 안색을 들여다보며 말을 끼웠다.

"이편에서 성심으로 전력을 다해도 안 될까요."

"허……."

T 교수는 조금 체면이 안된 듯이,

"그야 물론 그렇지요. 학생들야 어쨌든 이편만 잘하면 그만이지요. 허지만 그것도 저편에서 이편 뜻을 알어주어야만 할 것이 아니겠습니까. 당신도 인제 좀 치어나 보시면 차차 생각이 달러지십니다. 학생이라는 것은 요컨대 선생의 ×입니다. 이편에 조금만 틈이 있으면 그저 용서 없이 달려드는 겝니다."

마침 그때 급사가 찾으러 왔으므로 T 교수는 말을 끊고 교무과로 가버렸다. 그러나 그가 간 뒤 김 강사는 몹시 우울하였다. 교육이라는 것의 발가벗은 꼴을 눈앞에 본 것 같았다. 그러나 또 그것보다도 그는 오직 하나의 지기로 생각하는 T 교수를 삽시간에 잃은 것이 아까웠다. 아— 무서운 사람이다라고 그는 생각하였다.

둘째 시간 종이 울렸으나 김 강사는 멍하니 듣고 앉았을 뿐이었다.

3

며칠 지난 후 토요일 밤이었다. 김만필은 오래 찾아보지도 못한 H 과장에게 치하의 인사도 할 겸 하숙을 나섰다. H 과장은 솔직하고 평민적인 호감을 주는 인물이었다.

H 과장의 집은 북악산 밑 관사촌의 북쪽 끝에 있었다. 저녁 후의 고요한 관사촌은 김만필의 발자국 소리에 놀란 셰퍼드인지 무엇인지 무서운 개들의 짖는 소리로 몹시 요란스러워졌다. H 과장의 집으로 들어가는 골목을 돌려는 순간 바로 등 뒤에서 분주하게 걸어오는 발자취 소리가 들렸다. 고개를 휙 돌리자 바로 등 뒤에까지 온 그 사람의 얼굴과 거의 마주칠 뻔하였다.

"어—."

"어—."

두 사람은 거의 동시에 입을 열었다. 뒤에 온 것은 T 교수였다.

그는 무엇인지 네모진 보퉁이를 끼고 있었다. T 교수는 의외로 김 강사와 마주쳤기 때문에 잠깐 머뭇머뭇하더니 별안간,

"얏데루나."[11]

하면서 김만필의 어깨를 툭 치며 더러운 비밀을 서로 쥐고 있는 사람끼리만이 주고받는 비열한 미소를 띠었다. 그 미소의 의미는 김만필도 단번에 알 수 있었다.

"별로 그런 것도 아니지만."

김만필은 좀 좋지 않아 말했다.

"천만에. 흥, 당신도 나는 책상물림으로만 알았더니 상당하구면."

T 교수는 여전히 그 미소를 띠고 있다.

"아니 정말 무슨 별짓을 하는 것은 아닙니다. 당신도 아시겠지만 나는 H 과장의 힘으로 이번에 취직이 된 것이니까요."

김은 변명에 힘을 들였다.

"그건 나도 잘 압니다. 그러기에 당신도 상당허단 말이지. 나는 H 과장하고는 고향이 같다우."

"네— 그러세요."

김만필은 더 할 말이 없었다.

T 교수는 잠깐 무슨 생각을 하더니,

"잠깐만 거기서 기둘려주시오."

하고 저벅저벅 골목 속으로 들어갔다. 그러더니 또 무슨 생각을 했

11 "할 짓은 다하는구먼."

는지 도로 나와서 김만필의 어깨를 또 한 번 툭 치며,

"허…… 왜 그렇게 멍하고 계슈. 세상이란 다 이런 게 아니우."

하고 들었던 보퉁이를 김만필의 눈앞에 번쩍 들어 보이고 다시 골목 속으로 들어가 H 과장 집 부엌 쪽으로 사라졌다.

하녀하곤지 컴컴한 속에서 잠깐 쑤군쑤군하더니 T 교수는 곧 나왔다. 이번에는 아까와는 달라서 평상 때의 침착한 태도를 회복하고 성난 것 같은 표정을 짓고 있었다.

"자, 들어갑시다."

그리고 그는 잠자코 H 과장 집 정면 현관의 초인종을 눌렀다.

두 사람이 H 과장 집을 나온 때는 아직 초저녁이었다. T 교수는 어디로 잠깐 차라도 마시러 가자고 졸랐다. 김만필은 그에게 대해 차차로 말할 수 없는 불쾌를 느끼고는 있었으나 어쨌든 같이 가기로 했다.

두 사람이 간 곳은 세르팡이라는 술집이었다. 쑥 빠진 동경 여자라는 모던 여성이 카운터에 서 있는 깨끗한 집이었다. 여자는 둘이 들어서자

"아라 T—상."

하고 환영하였으나 T 교수는 쉬— 하고 입술에 손가락을 대 침묵을 명하고 구석 테이블로 가서 자리를 잡았다.

"자주 오십니까. 이 집에?"

김만필은 캉캉하게 생긴 여자와 뚱뚱한 T 교수를 번갈아 보며 물었다.

"네, 가끔 옵니다. 당신은?"

"나도 두세 번 온 일은 있습니다만."

T 교수는 여급에게 레몬 티 두 잔을 주문하고,

"긴상 어떠시우. 이건?"

하고 왼손으로 술 먹는 시늉을 해 보였다.

"아주 못 먹습니다."

"이거 왜 이러슈. 난 벌써 소문 다 듣고 앉았는데, 허……."

하고 너털웃음을 웃고 나서

"긴상, 긴상 일은 무엇이든지 내 다 잘 알고 있답니다."

하고 이번에는 음침하게 눈을 가늘게 했다.

"긴상은 모르시겠지만 당신 일로 H 과장과 우리 학교 교장 새에서 연락을 붙인 것은 사실은 이 나랍니다."

T 교수의 말은 김만필로서는 처음 듣는 소리였다. 그러나 생각해보면 T 교수의 지금 지위로 보아서 당연히 있음직도 한 노릇이었다.

"그럼 교장허구두 한 고향이십니까?"

"그렇구말구요. 안 그렇습니까."

T 교수는 뜨거운 차를 후―후 불며 대답했다. 차를 단번에 마시고 나서 이번에는 위스키를 주문했다. 위스키를 연달아 두서너 잔 먹고 나서 T 교수는 싱글싱글 웃으면서 말을 꺼냈다.

"실상은 나는 전부터 당신을 알고 있었답니다. 우리 학교로 오시기 전부터."

T 교수의 싱글싱글 웃는 얼굴에는 네 비밀은 내가 환하게 알고 앉았다는 의미의 표정이 나타나 있었다. 김만필은 슬그머니 겁이

났으나 잠자코 있노라니 T 교수는 기운이 나서 떠들었다.

"나는 작년부터 조선말을 배우기 시작했는데요. 그 때문에 언문 신문을 조선 학생에게 통역해달래며 읽고 있었는데 (김만필은 가슴이 뜨끔했다) 그런 관계로 작년 가을이든가 당신이 쓰신 〈독일 좌익 작가 군상〉이라는 논문을 읽었어요. 그 논문에는 정말 탄복했습니다. 독일 문학에 대해 당신만큼 연구가 깊은 이는 내지에도 적을 것입니다. 참 탄복했습니다. 그래 나는 H 과장한테 맨 처음 당신 말씀을 들었을 때 그런 이는 우리 편에서 초빙해도 좋다고, 이래 뵈도 나도 힘을 썼답니다. 조선 사람 중에도 차차 당신같이 훌륭한 사람이 나오게 됐다는 것은 참 좋은 일입니다. 앞으로도 많이 힘써주십시오."

T 교수는 웅변이 되어 김만필을 칭찬하였으나 김만필은 상처나 다친 듯이 속이 뜨끔하였다. 대체 T 교수는 어째서 이런 말을 꺼내는 것인지 그 내심을 알 수가 없었다. 〈독일 좌익 작가 군상〉이라는 논문은 작년 가을에 몇 푼 안 되는 원고료를 목표로 총총히 쓴 것에 지나지 않으며 더구나 그 내용은 S 전문학교의 직원의 한 사람인 김만필로서는 절대로 비밀에 부쳐야 할 것이었다. 김만필은 그것을 익명으로 하지 않았던 경솔을 새삼스레 후회했다. 그러고 보니 그는 익명으로 쓴 그 외의 몇 가지 논문이 생각났다. 그것들은 제법 좌익 평론가인 체하고 꽤 흰소리를 뽑은 것이기 때문에 만일 그런 것이 탄로가 나면 모든 것은 다 낭패가 되는 것이다. T 교수는 그것들까지도 알고 있는 것일까. 김만필은 의심을 품은 눈초리로 T 교수의 얼굴을 더듬었으나 그는 여전히 싱글싱글 웃고 있을 뿐

이었다. 김 강사는 눈에 보이지 않는 무서운 압박을 느꼈다.

세르팡을 나오자 김만필은 잠시라도 빨리 T 교수의 옆을 떠나고 싶었으나 T 교수는 김만필의 양복 소매를 잔뜩 붙들고 〈바흐트 암 라인〉을 콧노래로 부르며 요릿집 등속이 늘어선 A 정으로 끌고 갔다. 그들이 간 곳은 어느 골목 속 조그만 오뎅집으로 삼십 살가량 되어 보이는 예기 출신인 듯한 여자가 오뎅 냄비 뒤에 서 있었다. T 교수는 이곳서도 단골손님인 듯싶어 여자와 농담을 주고받고 하며 술을 먹었다.

두 사람이 오뎅집을 나왔을 때에는 자정이 지났다. 이번에는 김만필도 상당히 취했으나 정신은 도리어 똑똑했다. 삼월백화점 앞에 와서 T 교수는 단장을 들어 지나가는 택시를 불렀다. 김만필이 사양하니까, 전차도 끊어졌는데 걸어갈 수는 없지 않은가. 우리 집에 가려면 어차피 자네 집 앞을 지나니까 같이 타자고 억지로 태웠다.

"우리 집을 아십니까?"

김만필은 자동차가 움직이자 물었다. T 교수의 훌륭한 문화주택이 김 강사의 하숙 근처에 있는 것은 자기도 잘 알고 있었지만 뒷골목 속 더러운 그의 하숙을 T 교수가 알고 있는 것은 정말 의외였다.

"아다마다. 문간에 명함 붙여놓지 않았나. 잘 아네."

"네—."

김만필은 기가 막혔다.

"우리 집도 잘 알지. C 상 집 바로 옆이야. 인제 가끔 놀러 오게."

"네. 가지요."

하고 김만필은 대답했으나 마음속으로는 안 가리라, 절대로 안 가리라고 생각하였다. 무엇 때문에 이자는 탐정견 모양으로 모르는 게 없단 말인가. 하숙까지 알다니― 김만필은 으시시 추웠다. 그러다가는 나중에 무슨 소리가 튀어나오는지 모르는 것이었다.

자동차가 박석고개를 넘어갈 때 T 교수는 김만필의 귀에다 대고,

"인제 차차 김 군도 알겠지만 우리 학교 안에도 여러 가지 암류가 있으니 주의하는 게 좋으네. 더군다나 S 군한테는 주의해야 되네."

하고 수수께끼 같은 말을 속삭였다. S라는 사람은 전해 봄에 만주 공과대학 예과로부터 S 전문학교로 옮겨온 사람으로 이 봄에 교수가 될 것인데 어떤 사정으로―그 이면에는 T 교수 일파의 책동이 있었다―교수가 못 되어 그것에 불평을 품고 있는 사람이었다. 그런 사정은 김 강사는 모르고 있었기 때문에 자기 자신에 무슨 관계가 있나 하고 생각해보았으나 아무것도 알 수 없었다.

김만필이 잠자코 있노라니까 T 교수는 껄껄 웃고,

"아니, 무어 별로 마음에 새겨들을 것은 없어. 그저 그렇단 말이지. 원체가 놈팽이는 교수 될 자격이 없어."

그리고 또 김만필의 귀에다 입을 대고,

"허지만 사실을 말하면 그자는 자네 시간을 욕심내고 있다네. 그 네 시간만 얻었으면 이번 가을부터 교수가 될 걸 그랬거든. 어쨌든 음흉한 놈이니 주의하게."

김만필은 무슨 무서운 악몽에 붙들린 것 같았다. 그러자 T 교수

가 스톱! 하고 소리를 질러 자동차는 삑— 하고 급정거를 했다. 김
만필의 하숙으로 들어가는 골목 앞이었다.

4

　김만필은 S 전문학교에 다니게 된 후로 갑자기 마음이 우울해
져서 아무도 찾아가고 싶지도 않았다. 교장은 생각만 해도 싫었다.
취임식 날 아침의 그의 경박한 인상이 일상 머리에서 사라지지 않
는 것이었다. 한편 교장 쪽에서도 김만필의 호감을 사려고 노력할
리는 물론 없으매 두 사람은 어쩌다 복도에서 만나도 형식적인 인
사를 주고받을 뿐이었다. T 교수는 여전히 친절한 체하였지만 그
는 친절하게 굴면 굴수록 점점 더 싫어서 김만필 편에서 경원하였
다. 교관실 공기도 참을 수 없었다. 교수들 중에 김 강사에게 먼저
말을 건네는 사람은 하나도 없었다. 그들은 시간 파하는 종이 울리
면 앞을 다투어 교관실로 돌아와서는 더러운 물건이나 내버리듯
이 백묵 갑을 테이블 위에 탁 내던지고 웅성웅성 쓸데없는 이야기
를 시작하는 것이었으나 김 강사에게는 너 따위 놈은 우리들은 도
대체 문제도 삼지 않는다는 듯한 태도를 일부러 지어 보였다. 그중
에도 언젠가 T 교수에게 귓속말을 들은 일 있는 S 강사는 한층 심
했다. 그는 김 강사의 얼굴만 보면 불쾌한 빛을 겉에까지 내면서
인사도 잘 하지 않았다. 김 강사는 시간을 끝내고 교관실에 돌아오
면 뜰에 핀 코스모스 꽃을 넋 없이 바라보는 것이 버릇이 되었다.

때로는 그의 마음속에도 교만한 동료들에 대한 반항의 마음이 버럭버럭 치밀어 오를 적도 있었다. 놈들! 너깐 놈들이 친절하게 해 준댔자 나는 조금도 기쁠 것 없다. 그러나 그런 생각을 한 후면 이번에는 자기 자신의 천박한 심정이 도리어 후회되는 것이었다.

그러나 이런 직원 새의 공기와는 반대로 김 강사에 대한 학생들의 평판은 나쁘지 않았다. 내지인 학생들도 그를 괴롭히기는커녕 얌전하기 짝이 없었다. 김 강사는 가끔 독일 신흥문학운동 이야기 같은 것을 꺼내보았으나 학생들은 도리어 흥미 있어 하는 듯하였다. 학생이라는 것은—하고 김 강사는 생각하였다—아무 데를 가도 매일반이다. 이것에 기운을 얻어 그는 차츰차츰 일반적인 새로운 문학 운동 이야기를 해보았다. 언젠가 T 교수가 주의를 시켜주던 스즈끼니 가도니 하는 학생들에게는 그래도 안심이 안 되었으나 그들도 예습은 꼭꼭 해 오고 별로 건방지게 구는 법도 없었다.

시월 하순의 어느 일요일, 아침밥을 먹고 새로 도착한 〈룬드 샤우〉[12]를 드러누운 채로 펴들고 있는데 마당에서 게다 소리가 들렸다. 문을 열고 보니 그것은 의외에도 무슨 책을 옆에 낀 스즈끼였다. 스즈끼가! 하고 김 강사는 잠깐 뜨끔했으나 도리어 일종의 흥미가 생겨서 곧 방으로 불러들였다.

스즈끼라는 학생은 키가 크고 광대뼈가 내밀고 아래턱이 큰 것이 마주 앉아 보면 조선 사람 같은 인상을 주었다. 이 얼굴이 T 교

---

12 독일에서 발간되는 일간지.

수의 마음에 안 드는 것인가 하고 김 강사는 생각해보았다. 스즈끼는 처음에는 머뭇머뭇하고 있더니 이야기가 독일 문학으로 돌아가자 기운이 나서 떠들기 시작하였다. 될 수만 있으면 S 전문학교 따위는 집어치우고 동경으로 가서 독일 문학을 전공하고 싶다는 것이 그의 희망이었다. 스즈끼의 어학 힘으로는 아직 독일어 같은 것은 잘 알지 못할 터인데 그는 독일 문학, 그중에서도 독일 현대 문학에 대해 몹시 자세히 알고 있었다. 그해 봄에 히틀러가 정권을 잡은 뒤의 일은 김 강사보다도 도리어 잘 알고 있었다.

"에른스트 톨러, 게오르그 카이저, 렌, 레마르크, 심지어 토마스 만 형제까지도 예술원을 쫓겨났다지요?"

"그랬지요."

김만필은 작년 이래로는 취직 운동에 쪼들려 독일 문단의 최근 사정을 자세히 알아볼 여유가 없었더니만큼 스즈끼의 지식에는 감복했지만 그와의 이야기에는 별로 흥을 낼 수 없었다. 그것은 스즈끼가 불량 학생이라는 T 교수의 귀띔이 있었기 때문뿐이 아니라 다른 본능적인 경계심도 있었기 때문이다. 그래도 두 사람의 이야기는 나치스 독일에서의 문학자 박해로부터 그것의 정치 조직에 대한 공격으로 옮겨갔다. 스즈끼는 열을 띠어 히틀러의 문화 유린을 욕하였다. 그러는 동안에 김만필은 차차로 스즈끼에 대해 우정을 느끼게 되어 이번 가을 후로 감추기에 애써오던 그의 보다 진실한 반면—그가 지금 어떠한 생활을 하고 있든 간에 그 감추어진 반면이야말로 정말 자기라고 남몰래 생각하고 있는 그 반면을 하마터면 토설해서 동경 유학 시대 이후로 울적했던 기분을 풀 뻔했으나 마음을 다시 고쳐먹고 스즈끼의 얼굴을 경계하는 눈으로 들여다보는 것이었다.

화제는 독일서 일본으로 돌아오고 다시 S 전문학교로 옮겨졌다. 스즈끼는 S 전문학교 학생들이 대부분은 사회적 문화적인 것에는 조금도 흥미를 갖지 않고 학교의 노트만 기가 나서 외고 있다고 분개하며 이것은 요컨대 조선이라는 특수한 환경과 학교 당국의 가혹한 취체[13] 때문이라고 떠들어댔다.

"동경 같으면 그렇지 않겠지요?"

"글쎄."

하고 김만필이 막연한 대답을 한즉 스즈끼는 별안간,

"선생님이 문화비판회서 일하고 계실 때는 어땠습니까?"

하고 김만필의 얼굴을 쳐다보며 물었다.

"에? 문화비판회?"

김만필은 깜짝 놀랐다. 스즈끼의 질문은 그에게는 청천의 벽력이나 다름없었다. 김만필은 경성 와서 취직 운동을 시작한 후로는 그의 과거 경력은 같은 조선 사람 옛날 친구들한테도 이야기하지 않았었고 더군다나 S 전문학교에 취직한 후로는 이 과거의 비밀이 탄로될 것을 무엇보다도 무서워하고 있던 것이다.

"문화비판회라니?"

김만필은 시치미를 떼고 되물었다. 스즈끼는 싱글싱글 웃으며,

"선생님이 그 회원으로 굉장하게 활동하신 것은 학생들이 모두

---

13 取締, 규칙이나 법령, 명령 따위를 지키도록 통제함.

들 압니다."

"아뇨, 그런 일은 없소. 그건 무슨 잘못이겠죠."

김만필은 당장에 고개를 좌우로 흔들며 그 말을 부정했다. 가슴 속에서는 그의 조그만 지위와 양심이 저울에 걸려 있는 것을 느끼면서.

"그러세요."

스즈끼는 의아해하는 표정을 하면서

"그 회가 해산될 때 선생님이 굉장한 열변을 토하셨다는 말까지 있는데요?"

"아니 그런 일은 없소."

김만필은 그래도 부정했다. 그러나 그의 기억에는 그날의 감격에 찬 광경이 역력하게 나타났다. 문화비판회가 드디어 해산되기로 정해진 날 그는 분노에 불타서 말은 더듬거릴망정 그야말로 소리와 눈물을 한꺼번에 내쏟는 열변을 토한 것이었다. 그 고운 기억은 그가 아무리 비열한 인간이 되어버리는 날이 있을지라도 결코 잊어버릴 수 없는 것인 것이다. 김만필은 그것까지도 터놓고 이야기할 수 없는 자기의 현재의 지위에 대해 잠깐 스스로 책망하는 생각에 잠겼었다. 그러나 곧 그는 공세로 옮겨갔다. 이런 소리까지 냄새를 맡아가지고 학생 새에 펼쳐놓는 그 근원은 대체 어느 곳에 있는 것인가.

"그런 소문은 대체 어디서 들었소?"

스즈끼는 김 강사의 심상치 않은 태도에 당황해서 얼굴을 붉히며,

"요전에 다까하시 군에게 들었습니다."

"다까하시는?"

"T 선생이 그러시드래요."

"T 선생?"

"네. 김 선생님은 굉장한 수재시고 동경제대서도 문화비판회의 중요한 회원이시었다구요."

"흠—."

김만필은 말없이 생각하였다. 이것은 예사로 넘길 일이 아니다. 무슨 깊은 책략이 있는 것이라고 생각하였다. 그러나 그렇기로 T 교수는 대체 어디서 또 그런 소리를 냄새 맡아 왔을까. 정말 셰퍼드 같은 작자다. 이놈 이번에는 제 본색을 나타냈구나 하고 분개했다. 그러고 보니 지금 그의 앞에 앉았는 스즈끼까지도 의심스러워졌다. 스즈끼는 오늘 처음으로 찾아왔으면서 다른 선생한테 가서 철없이 떠들면 단번에 학교를 쫓겨날 만한 소리를 지지하게 늘어놓았으니 그렇게까지 자기를 신용할 근거가 어디 있는가. 어쩌면 이 스즈끼 놈도 T 교수와 한통이어서 일부러 김만필의 본심을 떠보러 온 것이나 아닐까. 이렇게 의심하기를 시작하니까 다음다음 모든 것이 의심 덩어리였다. 대체 취임식 다음 날 T 교수가 난데없이 스즈끼 욕을 자기에게 들려주던 것부터 이상스러웠다. 그것은 일부러 자기를 속일 전제가 아니었던가…… 스즈끼는 김 강사의 눈치가 험해가는 것을 보고 어쩔 줄을 몰라 멈칫거렸으나 스즈끼가 그러면 그럴수록 김 강사는 이놈 시치미를 떼는구나 하고 점점 더 스즈끼가 밉게 생각되는 것이었다.

스즈끼는 흥미 깨진 듯이 한참 앉았더니,

"너무 실례가 많았습니다. 공연히 쓸데없는 소리를 지껄여서."

하고 모자를 들고 일어섰다. 그러나 곧 나가려 하지 않고 잠깐 머뭇머뭇하더니,

"사실은 선생님께 청이 있어 왔는데요."

하고 김만필의 얼굴을 잠깐 쳐다보고,

"저희 반에 맘 맞는 동무 몇이 모여서 독일 문학 연구의 그룹을 만들었는데 선생께서 지도를 좀 해주십소사고―."

스즈끼는 언외에 뜻을 품게 하여 김 강사를 자기들 그룹으로 이끌었다. 사실은 그는 야마다, 김, 가도 들과 함께 학교 안에 조그만 단체를 만들어가지고 독일 문학 연구를 하는 한편 좀 더 널리 사회 사정을 연구하려는 것이었다. 그러려면 누구든지 지도자가 한 사람 있어야 할 터인데 김 강사의 강의든가 우연히 들은 그의 과거 경력이든가를 보아 그 일을 김 강사에게 청하려고 오늘 찾아온 것이었다. 그러나 생각이 없는 경솔한 말 때문에 김 강사를 의외의 오해로 몰아넣은 것이다. 김 강사는 스즈끼의 그런 사정을 알 리가 없고 스즈끼가 진실한 표정을 하면 할수록 도리어 의심을 깊게 할 뿐이었다.

"바빠서 난 참가 못 하겠소."

그는 스즈끼의 청을 단번에 거절했다.

"선생님 틈 계신 대로라도―."

스즈끼는 열심이다.

"몹시 바쁘니까 도저히 못 하겠소."

김 강사는 다시 한 번 딱 거절했다. 스즈끼는 그래도 선 채로 잠깐 머뭇머뭇하더니,

"그러면 실례합니다. 오늘은 여러 가지로 미안했습니다."

하고 모자를 손끝으로 빙글빙글 돌리며 대문을 나갔다.

5

스즈끼가 찾아왔다 간 후 김만필의 생활은 더욱더욱 우울해갔다. 강박 관념에 쪼들리는 신경쇠약 환자같이 그는 항상 무엇엔가 마음의 위협을 느끼고 있었다. 공연히 쭈뼛쭈뼛하고 아무것을 해도 열심히 안 났다. 그러면 T 교수나 H 과장을 찾아가서 자기의 약점을 전부 고백하면 좋을 듯도 싶었으나 그의 우울에는 그 이상의 무슨 깊은 뿌리가 있는 듯싶었다. 뿐 아니라 그곳에는 그의 힘없는 양심의 최후의 문지기가 서 있었다. 공연히 마음만 안타까울 뿐이었다.

학교에를 가도 그는 점점 더 말을 하지 않았다. T 교수가 말을 걸든지 하면 겉으로는 공손하게 대답했지만 속으로는 섬찍근하며 이자가 또 무슨 흉계를 꾸미는 것인가 하고 미워했다. 생각해보면 그는 S 전문학교에 온 뒤로 아직 아무하고도 말다툼 한번 한 일없건만 모든 사람과 마음속으로는 미워하고 서로 멸시하고 두고 보아라는 듯이 으르렁거리는 것 같은 형세가 되고 만 것이다. 그러나 이것은 당초부터 정해진 운명이었는지도 모른다. 그래 그는 억지

로 S 전문학교에 뻐기고 들어간 것을 별로 후회하지도 않았다. 될 대로 되어라는 일종의 자포자기 같은 마음이 드는 것이었다.

그런 중에도 날이 지남을 따라 S 전문학교 직원 새의 공기는 외톨배기 김 강사에게도 차차로 짐작되었다. 한편에는 T 교수를 중심으로 하는 일파가 교장을 둘러싸고 학교 안의 세력을 쥐고 있고, 한편에는 U 교수, S 강사들이 '정의파'로 그와 대항하고 있는 듯하였다. S 강사는 교장과 특별한 관계가 있는 사람으로 교장의 초빙으로 만주 공과대학 예과의 자리를 일부러 팽개치고 온 사람인데 T 교수의 맹렬한 이간질로 교장과의 사이가 틀어져서 지금까지 교수도 못 되고 U 교수의 정의파로 붙은 모양이었다. 김 강사는 그런 무의미한 세력 다툼에는 한몫 낄 자격도 없거니와 생각도 없었으나 마음속으로는 역시 U 교수와 S 강사들 편으로 동정이 갔다. 만일 S 강사가 김 강사에게 이유 없는 멸시와 적의만 보이지 않았으면 김 강사는 그들의 정의파에 가담했을는지도 모르는 것이다.

겨울 방학이 가까워갔다. 으스스하게 흐린 날이 계속되고 때로는 가루 같은 뽀숭뽀숭한 눈발이 날리기도 했다.

어느 날, 김 강사는 교실로 들어가는 도중에서 T 교수와 마주쳤다.

"대단 추워졌습니다."

언제나같이 T 교수가 먼저 인사를 했다.

"대단 춥습니다."

김 강사도 같은 소리로 대답하고 지나가려는데 참 잠깐만 하고 T 교수가 불렀다. T 교수는 빙글빙글 웃으면서,

"긴상, 그날 밤 일 아즉 기억하고 계시죠. H 과장 댁 앞에서 우리가 맞닥뜨리던 날 밤—."

김 강사가 의미 없는 웃음을 지었더니,

"기억하고 계시죠. 내가 과자 상자를 들고 갔던 것 보셨죠."

김 강사는 웃으며 고개를 끄덕였다.

"세상이란 다 그런 겝니다. 난들 그런 짓을 하기가 좋아서 하겠소. 어쨌든 지금 연말도 되구 했으니 교장한테 무어 과자라도 한 상자 사가지구 찾어가 두시란 말이오."

말해 던지고 T 교수는 그대로 가버렸다.

교실에 들어가 강의를 하면서도 김 강사는 T 교수의 말을 잊어버릴 수가 없었다. 씹어 생각해보면 T 교수의 말은 그럴 듯도 싶었다. 그러나 다시 생각해보면 지금 와서 과자 상자를 사 들고 주적주적 교장을 찾아가도 소용이 없을 뿐 아니라 도리어 업신여김을 받을 것 같았다. 뿐 아니라 T 교수의 성격이라든지 그의 모든 것을 생각해보면 그가 진정으로 김 강사를 위해 무슨 말을 해줄 이유는 하나도 없는 것이다. 만일 그렇다면 T 교수의 말은 실상은 책상물림 주제에다 어딘가 만만치 않은 고장이 있는 김 강사를 조롱한 것에 지나지 않는 것이다. 그러나 또다시 돌려 생각하면 T 교수의 말은 좀 더 의미가 깊은 것으로 '교장은 너를 미워하고 있다. 너도 미리 생각을 돌리지 않으면 목이 잘라진다'라는 협박같이도 생각되었다.

그러나 어쨌든 그날 밤 김 강사는 명치옥에 가서 서양과자를 한 상자 샀다. 위 뚜껑에 '조품'이라 두 자를 쓰고 그 밑에 자기의 명함을 붙였다. 그러나 그러는 동안에도 그의 마음속에서는 종시 두 가지 의사가 싸우고 있었다. 암만 무얼 해도 이 짓만은 하기 싫다. 자기가 이것을 가지고 가면 교장은 이놈 인제두 하고 빙그레 웃고 T 교수는 등 뒤에서 그 능글능글한 웃음을 띠고 나의 어리석음을 조소할 것이다. 어차피 S 전문학교에 다니는 것도 길지는 않을 것이니 이런 짓까지 하면 그만큼 나는 밑질 뿐 아닌가. 그러나 바로 그다음에는 다른 생각이 드는 것이었다. 아니 T 교수의 말대로 세상이란 다 이런 것이다. 내가 지금 암만 뽐내본댔자 뱃속을 짜개면 S 전문학교를 나가고 싶지 않은 것이 본심이 아닌가. 물에 빠지는 자는 지푸라기라도 잡는다 한다. 이론이 다 무엇이냐. 내가 이런 짓을 하는 것이 더럽다 하면 나에게 이런 짓을 하게 하는 자들은 더 더러운 것이다. 이런 것으로 더럽히는 것은 내 양심이 아니라 놈들의 양심이다. 나는 요런 조그만 미끼를 물고 좋아하는 놈들의 그 천박한 꼴을 조소하면 그뿐인 것이다 ─.

　김 강사는 악마의 마음을 먹은 심 잡고 과자 상자를 들고 서대문행 전차를 탔다. 그러나 그의 결심은 오래 계속되지 못했다. 그는 광화문 정류장에서 전차를 내려 효자동 가는 전차를 타지 않고 천천히 종로로 갔다. 본정통의 번잡한 데 비해 이곳은 몹시 잠잠했다. 일루미네이션만 헛되게 빛나고 세모 대매출의 붉은 깃발이 쓸쓸한 섣달 대목 거리의 먼지에 퍼덕이고 있었다. 한참이나 거리를 어슬렁거리다가 욕심쟁이로 일가 간에 돌림뱅이가 된 아주머니를 생각한 그는 걸음을 빨리해 파고다 공원 뒷골목으로 들어갔다.

6

동기 방학이 되고 해가 바뀌었으나 김 강사는 하숙에 꼭 들어 앉아 있었다. 연하장 한 장도 내지 않았다. 그의 마음은 점점 더 비틀려갔으나 속에는 일종의 깨달음 같은 것이 생기고 있었다. 그에게는 막다른 골목까지 온 것 같은 지금의 생활을 타개해나갈 의사 같은 것은 물론 없고 차츰차츰 숨이 가빠 들어와도 그대로 누워 죽음을 기다리는 수밖에 없다고 생각되었다. 책상 위에는 먼지가 쌓이고 외국서 온 신문 잡지는 겉봉도 뜯기 싫었다. 그는 늦잠을 자는 버릇이 생겼다. 점심때나 되어 일어나서는 밥을 한술 떠넣고 바람 부는 거리를 거니는 것이 일과가 되었다. 새해라 해도 종로 거리에는 장식 하나 없고 살을 에는 매운바람이 먼지를 불어 올릴 뿐이었다.

피곤하면 뒷골목에 갑자기 많아진 찻집을 찾아 들어가 정신 나간 사람같이 앉아 있었다. 찻집에는 아무 데를 가도 일상 김 강사와 같은 젊은 사내들이 그득하였다. 그들은 대개는 김만필과 비슷한 경우에 처해 있는 사람들이었다. 학교는 졸업했으나 갈 곳은 없고 학문이나 예술상의 기적적인 사업이 하룻밤에 되는 것도 아니고 그렇다고 현상 타파의 마음을 굳게 해서 강철이나 불길을 사양치 않을 만한 용기를 저마다 갖고 있는 것도 아니고 보니 차를 사 먹을 잔돈푼이 아직 있는 동안에 이렇게 찻집에 와서는 웅덩이에 고인 물 같은 시간을 보내고 있는 것이다. 여기에서는 활발한 토론의 꽃이 피는 법도 없으며 불길 같은 사랑의 피가 타오르는 일도 없고 오직 죽음과 같은 침묵의 시간이 계속될 뿐이었다.

날이 감을 따라 김만필은 점점 자기의 힘으로는 이길 수 없는 정신의 피로를 느끼기 시작하였다. 어떻게든지 해야 되겠다 하는 초조한 마음은 점점 없어지고 축 늘어진 채 의미 없는 시간을 맞고 보내고 하는 것이었다. 벌써 칠팔 년 전에 대학 불란서 말 코스에서 우연히 눈에 띈 도데의 소설 속의 짧은 구절이 머리에 떠서 지워지지 않았다.

—L'ennui lui vint.

'그에게 피곤이 왔다'는 이 짧은 구절이 무슨 깊고 또 깊은 의미를 가진 것같이 생각이 되는 것이다. 이야기는 철사에 붙들려 매서 날마다 평화한 목장의 풀을 먹고 있던 어린 양이 드디어 생활에 권태를 느끼고 어느 날 이 철사를 끊고 숲속으로 달아나서 거기서 기다리고 있던 이리한테 잡아먹혔다는 것이다. 김만필은 하숙 온돌에 드러누워 빈대 피 터진 벽을 바라보며 그 잡아먹힌 어린 양의 행복을 생각해보기도 했다.

휴가가 끝난 뒤에 교관실에 나타난 T 교수는 그전보다도 한층 기운이 있었다. 이번 겨울은 특별히 추워 영하 이십 도라는 엄한[14]이 여러 날 계속되었건만 그는 잠방이 하나로 지내왔다고 교관실이 가득하도록 떠들었다. 얼굴에는 붉은 핏기가 가득 차 있다. 별안간 그는 이번 겨울 방학 동안에 조선의 민속에 대해 많이 연구했다고 말을 꺼냈다.

---

14 嚴寒, 매우 심한 추위.

"마침 무당을 하나 붙들었기에 여러 가지 조선의 신앙, 미신, 관혼상제의 습관, 풍속 같은 것을 조사해봤는데 썩 흥미가 있데나. 한 민족을 철저하게 이해하려면 역시 이 방면부터 조사해가는 것이 제일 첩경이야. 미친 것을 고치려면 신장 내린 무당이 동쪽으로 뻗친 복사나무 가지로 병자를 실컷 때려주면 멀쩡하게 나버린다네. 재미있지 않은가. 그리고 거짓말하고 댕기는 여자한테는 똥을 먹인다데나. 허……. 이것은 아주 합리적이거든. 난 조선 여자들이 살결이 왜 고운가 했더니 그 비밀을 이번에 처음으로 알았어. 밤에 잘 적에 오줌으로 세수를 헌데나그려. 인제 우리 여편네한테두 오줌 세수를 시켜볼까. 허…… 어허…….'

T 교수의 호걸 같은 웃음에 따라 다른 교수들도 일제히 껄껄거려 웃었다. 그러나 김만필은 가만히 있을 수 없었다. T 교수의 뺨이라도 힘껏 후려갈기고 싶었으나 참는 수밖에 없어서,

"그런 풍속이 어데 있단 말씀이오. 나는 듣도 보도 못했소."

김 강사는 겨우 이 말만 했다. T 교수를 비롯해 모든 사람들은 비로소 김 강사가 있는 것을 깨달은 듯이 그의 얼굴을 바라보고 교관실의 공기는 별안간 싸늘해졌다.

T 교수는

"아니, 당신은 이런 것은 이리저리 생각하실 것 없지요. 무식한 무당한테 들은 소리니까."

하고 그로서는 처음 보는 미안한 얼굴을 지었다.

"어쨌든 미신이라는 것은 어떤 문명국에라도 있는 것이니까."

김 강사는 한마디 더 말하고 싶었다. 그러나 마침 종이 울렸으므

로 그는 백묵 상자를 들고 썩썩 교관실을 나와버렸다.

　이번 겨울은 이상스레도 흐린 날이 계속되었다. 삼한사온의 규칙적 순환도 없이 영하 십몇 도라는 날이 날마다 계속되었다. 그 일기도 김 강사의 비위에 맞지 않았다. S 전문학교에 가는 도중에 전차 창으로 내다보이는 교외의 풍경은 한결같이 회색 빛깔로 물칠되었었다. 앞에는 더러운 바라크[15] 집들이 톱니빨같이 불규칙하게 늘어서고 그 지붕 위를 수력 전기의 송전탑이 까맣게 멀리 숲 편으로 달아나는 것이다. 잿빛 하늘 저편에는 시커먼 북한산이 잠잠히 서 있고…… 김만필은 그 옛날을 생각해본다. 아직 중학생 때 겨울이 되면 흔히 스케이트를 둘러메고 이 근처로 얼음을 타러 다녔다. 그때에는 이 더러운 바라크들도 무서운 송전탑도 물론 없었고 수양버들 늘어진 큰길이 멀리멀리 논밭 가운데로 구불거려 있었다. 하늘은 일상 샛푸르게 개었었다. 편한 논 벌판 저편에는 능陵 소나무 숲이 보이고 그 저편 쪽 먼 하늘에는 눈을 인 북한산의 야윈 봉우리가 굳세게 높게 솟아 있는 것이었다. 논에는 물이 가득해 그것이 유리쪽같이 얼고 그 얼음 위를 바람을 차고 중학생 김만필은 마음껏 뛰어 돌아다니던 것이언만.

　이월도 그믐께 가까운 어느 날, 첫째 시간을 끝내고 일상 하듯이 김만필은 신문실에서 멍하고 있노라니 T 교수가 나타나서 오늘 잠깐 할 말이 있으니 교수가 끝나거든 교무과로 와달라 하였다.

　시간을 마치고 교무과로 갔더니 T 교수는 대략 다음과 같은 이

---

15 baraque, 주둔군을 위해 만든 막사.

야기를 하였다.

"오늘은 잠깐 당신께 꼭 해야 할 말씀이 있습니다. 다름 아니라 엊저녁에 오래간만에 H 과장 집에를 놀러 갔더니 H 과장은 무슨 까닭인지 당신한테 관해 무슨 이상스러운 소문을 듣고 대단 기색이 좋지 못한 모양입니다. 어떤 말을 듣고 그러는지는 나도 모르겠소마는 그래 내가 지금 당신께 하려는 말씀은 사실은 우리 학교 교장 말인데 교장은 원체 성미가 그런 사람인 데다가 무엇인지 당신이 교장 비위를 몹시 거슬러놓지 않았나 싶습니다. 실례의 말씀이지만 당신은 아직 세상이라는 것을 모르고 계시다고 나는 봅니다. 세상이라는 것은 어쨌든 이론대로 되는 것이 아니니까요. 윗사람한테 대해서는 철을 찾어 무슨 선사는 안 한다 하더래도 가끔 찾어가 보는 것쯤은 해두는 것이 좋단 말이오. 들으니까 H 과장도 그때 이후 찾어가지 않었다지요. H 과장이 그럽디다. 당신은 나와 달라서 처음부터 H 과장 소개로 들어왔겠다, 당신만 잘하면 앞으로는 시간도 차차 더 얻을 수 있을 것인데—."

"그러면 저—."

"아니 무어 자세한 이야기를 들은 것은 아니니까 어쨌든 내 생각에는 오늘 저녁에라도 우선 H 과장 집에라도 한번 찾어가 보시는 것이 좋을 듯합니다만—."

"네—."

김 강사는 분명치 않은 대답을 했으나 T 교수의 이야기를 듣고 있는 동안에 오랫동안 숨을 죽이고 있던 마음속의 불똥이 이상스레 끓어오르는 것을 느꼈다. 나쁜 놈들! 내가 비겁한 짓을 하고 쩔쩔매고 있으니까 제멋대로 건방지게 구는구나. 나는 너희들 앞에 말라빠진 이 몸을 내던지고 짓밟든지 차든지 너희들 할대로 하라고 참아오지 않았느냐. 이 이상 무엇을 더 어떻게 하라는 것이냐.

김 강사는 보이지 않는 소리로 H 과장과 교장들을 욕하고 남을 극도로 멸시하는 소리를 뻔뻔스레 친절한 귀띔 모양으로 들려주는 T 교수의 얼굴에다 마음속으로는 힘껏 침을 뱉어주었다.

그러나 집에 돌아온즉 불안한 마음에 암만해도 가만히 있을 수 없었다. T 교수의 말치로 보아서는 자기의 운명도 이미 결정된 듯 싶었으나 그렇게 되고 보니까 또 전부터 정해논 배짱이 흔들흔들 하기 시작하는 것이었다. 김 강사는 끝까지 현실에 연연하는 자기의 약한 성격에 스스로 싫증과 미움까지 났으나 그렇다고 그것을 어떻게 처치할 수는 없었다. 드디어 그는 이번 한 번만 더 T 교수의 말대로 해보기로 마음을 정했다. 그리고 이번에야말로 언젠가 그가 권하듯이 과자 상자를 사가지고 가는 것이라고 자기 자신에게 일러 들렸다.

H 과장 집 현관에는 먼저 온 손님이 있는지 구두 한 켤레가 놓여 있었다. 그러나 응접실에 들어가니까 손님은 방금 간 모양으로 하녀가 나와서 테이블 위의 찻종과 과자 접시 등속을 치우고 있었다. H 과장은 혼자서 걸상에 앉았는데 웬일인지 노기가 등등한 얼굴이었다.

H 과장은 험한 눈치로 김만필을 노리고 있더니 김만필이 가까이 가니까 별안간,

"무얼 하러 왔나."

하고 쏘아붙였다. 김만필은 너무나 의외의 인사에 깜짝 놀라 H 과장의 얼굴을 쳐다보고 도로 머리를 숙였다. 다 글렀다! 하는 생각만이 머리에 가득 차서 오는 길에 생각해둔 갖가지 변명이 하나도 안 남고 날아가 버렸다.

"너무 오래 찾어뵙지도 못했기에—."

김만필은 겨우 입을 떼었다.

"이 남의 은혜를 모르는!"

또 한 번 정신이 번쩍 들어 김만필은 얼굴을 들고 H 과장을 보았다. H 과장은,

"대체 자네는 왜 남의 얼굴에 똥칠을 해놓는 겐가."

라고 또 소리쳤다.

창졸간[16]에 무엇이라 대답해야 할는지를 몰라 김만필은 머리를 숙이고 덮어놓고 사과를 했다. 그러나 H 과장은 여전히 되풀이하는 것이다.

"왜 나를 창피한 꼴을 보이는 거야."

"네 제가 과장께 무슨 창피를— 제가."

H 과장에게 창피한 꼴을 보여준 적은 없는 것이다.

"그래두 자네는 나를 속일 작정인가."

"과장을 속인 일은 저는 없습니다."

"없어?"

---

16 창졸간(倉卒間), 미처 어찌할 수 없이 매우 급작스러운 사이.

H 과장은 금방 덤벼들 듯이,

"그럼 내 입으로 말해줄까. 자네는 대학 시대에 ××주의 단체에 들었었지. 이리로 온 후도 좌익문학운동에 관계했지."

"허지만 그것은—."

하고 김만필은 대답하려 하였으나 이번에는 H 과장은 부들부들 떨리는 목소리가 되어,

"왜 자네는 그것을 내한테 말하지 않고 감추었단 말인가. 응, 그래두 상관없다고 생각했단 말인가. 그래놓고 자네는 뻔뻔스레 학교 선생이 되어 시치미를 뚝 떼고 있지만 자네를 추천해논 이 내 얼굴은 어찌 된단 말인가. 나는 자네만은 염려 없다고 학교 당국의 강경한 반대를 무릅쓰고 억지로 자네를 집어넣은 것이야. 허기는 경솔하게 자네를 신용한 내가 잘못이지. 섣불리 동정심을 낸 것이 잘못이야. 이 은혜를 모르는 제 욕심만 채우는—."

H 과장이 떠들어대는 동안 김만필은 올 것이 온 것이다라고 생각하였다. 그러나 막상 이렇게 되고 보니 도리어 별로 겁날 것이 없었다. 생각하면 작년 가을 이후로 날마다 밤마다 자기를 괴롭게 하고 눈앞에 얼씬거리던 검은 그림자의 정체는 겨우 요것이던가. 그렇게 생각하니 도리어 무거운 짐을 내려놓은 것 같았다. 그러나 사정만은 똑똑히 해두어야 된다고 그는 생각하였다. 과거에 있어서 그는 제법 정말 무슨 주의자였던 일은 없는 것이다.

"그건 무슨 오해십니다. 저는 지금까지 ××주의자였던 적은 없습니다."

"무엇야! 그래도 나를 속이려나!"

H 과장은 다시 격노해 소리를 버럭 지르고 의자와 테이블을 와당탕거리며 벌떡 일어났다.

그때 이웃 방으로 통하는 문이 열리며 H 과장 부인이 차를 가지고 들어왔다. 이어 부인의 등 뒤에는 언제나 일반으로 봄 물결이 늠실늠실하듯 온 얼굴에 벙글벙글 미소를 띤 T 교수가 응접실로 따라 들어왔다.

— 〈신동아〉, 1935.

1906년	5월 13일 서울에서 궁내부 제도국 참사관 유치형兪致衡과 밀양 박 씨 사이에서 10남 중 장남으로 출생.
1914년	제동보통학교 입학.
1919년	경성고등보통학교 입학.
1923년	시 동인지 〈십자가〉 발행.
1924년	경성고등보통학교 졸업 후 경성제국대학 예과 문과에 수석으로 입학. 조선학생 모임인 문우회 조직.
1925년	학생회 잡지 〈청량〉 발간 주도.
1926년	경성제국대학 예과 졸업 후 같은 대학 법과에 진학함. 학생회지 〈문우〉 발간 주도.
1927년	〈조선지광〉에 단편소설 〈복수〉 〈스리〉를 발표하며 문단에 데뷔.
1928년	〈조선지광〉에 평론 〈진리의 이중성〉을 발표하며 평론가로도 활동.
1929년	경성제국대학 법과를 수석으로 졸업하고 형법 연구실 조교로 활동.
1931년	이강국 · 최용달 · 박문규 등과 함께 조선사회사정연구소 설립.
1932년	보성전문학교 강사로 출강.
1933년	보성전문학교 전임 강사로 재직.
1935년	〈신동아〉에 〈김 강사와 T 교수〉를 발표하며 문단의 주목을 받음.

1939년	보성전문학교 법과 과장 역임. 조선문인협회 주최 시국 강연회에서 강사로 활동.
1943년	조선문인보국회 상무이사로 위촉.
1945년	해방 후 보성전문대 교수와 경성대학 법문학부 교수를 겸직하고 교육심의위원 역임.
1948년	대한민국 헌법 기초위원으로 대한민국 헌법 초안을 작성하였으며, 초대 법제처장 역임.
1952년	고려대학교 총장에 취임.
1953년	대한국제법학회 회장에 선출됨.
1954년	대한민국 학술원 회원과 대한교육심의위원회 위원으로 활동.
1956년	유네스코 한국위원회 위원 및 부위원장 · 한국연구원 창립이사로 위촉.
1958년	서울특별시교육회 회장으로 임명.
1959년	대한민국 학술원상 수상.
1960년	대한교육연합회 회장으로 선출.
1962년	대한민국 문화훈장 수상.
1966년	민중당 대통령 후보로 지명.
1967년	신민당 대표위원으로 7대 국회의원에 출마하여 당선.
1968년	신민당 총재 임명.
1970년	와병으로 신민당 총재직 사임.
1987년	투병생활을 하다가 8월 30일 서울대학교 병원에서 사망.

메밀꽃 필 무렵

1931-1940 모던보이, 문학을 만나다

한국 서정소설의 대표 작가 이효석

이효석

李孝石, 1907~1942

호는 가산可山. 필명으로 아세아亞細亞를 쓰기도 했다. 1925년 경성 제일고등
보통학교 졸업 후 경성제국대학에 입학했다. 1928년 경성제국대학 재학
중 〈조선지광〉에 단편소설 〈도시와 유령〉을 발표하여 문단의 주목을 받은
이효석은 경향파의 동반자 작가로 활동을 시작했다. 1930년 경성제국대학
영문학과를 졸업하고 단편소설 〈깨뜨려진 홍등〉〈마작 철학〉 등을 썼으며,
1932년 경성농업학교 영어 교사로 취직해 생활이 안정되면서 초기의 경향
문학적 요소를 탈피하고 순수문학으로 전환하였다. 1933년 순수문학을 지
향한 구인회의 창립회원이 되어 〈돈〉〈수탉〉 등 향토소설을 발표하였다.
1934년 평양 숭실전문학교 교수로 부임했으며 〈계절〉〈성화〉〈산〉〈분녀〉
〈인간 산문〉〈들〉〈메밀꽃 필 무렵〉 등을 발표하면서 작품 활동이 절정에
달했다.

그러나 1940년 상처하고 아이까지 잃으면서 극심한 실의에 빠져 만주 등지
를 떠돌다 건강을 해친 이효석은 1942년 뇌막염으로 사망하였다. 1982년 금
관문화훈장을 받았으며 2000년에는 이효석 문학상이 제정되었다. 2002년
이효석 문학관이 강원도 평창군에 세워져 그의 문학세계를 기리고 있다.

소설과 시적 서정이 조화를 이룬
한국 단편소설의 백미

〈메밀꽃 필 무렵〉은 1936년 〈조광〉에 발표된 단편소설로 이효석 문학의 백미이자 한국 단편소설의 백미며, 소설과 시적 서정이 성공적으로 결합한 가장 훌륭한 예 중 하나다.

작품의 줄거리는 그리 복잡하지 않다. 주인공 허 생원과 성 서방네 처녀 사이에 있었던 하룻밤이라는 과거와 허 생원과 조선달 그리고 허 생원의 아들인 듯한 동이가 봉평에서 대화로 가는 현재가 만나 이루는 로맨스가 줄거리의 전부다. 이는 과거와 현재의 이중적 구성과 달밤, 메밀꽃, 나귀 등의 소재들이 아주 긴밀하게 연결된 세련된 구조와 완성도를 통해 전달된다. 그러나 이러한 소설적 감각만큼이나 이 작품에서 눈여겨봐야 할 것은 바로 이 작품이 지니고 있는 시적 서정성이다. 왜냐하면 이 작품에서는 상징성과 비유가 가득한 묘사와 소재와 인물 간의 비유적 관계, 배경과 내면과의 일체성 등의 시적 서정성이 너무도 자연스럽게 이야기와 만나고 있기 때문이다. 바로 이 점을 통해 소설이 단순한 이야기의 그릇이 아니라 시적 경험의 대상이 될 수 있다는 것을 보여주는 것과 동시에 충돌할 수밖에 없는 소설과 시, 서사와 서정이 하나가 될 수 있다는 것을 보여주고 있다. 소설의 또 다른 세계와 시의 또 다른 모습을 경험하게 해주는 단 하나의 작품이기도 하다.

이효석은 소설가 김동리가 "소설을 배반한 소설가"라고 평했을 만큼 소설의 또 다른 경지를 시적 서정과의 접합을 통해 개척해 보여준 한국 서정소설의 대표자라 평가할 수 있다.

메밀꽃 필 무렵

여름장이란 애시당초에 글러서 해는 아직 중천에 있건만 장판은 벌써 쓸쓸하고 더운 햇발이 벌여놓은 전 휘장 밑으로 등줄기를 훅훅 볶는다. 마을 사람들은 거지반 돌아간 뒤요, 팔리지 못한 나무꾼 패가 길거리에 궁싯거리고들[1] 있으나 석유병이나 받고 고기 마리나 사면 족할 이 축들을 바라고 언제까지든지 버티고 있을 법은 없다. 츱츱스럽게[2] 날아드는 파리떼도 장난꾼 각다귀[3]들도 귀찮다. 얼금뱅이요 왼손잡이인 드팀전[4]의 허 생원은 기어코 동업의 조 선달을 나꾸어보았다.

"그만 걷을까?"

---

1 어찌할 바를 몰라 이리저리 머뭇거리다.
2 언행이 너절하고 염치없는 데가 있다.
3 남의 것을 뜯어먹고 사는 사람, 귀찮게 장난질하는 아이들을 비유적으로 이르는 말.
4 온갖 피륙을 파는 가게.

"잘 생각했네. 봉평장에서 한 번이나 흐붓하게 사본 일 있었을까. 내일 대화장에서나 한몫 벌어야겠네."

"오늘밤은 밤을 패서 걸어야 될걸."

"달이 뜨렷다."

절렁절렁 소리를 내며 조 선달이 그날 산 돈을 따지는 것을 보고 허 생원은 말뚝에서 넓은 휘장을 걷고 벌여놓았던 물건을 거두기 시작하였다. 무명필과 주단 바리[5]가 두 고리짝에 꼭 찼다. 멍석 위에는 천 조각이 어수선하게 남았다.

다른 축들도 벌써 거진 전들을 걷고 있었다. 약빠르게 떠나는 패도 있었다. 어물 장수도 땜장이도 엿장수도 생강 장수도 꼴들이 보이지 않았다. 내일은 진부와 대화에 장이 선다. 축들은 그 어느 쪽으로든지 밤을 새우며 육칠십 리 밤길을 타박거리지 않으면 안 된다. 장판은 잔치 뒷마당같이 어수선하게 벌어지고 술집에서는 싸움이 터져 있었다. 주정꾼 욕지거리에 섞여 계집의 앙칼진 목소리가 찢어졌다. 장날 저녁은 정해놓고 계집의 고함 소리로 시작되는 것이다.

"생원, 시침을 떼두 다 아네. …… 충주집 말야."

계집 목소리로 문득 생각난 듯이 조 선달은 비죽이 웃는다.

"화중지병[6]이지. 면소 패들을 적수로 하구야 대거리가 돼야 말이지."

---

5 마소의 등에 잔뜩 실은 짐.
6 畵中之餠. 그림 속의 떡이라는 뜻으로, 아무리 마음에 들어도 이용할 수 없거나 차지할 수 없음을 비유적으로 이르는 말.

"그렇지두 않을걸. 축들이 사족을 못 쓰는 것두 사실은 사실이나 아무리 그렇다곤 해두 왜 그 동이 말일세, 감쪽같이 충주집을 후린 눈치거든."

"무어 그 애숭이가 물건 가지고 나꾸었나부지. 착실한 녀석인 줄 알았더니."

"그 길만은 알 수 있나. …… 궁리 말구 가보세나그려. 내 한턱 씀세."

그다지 마음이 당기지 않는 것을 쫓아갔다. 허 생원은 계집과는 연분이 멀었다. 얼금뱅이 상판을 쳐들고 대어 설 숫기도 없었으나 계집 편에서 정을 보낸 적도 없었고, 쓸쓸하고 뒤틀린 반생이었다. 충주집을 생각만 하여도 철없이 얼굴이 붉어지고 발밑이 떨리고 그 자리에 소스라쳐버린다. 충주집 문을 들어서 술좌석에서 짜장[7] 동이를 만났을 때에는 어찌 된 서슬엔지 발끈 화가 나버렸다. 상 위에 붉은 얼굴을 쳐들고 제법 계집과 농탕치는 것을 보고서야 견딜 수 없었던 것이다. 녀석이 제법 난질꾼인데 꼴사납다. 머리의 피도 안 마른 녀석이 낮부터 술 처먹고 계집과 농탕이야. 장돌뱅이 망신만 시키고 돌아다니누나. 그 꼴에 우리들과 한몫 보자는 셈이지. 동이 앞에 막아서면서부터 책망이었다. 걱정두 팔자요 하는 듯이 빤히 쳐다보는 상기된 눈망울에 부딪힐 때 결 김에 따귀를 하나 갈겨주지 않고는 배길 수 없었다. 동이도 화를 쓰고 팩하게 일어서기는 하였으나, 허 생원은 조금도 동색[8] 하는 법 없이 마음먹은 대

7 과연 정말로.
8 흔들리는 기색.

로는 다 지껄였다―어디서 주워 먹은 선머슴인지는 모르겠으나, 네게도 애비 에미 있겠지. 그 사나운 꼴 보면 맘 좋겠다. 장사란 탐탁하게 해야 되지 계집이 다 무어야, 나가거라, 냉큼 꼴 치워.

그러나 한마디도 대거리하지 않고 하염없이 나가는 꼴을 보려니 도리어 측은히 여겨졌다. 아직도 서름서름한 사인데 너무 과하지 않았을까 하고 마음이 섬짓해졌다. 주제도 넘지, 같은 술손님이면서도 아무리 젊다고 자식 낳게 되는 것을 붙들고 치고 닦아세울 것은 무어야, 원. 충주집은 입술을 쫑긋하고 술 붓는 솜씨도 거칠었으나 젊은 애들한테는 그것이 약이 된다나 하고 그 자리는 조 선달이 얼버무려 넘겼다. 너 녀석한테 반했지, 애숭이를 빨문 죄 된다, 한참 법석을 친 후이다. 맘도 생긴데다가 웬일인지 흠뻑 취해 보고 싶은 생각도 있어서 허 생원은 주는 술잔이면 거의 다 들이켰다. 거나해짐을 따라 계집 생각보다도 동이의 뒷일이 한결같이 궁금해졌다. 내 꼴에 계집을 가로채서는 어떡할 작정이었누 하고 어리석은 꼴딱서니를 모질게 책망하는 마음도 한편에 있었다. 그러기 때문에 얼마나 지난 뒤인지 동이가 헐레벌떡거리며 황급히 부르러 왔을 때에는 마시던 잔을 그 자리에 던지고 정신없이 허덕이며 충주집을 뛰어나간 것이었다.

"생원 당나귀가 바를 끊구 야단이에요."

"각다귀들 장난이지 필연코."

짐승도 짐승이려니와 동이의 마음씨가 가슴을 울렸다. 뒤를 따라 장판을 달음질하려니 게슴츠레한 눈이 뜨거워질 것 같다.

"부락스런 녀석들이라 어쩌는 수 있어야죠."

"나귀를 몹시 구는 녀석들은 그냥 두지는 않을걸."

반평생을 같이 지내온 짐승이었다. 같은 주막에서 잠자고 같은 달빛에 젖으면서 장에서 장으로 걸어 다니는 동안에 이십 년의 세월이 사람과 짐승을 함께 늙게 하였다. 까스러진 목 뒤 털은 주인의 머리털과도 같이 바스러지고, 개진개진[9] 젖은 눈은 주인의 눈과 같이 눈곱을 흘렸다. 몽당비처럼 짧게 쓸리운 꼬리는 파리를 쫓으려고 기껏 휘저어보아야 벌써 다리까지는 닿지 않았다. 닳아 없어진 굽을 몇 번이나 도려내고 새 철을 신겼는지 모른다. 굽은 벌써 더 자라나기는 틀렸고 닳아버린 철 사이로는 피가 빼짓이 흘렀다. 냄새만 맡고도 주인을 분간하였다. 호소하는 목소리로 야단스럽게 울며 반겨 한다.

어린아이를 달래드키 목덜미를 어루만져주니 나귀는 코를 벌름거리고 입을 투르러거렸다. 콧물이 튀었다. 허 생원은 짐승 때문에 속도 무던히는 썩였다. 아이들의 장난이 심한 눈치여서 땀 배인 몸뚱어리가 부들부들 떨리고 좀체 흥분이 식지 않는 모양이었다. 굴레가 벗어지고 안장도 떨어졌다. 요 몹쓸 자식들, 하고 허 생원은 호령을 하였으나 패들은 벌써 줄행랑을 놓은 뒤요 몇 남지 않은 아이들이 호령에 놀라 비슬비슬 멀어졌다.

"우리들 장난이 아니우. 암놈을 보고 저 혼자 발광이지."

코흘리개 한 녀석이 멀리서 소리를 쳤다.

"고 녀석 말투가."

9 짓물러 물기가 있는.

"김 첨지 당나귀가 가버리니까 원통 흙을 차고 거품을 흘리면서 미친 소같이 날뛰는걸. 꼴이 우스워 우리는 보고만 있었다우. 배를 좀 보지."

아이는 앵돌아진 투로 소리를 치며 깔깔 웃었다. 허 생원은 모르는 결에 낯이 뜨거워졌다. 뭇 시선을 막으려고 그는 짐승의 배 앞을 가려 서지 않으면 안 되었다.

"늙은 주제에 암샘[10]을 내는 셈야, 저놈의 짐승이."

아이의 웃음소리에 허 생원은 주춤하면서 기어코 견딜 수 없어 채찍을 들더니 아이를 쫓았다.

"쫓으려거든 쫓아보지. 왼손잡이가 사람을 때려."

줄달음에 달아나는 각다귀에는 당하는 재주가 없었다. 왼손잡이는 아이 하나도 후릴 수 없다. 그만 채찍을 던졌다. 술기도 돌아 몸이 유난스럽게 화끈거렸다.

"그만 떠나세. 녀석들과 어울리다가는 한이 없어. 장판의 각다귀들이란 어른보다도 더 무서운 것들인걸."

조 선달과 동이는 각각 제 나귀에 안장을 얹고 짐을 싣기 시작하였다. 해가 꽤 많이 기울어진 모양이었다.

×××

드팀전 장돌이를 시작한 지 이십 년이나 되어도 허 생원은 봉평

10 동물의 암컷이 일정한 시기에 교미를 하려는 욕망을 일으키는 것.

장을 빼논 적은 드물었다. 충주 제천 등의 이웃 군에도 가고 멀리 영남 지방도 헤매이기는 하였으나 강릉쯤에 물건 하러 가는 외에는 처음부터 끝까지 군내를 돌아다녔다. 닷새만큼씩의 장날에는 달보다도 확실하게 면에서 면으로 건너간다. 고향이 청주라고 자랑삼아 말하였으나 고향에 돌보러 간 일도 있는 것 같지는 않았다. 장에서 장으로 가는 길의 아름다운 강산이 그대로 그에게는 그리운 고향이었다. 반날 동안이나 뚜벅뚜벅 걷고 장터 있는 마을에 거지반 가까웠을 때 거친 나귀가 한바탕 우렁차게 울면―더구나 그것이 저녁녘이어서 등불들이 어둠 속에 깜박거릴 무렵이면 늘 당하는 것이건만 허 생원은 변치 않고 언제든지 가슴이 뛰놀았다.

젊은 시절에는 알뜰하게 벌어 돈푼이나 모아본 적도 있기는 있었으나 읍내에 백중이 열린 해 호탕스럽게 놀고 투전을 하고 하여 사흘 동안에 다 털어버렸다. 나귀까지 팔게 된 판이었으나 애끊는 정분에 그것만은 이를 물고 단념하였다. 결국 도로아미타불로 장돌이를 다시 시작할 수밖에는 없었다. 짐승을 데리고 읍내를 도망해 나왔을 때에는 너를 팔지 않기 다행이었다고 길가에서 울면서 짐승의 등을 어루만졌던 것이었다. 빚을 지기 시작하니 재산을 모을 염은 당초에 틀리고 간신히 입에 풀칠을 하러 장에서 장으로 돌아다니게 되었다.

호탕스럽게 놀았다고는 하여도 계집 하나 후려보지는 못하였다. 계집이란 좀 쌀쌀하고 매정한 것이었다. 평생 인연이 없는 것이라고 신세가 서글퍼졌다. 일신에 가까운 것이라고는 언제나 변함없는 한 필의 당나귀였다.

그렇다고는 하여도 꼭 한 번의 첫 일을 잊을 수는 없었다. 뒤에도 처음에도 없는 단 한 번의 괴이한 인연. 봉평에 다니기 시작한 젊은 시절의 일이었으나 그것을 생각할 적만은 그도 산 보람을 느꼈다.

"달밤이었으나 어떻게 해서 그렇게 됐는지 지금 생각해도 도무지 알 수는 없었다."

허 생원은 오늘밤도 또 그 이야기를 끄집어내려는 것이다. 조 선달은 친구가 된 이래 귀에 못이 박히도록 들어왔다. 그렇다고 싫증을 낼 수도 없었으나 허 생원은 시침을 떼고 되풀이할 대로는 되풀이하고야 말았다.

"달밤에는 그런 이야기가 격에 맞거든."

조 선달 편을 바라는 보았으나 물론 미안해서가 아니라 달빛에 감동하여서였다. 이지러는 졌으나 보름 가제[11] 지난 달은 부드러운 빛을 흔붓이 흘리고 있다. 대화까지는 칠십 리의 밤길, 고개를 둘이나 넘고 개울을 하나 건너고 벌판과 산길을 걸어야 된다. 길은 지금 긴 산허리에 걸려 있다. 밤중을 지난 무렵인지 죽은 듯이 고요한 속에서 짐승 같은 달의 숨소리가 손에 잡힐 듯이 들리며 콩포기와 옥수수 잎새가 한층 달에 푸르게 젖었다. 산허리는 온통 메밀밭이어서 피기 시작한 꽃이 소금을 뿌린 듯이 흐뭇한 달빛에 숨이 막혀 하였다. 붉은 대궁이 향기같이 애잔하고 나귀들의 걸음도 시원하다. 길이 좁은 까닭에 세 사람은 나귀를 타고 외줄로 늘어섰

11 '이제 막'의 사투리.

다. 방울 소리가 시원스럽게 딸랑딸랑 메밀밭께로 흘러간다. 앞장 선 허 생원의 이야기 소리는 꽁무니에 선 동이에게는 확적히[12]는 안 들렸으나 그는 그대로 개운한 제 멋에 적적하지는 않았다.

"장 선 꼭 이런 날 밤이었네. 객줏집 토방이란 무더워서 잠이 들어야지. 밤중은 돼서 혼자 일어나 개울가에 목욕하러 나갔지. 봉평은 지금이나 그제나 마찬가지나 보이는 곳마다 메밀밭이어서 개울가가 어디 없이 하얀 꽃이야. 돌밭에 벗어도 좋을 것을 달이 너무도 밝은 까닭에 옷을 벗으러 물방앗간으로 들어가지 않았나. 이상한 일도 많지. 거기서 난데없는 성 서방네 처녀와 마조쳤단 말이네. 봉평서야 제일가는 일색이었지."

"팔자에 있었나부지."

아무렴 하고 응답하면서 말머리를 아끼는 듯이 한참이나 담배를 빨 뿐이었다. 구수한 자줏빛 연기가 밤기운 속에 흘러서는 녹았다.

"날 기다린 것은 아니었으나 그렇다고 달리 기다리는 놈팽이가 있은 것두 아니었네. 처녀는 울고 있단 말야. 짐작은 대고 있었으나 성 서방네는 한창 어려서 들고날[13] 판인 때였지. 한집안 일이니 딸에겐들 걱정이 없을 리 있겠나. 좋은 데만 있으면 시집도 보내련만 시집은 죽어도 싫다지…… 그러나 처녀란 울 때같이 정을 끄는 때가 있을까. 처음에는 놀라기도 한 눈치였으나 걱정 있을 때는 누그러지기도도 쉬운 듯해서 이럭저럭 이야기가 되었네…… 생

---

12 어떤 사실이나 증거가 확실하여 틀림이 없이.
13 집 안의 물건을 팔려고 가지고 나갈.

각하면 무섭고도 기막힌 밤이었어."

"제천인지로 줄행랑을 놓은 건 그다음 날이었나."

"다음 장도막[14]에는 벌써 왼 집안이 사라진 뒤였네. 장판은 소문에 발끈 뒤집혀 고작해야 술집에 팔려가기가 생수라고 처녀의 뒷 공론이 자자들 하단 말이야. 제천 장판을 몇 번이나 뒤졌겠나. 하나 처녀의 꼴은 꿩 궈 먹은 자리야. 첫날밤이 마지막 밤이었지. 그때부터 봉평이 마음에 든 것이 반평생을 두고 다니게 되었네. 평생인들 잊을 수 있겠나."

"수 좋았지. 그렇게 신통한 일이란 쉽지 않어. 항용 못난 것 얻어 새끼 낳고 걱정 늘고 생각만 해두 진저리나지. ······ 그러나 늘그막바지까지 장돌뱅이로 지내기도 힘드는 노릇 아닌가. 난 가을까지만 하구 이 생애와두 하직하려네. 대화쯤에 조고만 전방이나 하나 벌이구 식구들을 부르겠어. 사시장철 뚜벅뚜벅 걷기란 여간이래야지."

"옛 처녀나 만나면 같이나 살까······ 난 거꾸러질 때까지 이 길 걷고 저 달 볼 테야."

산길을 벗어나니 큰길도 틔어졌다. 꽁무니의 동이도 앞으로 나서 나귀들은 가로 늘어섰다.

"총각두 젊겠다 지금이 한창 시절이렷다. 충주집에서는 그만 실수를 해서 그 꼴이 되었으나 섧게 생각 말게."

"처 천만에요. 되려 부끄러워요. 계집이란 지금 웬 제격인가요.

14 한 장날로부터 다음 장날 사이의 동안을 세는 단위.

자나 깨나 어머니 생각뿐인데요."

허 생원의 이야기로 실심해한[15] 끝이라 동이의 어조는 한풀 수그러진 것이었다.

"애비 에미란 말에 가슴이 터지는 것도 같았으나 제겐 아버지가 없어요. 피붙이라고는 어머니 하나뿐인걸요."

"돌아가셨나."

"당초부터 없어요."

"그런 법이 세상에."

생원과 선달이 야단스럽게 껄껄들 웃으니 동이는 정색하고 우길 수밖에는 없었다.

"부끄러워서 말하지 않으려 했으나 정말예요. 제천 촌에서 달도 차지 않은 아이를 낳고 어머니는 집을 쫓겨났죠. 우스운 이야기나 그러기 때문에 지금까지 아버지 얼굴도 본 적 없고 있는 고장도 모르고 지내와요."

고개가 앞에 놓인 까닭에 세 사람은 나귀를 내렸다. 둔덕은 험하고 입을 벌리기도 대견하여 이야기는 한동안 끊겼다. 나귀는 건듯하면 미끄러졌다. 허 생원은 숨이 차 몇 번이고 다리를 쉬지 않으면 안 되었다. 고개를 넘을 때마다 나이가 알렸다. 동이 같은 젊은 축이 그지없이 부러웠다. 땀이 등을 한바탕 쪽 씻어 내렸다.

고개 너머는 바로 개울이었다. 장마에 흘러버린 널다리가 아직도 걸리지 않은 채로 있는 까닭에 벗고 건너야 되었다. 고의를 벗어

---

15 근심이 되어 마음이 산란하고 기운이 없다.

띠로 등에 얽어매고 반벌거숭이의 우스꽝스러운 꼴로 물속에 뛰어들었다. 금방 땀을 흘린 뒤는 뒤였으나 밤 물은 뼈를 찔렀다.

"그래, 대체 기르긴 누가 기르구."

"어머니는 하는 수 없이 의부를 얻어 가서 술장사를 시작했소. 술이 고주래서 의부라고 전망나니[16]예요. 철들어서부터 맞기 시작한 것이 하룬들 편할 날 있었을까. 어머니는 말리다가 채이고 맞고 칼부림을 당하곤 하니 집 꼴이 무어겠소. 열여덟 살 때 집을 뛰쳐나서부터 이 짓이죠."

"총각 낫세론[17] 셈이 무던하다고 생각했드니 듣고 보니 딱한 신세로군."

물은 깊어 허리까지 채였다. 속 물살도 어지간히 센데다가 발에 채이는 돌멩이도 미끄러워 금시에 홀칠[18] 듯하였다. 나귀와 조 선달은 재빨리 거의 건넜으나 동이는 허 생원을 붙드느라고 두 사람은 훨씬 떨어졌다.

"모친의 친정은 원래부터 제천이었든가?"

"웬걸요, 시원스리 말은 안 해주나 봉평이라는 것만은 들었죠."

"봉평. 그래 그 애비 성은 무엇인구."

"알 수 있나요. 도모지 듣지를 못했으니까."

그 그렇겠지, 하고 중얼거리며 흐려지는 눈을 까물까물하다가 허 생원은 경망하게도 발을 빗디뎠다. 앞으로 고꾸라지기가 바쁘

---

16 돈이라면 사족을 못 쓰고 못된 짓을 하는 사람.
17 그만한 나이로는.
18 한쪽으로 휘거나 쏠리다.

게 몸째 풍덩 빠져버렸다. 허부적거릴수록 몸을 걷잡을 수 없어 동이가 소리를 치며 가까이 왔을 때에는 벌써 픽이나 흘렀다. 옷째 졸짝 젖으니 물에 젖은 개보다도 참혹한 꼴이었다. 동이는 물속에서 어른을 해깝게[19] 업을 수 있었다. 젖었다고는 하여도 여윈 몸이라 장정 등에는 오히려 가벼웠다.

"이렇게까지 해서 안됐네. 내 오늘은 정신이 빠진 모양이야."

"염려하실 것 없어요."

"그래 모친은 아비를 찾지는 않는 눈치지."

"늘 한번 만나고 싶다고는 하는데요."

"지금 어디 계신가."

"의부와도 갈라져 제천에 있죠. 가을에는 봉평에 모셔 오려고 생각 중인데요. 이를 물고 벌면 이럭저럭 살아갈 수 있겠죠."

"아무렴, 기특한 생각이야. 가을이랬다."

동이의 탐탁한 등어리가 뼈에 사무쳐 따뜻하다. 물을 다 건넜을 때에는 도리어 서글픈 생각에 좀 더 업혔으면도 하였다.

"진종일 실수만 하니 웬일이오, 생원."

조 선달은 바라보며 기어코 웃음이 터졌다.

"나귀야. 나귀 생각하다 실족을 했어. 말 안 했던가. 저 꼴에 제법 새끼를 얻었단 말이지. 읍내 강릉집 피마[20]에게 말일세. 귀를 쫑긋 세우고 달랑달랑 뛰는 것이 나귀 새끼같이 귀여운 것이 있을까. 그것 보러 나는 일부러 읍내를 도는 때가 있다네."

19 '가볍게'의 사투리.
20 다 자란 암말.

"사람을 물에 빠치울 젠 딴은 대단한 나귀 새끼군."

허 생원은 젖은 옷을 웬만큼 짜서 입었다. 이가 덜덜 갈리고 가슴이 떨리며 몹시도 추웠으나 마음은 알 수 없이 둥실둥실 가벼웠다.

"주막까지 부즈런히들 가세나. 뜰에 불을 피우고 훗훗이[21] 쉬어. 나귀에겐 더운물을 끓여주고. 내일 대화장 보고는 제천이다."

"생원도 제천으로."

"오래간만에 가보고 싶어. 동행하려나, 동이."

나귀가 걷기 시작하였을 때 동이의 채찍은 왼손에 있었다. 오랫동안 아둑시니[22] 같이 눈이 어둡던 허 생원도 요번만은 동이의 왼손잡이가 눈에 띄지 않을 수 없었다.

걸음도 해깝고 방울 소리가 밤 벌판에 한층 청청하게 울렸다.

달이 어지간히 기울어졌다.

— 〈조광〉, 1936. 10.

---

21 훈훈하게.
22 '어둠의 귀신'을 뜻하는 사투리로, '눈이 어두워서 사물을 제대로 분간하지 못하는 사람'을 가리킴.

1907년	2월 23일 강원도 평창군 봉평에서 한성사범학교 출신 교사인 아버지 이시후 李始厚와 어머니 강홍경 姜洪卿 사이에서 장남으로 출생.
1914년	평창공립학교 입학. 어린 나이에 평창에서 하숙하며 공부함.
1920년	평창공립학교 졸업 후 경성 제일고등보통학교 입학.
1925년	경성 제일고등보통학교를 우등으로 졸업하고 유진오와 나란히 경성제국대학 예과에 입학.
1927년	예과를 거쳐 영문과 진학.
1928년	경성제국대학 재학 중 〈조선지광〉 7월호에 단편 〈도시와 유령〉을 발표하여 문단의 주목을 받기 시작함. 경향파의 동반자 작가로 활약함.
1930년	경성제국대학 영문학과 졸업.
1931년	나진고등여학교를 졸업한 이경원과 결혼.
1932년	경성농업학교 영어 교사로 취직.
1933년	순수문학을 지향한 구인회의 창립회원이었으나 곧 탈퇴함.
1936년	평양 숭실전문학교 교수로 부임하면서 경성에서 평양 창전리로 이사.
1939년	대동공업전문학교 교수로 취임.
1940년	부인 이경원이 복막염으로 사망. 뒤이어 차남 영주도 잃음. 실의에 빠져 만주 등지를 방랑함.

1942년	5월 25일 뇌막염으로 사망.
1973년	금관문화훈장 추서.
2000년	이효석 문학상 제정.
2002년	이효석 문학관이 강원도 평창군에 세워짐.

사하촌

1931~1940 모던보이, 문학을 만나다

한국 민중문학의 거대한 이정표 김정한

김정한

金廷漢, 1908~1996

호는 요산樂山. 어려서 서당에 다니다가 1923년 중앙고등보통학교에 입학하였으나 다음 해 동래고등보통학교로 전학하였다. 1928년 동래고등보통학교 졸업 후 울산 대현보통학교 교사가 되었다. 1930년 일본 와세다 대학 제일고등학원 문과에 입학, 1931년 유학생회에서 발간하는 〈학지광〉 편집에 참여하였다.

1932년에 귀국하여 양산 농민봉기사건에 관련되어 투옥, 1933년 남해보통학교 교사로 있으면서 농민문학에 투신하게 되었다. 1936년에 단편 〈사하촌〉이 〈조선일보〉 신춘문예에 당선되면서 본격적인 작품 활동을 시작하였다. 그 후 동아일보 동래지국을 인수하여 그 일에 관여하다 치안유지법 위반이라는 죄명으로 경찰에 붙잡혔다. 광복 후 1947년 부산중학교 교사를 거쳐 1949년 부산대학교 교수로 취임하였으며, 1947년 한국예술문화단체 총연합회 부산지부장을 역임하였다. 1961년 5 · 16 직후 부산대학교 교수직에서 물러나 〈부산일보〉 상임논설위원으로 논설과 칼럼을 집필하는 한편 1965년 다시 부산대학교 교수로 복직했다가 1974년 정년퇴직하였고, 그 뒤 1987년 민족문학작가회의 초대회장직을 맡았다.

창작집으로 《낙일홍》《인간단지》와 《김정한 소설 선집》을 비롯한 여러 선집이 있으며, 2008년 《김정한 전집》(전5권)이 발간되었다.

소작농들의 현실과 저항을
사실적으로 그린 농민소설

1936년 〈조선일보〉 신춘문예에 당선된 단편소설 〈사하촌〉은 일제강점기 사하촌 소작농들이 겪는 가혹한 수탈과 그에 대한 저항을 사실적으로 그린 김정한의 초기 대표작이다.

이 작품에는 가뭄이라는 자연적 재해와 도시민들을 위해 만든 수도용 저수지라는 제도적, 인공적 재해로 인해 극심한 흉년을 맞은 보광사 아래 소작농들의 고통이 매우 사실적으로 그려져 있다. 또한 이 작품에는 전통적으로 지속되어 온, 하지만 소작제와 일제가 만나 자행하는 이중적 수탈로 인해 궁핍과 피폐의 나락으로 떨어질 수밖에 없었던 농촌의 구조적 모순이 예리하게 그려져 있다.

이 작품이 기존의 농민 혹은 농촌소설과 구분되는 지점이 바로 이것인데, 왜냐하면 이전 소설들이 농민과 농촌을 그리되 비교적 단편적인 관점에서 그것을 제시했다면, 이 작품은 당대 농민과 농촌의 현실을 총체적으로 보여주고 있기 때문이다. 그리고 이 총체성은 일관성과 유기성의 파탄 문제 때문에 단편에서는 잘 쓰지 않는 다중 초점을 통해 구체화됨으로써 저항의 당위성과 절박성을 자연스럽게 만들어준다. 이는 김정한이 한국 민중문학사에서 중요한 위치를 점하고 있는 이유다.

사하촌 寺下村

1

타작 마당 돌가루 바닥같이 딱딱하게 말라붙은 뜰 한가운데, 어디서 기어들었는지 난데없는 지렁이가 한 마리 만신에, 흙 고물 칠을 해가지고 바동바동 굴고 있다. 새까만 개미 떼가 물어 뗄 때마다 지렁이는 한층 더 모질게 발버둥질을 한다. 또 어디선지 죽다 남은 듯한 쥐 한 마리가 튀어나오더니 종종걸음으로 마당 복판을 질러서 돌담 구멍으로 쏙 들어가 버린다.

군데군데 좀 구멍이 나서 썩어가는 기둥이 비뚤어지고, 중풍 든 사람의 입처럼 문조차 돌아가서, ─북쪽으로 사정없이 넘어가는 오막살이 앞에는, 다행히 키는 낮아도 해묵은 감나무가 한 주 서 있다. 그러나 그게라야 모를 낸 이후 비 같은 비 한 방울 구경 못 한 무서운 가뭄에 시달려 그렇지 않아도 쪼그라졌던 고목 잎이 볼 모양 없이 배배 틀려서 잘못하면 돌배나무로 알려질 판이다. 그래도 그것이 구십 도가 넘게 쩌 내리는 8월의 태양을 가리어, 누더기 같으나마 밑둥치에는 제법 넓은 그늘을 지었다. 그걸 다행으로 깔아둔 낡은 삿자리 위에는 발가벗은 어린애가 파리똥 앉은 얼굴에 땟물을 조르르 흘리며 울어댄다. 언제부터 울었는지 벌써 기진맥진해서 울음소리조차 잘 아니 나왔다. 그 곁에 퍼뜨리고 앉은 치삼 노인은, 신경통으로 퉁퉁 부어오른 두 정강이 사이에 깨어진 뚝배기를 끼우고 중얼거려댄다.

"요게 왜 이렇게 안 죽을까? 요리조리 매끈거리기만 하고……예끼!"

그는 식칼 자루로 뚝배기 밑바닥을 탁 내리찧었다. 뻑! 하고 미꾸라지는 또 가장자리로 튀어 내뺀다. 신경통에 찧어 바르면 좋다고서, 딸애 덕아가 아침 일찍부터 나가서 잡아 온 미꾸라지다. 그것이 남의 정성도 모르고!

"요 망할 놈의 짐승!"

치삼 노인은 다시 식칼로 겨누었으나, 갑작스레 새우처럼 몸을 꼽치고는 기침만 연거푸 콩콩한다. 그럴 때마다 부어오른 다리의 관절이 쥐어뜯는 듯이 아프며, 명줄이 한 치씩이나 줄어드는 것 같았다. 그예 그의 허연 수염 사이에서 커다란 핏덩어리가 하나 툭 튀어나왔다.

"에구 가슴이야…… 귀신도 왜 이다지 잡아가지 않을꼬?"

노인은 물 부른 콩 껍질같이 쪼그라진 눈에 고인 눈물을 뼈다귀

손으로 썩 씻었다. 곁에 누운 손자 놈은 땀국에 쪽 젖어 있다. 노인은 손자 놈의 입이며 눈이며 콧구멍에 벌떼처럼 모여드는 파리떼를 쫓아버리면서, 말라붙은 고추를 어루만진다.

"웅, 그래그래, 울지 마라. 자장자장 우리 애기…… 네 에미는 왜 여태 오잖을까? 입안이 이렇게 바싹 말랐고나. 그놈의 집에서는 무슨 일을 끼니때도 모르고 시킬꼬 온! 에헴, 에헴……."

노인은 억지 힘을 내가지고, 어린 걸 움켜 안고는 게 다리처럼 엉거주춤 벋디디고 일어섰다.

그럴 때, 마침 아들이 볕살에 얼굴을 벌겋게 구워가지고 들어왔다. 들어서면서부터 퉁명스럽게,

"다들 어딜 갔어요?"

"일 나갔지."

"무슨 일요?"

"진수네 무명 밭 매러 간다고 했지, 아마."

들깨는 잠자코 웃통을 훨쩍 벗어서 감나무 가지에 걸쳐놓고는 늙은 아버지로부터 어린것을 받아 안았다. 치삼 노인은 뽕나무 잎이 반이나 넘게 섞인 담배를 장죽에 한 대 피워 물면서 아들을 위로하듯이― 그러나 대답을 두려워하며 물었다.

"논은 어떻게 돼가니?"

"어떻게라니요, 인젠 다 틀렸어요. 풀래야 풀 물도 없고, 병아리 오줌만 한 봇물도 중들이 죄다 가로막아 넣고, 제에기……."

"꼭 기사년 모양 나겠군그래."

"기사년에는 그래도 냇물은 조금 안 있었나요."

"그랬지. 지금은 그놈의 수돗바람에……."

"그것도 원래 약속을 할 때는 농사철에는 냇물은 아니 막아 가기로 했다는데, 제에기, 면장 녀석은 색주가 갈보 놀릴 줄이나 알았지, 어디 백성 죽는 건 알아야죠."

들깨는 열을 바짝 더 냈다.

"할 수 없이 이곳엔 인제 사람 못 살 거여."

"참 아니꼽지요. 더군다나 전과 달라 중놈들까지 덤비는 꼴을 보면……."

아들의 불퉁스러운 어조에는, 거칠 대로 거칠어진 농민의 성미가 뚜렷이 엿보였다. 가물은 그들의 신경을 더욱 날카롭게 하였던 것이다.

치삼 노인은 '중놈'이란 바람에 가슴이 선뜩하였다. ─그것은, 자기들이 부치고 있는 절 논 중에서 제일 물길 좋은 두 마지기가, 자기가 젊었을 때, 자손 대대로 복 많이 받고 또 극락 가리라는 중의 꾐에 속아서 그만 불전에, 아니 보광사普光寺에 시주한 것이기 때문이다. 멀쩡한 자기 논을 괜히 중에게 주어놓고 꿍꿍 소작을 하게 되고 보니, 성겁기도 짝이 없거니와, 딱한 살림에 아들 보기에 여간 미안스러운 일이 아니었다.

"뭘 허구 인제 와? 소 같은 년!"

들깨는 화살을 방금 돌아오는 아내에게로 돌렸다. 그리고 이 꼴 보라는 듯이 물에서 막 건져낸 듯한, 그러나 울어 울어 입안이 바싹 마른 어린것을 아내의 젖가슴에 쑥 내던지듯 했다. 아내는 잠자코 그것을 받아 안기가 바쁘게 부엌으로 들어가더니, 머리에 쓴 수건을 벗어 물에 축여가지고 어린것의 얼굴을 닦으면서 일변 젖을 물렸다.

"소 같은 년, 어서 밥 안 가져와?"

남편의 벼락같은 소리다. 아내는 부지중 눈물이 핑 돌았다. 들깨는 아내의 귀퉁이라도 한번 올려붙일 듯이 더펄더펄 부엌으로 들어갔으나, 한 팔로 애기를 부둥켜안고 허둥대는 아내의 울상에 그만 외면을 하고는 미처 다 차리지도 않은 밥상을 얼른 들고 나왔다. 그러나 다른 때 같으면 곧잘 넘어가는 보리밥도 그날은 첫술부터 목에 탁 걸렸다.

2

우르르르, 쐐―.

이글이글 달아 있는 폭양 아래 난데없는 홍수 소리다. 물벌레 고기 새끼가 죄다 말라져 죽고, 땅거미가 줄을 치고, 개미떼들이 장을 벌였던 봇도랑에, 둔덕이 넘게 벌건 황토물이 우렁차게 쏟아져 내린다. 빨갛게 타서 죽은 곡식이야 인제 와서 물인들 알랴마는, 그래도 타다 남은 벼와 시들은 두렁콩들은 물소리만 들어도 생기를 얻은 듯이 우줄우줄 춤을 추는 것 같다. 행길 양옆을 흘러가는 봇도랑 가에는 흰옷, 누른 옷, 혹은 검정 치마가 미친 듯이 부산하게 떠들며 오르내린다.

수도 저수지의 물을 터놓은 것이다. 성동리 농민들이 밤낮없이 떼를 지어 몰려가서 애원에 탄원에 두 손발이 닳도록 빌기도 하고, 불평도 하고, 나중에는 밤중에 수원지 울안에까지 들어가서 물을 달리 돌려내려고 했기 때문에, T 시 수도 출장소에서도 작년처럼 또 폭동이나 일어날까 두려워서, 저수지 소제도 할 겸 제이 저수지 의 물을 터놓게 된 것이었다.

그러나 고까짓 저수지 물로써 들을 구한다는 건 되지도 않는 말 이고, ―물을 보게 된 것이 차라리 없을 때보다 더한층 시끄럽고, 싸움만 벌어질 판이다.

들깨는 논이 보꼬리¹에 달렸기 때문에, 몇 번이나 저수지 물구멍 까지 올라가지 않으면 아니 되었다. 그러나 그렇게 봇머리까지 가 서 물을 조금 달아가지고 오면, 도중에서 이리저리 다 떼이고 자기 논까지는 잘 오지도 않았다.

이렇게 수삼 차 오르내리고 보니, 꾹 눌러오던 화가 그만 불끈 치밀었다.

"여보, 노장님!"

들깨는 오던 걸음을 되돌려서, 소리를 치며 비탈길을 더우잡았 다.²

"제에기, 논을 떼였으면 떼였지, 인젠 할 수 없다!"

그는 급기야 이를 악물었다. 어느 앞이라고, 만약 한 번이라도 점잖은 중에게 섣불리 반항을 했다가는 두말없이 절 논이라고는 뚝딱 떼이고 마는 것이다.

---

1 봇도랑의 끝부분.
2 높은 곳으로 올라가기 위하여 끌어 잡다.

노승은 들은 체 만 체, 들깨가 가까이 가도 양산을 받은 그대로 물을 가로막고 있었다.

"여보, 이게 무슨 짓이오. 밑엣사람은 굶어 죽어도 좋단 말이여요?"

들깨는 커다란 '샤벨'[3]로써 노승의 장난감 같은 삽가래를 뗏장과 함께 찍어 당겼다. 물은 다시 쐐— 하고 밑으로 흘러내린다.

"이 사람이 버릇없이 왜 이럴까?"

노승은 짐짓 점잖은 체하고 나무라면서도, 눈에는 시뻐하는[4] 빛과 독기가 얼씬거린다.

"살고 봐야 버릇도 있겠지요."

"아하 이 사람이 아주 환장을 했군. 아서라 그렇게 하는 법이 아니다."

노승은 다시 물을 막으려고 들었다.

"천만에요! 우리도 살아야겠어요. 물을 좀 가릅세다. 노장님까지 이래서야…….."

들깨는 제 손으로 갈랐다. 그리고 몇 걸음 못 가서, 또 어떤 논 귀퉁이에서 조그마한 애새끼 한 놈이 쏙 나오더니, 물을 가로막고는 게 눈 감추듯 숨어버린다.

"예—끼, 쥐새끼 같은 놈!"

들깨는 골 안이 울리도록 고함을 내지르며 쫓아가서, 그놈의 물꼬에다 아름이 넘는 돌을 하나 밀어다 붙였다.

---

3 삽. 땅을 파고 흙을 뜨는 데 쓰는 연장.
4 다른 사람의 말이나 제안 따위를 마음에 차지 아니하여 시들하게 생각하다.

길 저편에서도 싸움이 벌어졌다. ― 갈가리 낡아 미어진 헌 옷에, 허리 짬만 남은 ―남방 토인들의 나무 껍데기 치마 같은 몽당치마를 걸친 가동할멈이 봇도랑 한복판에 펑퍼져 앉아서 목을 놓고 울어댄다.

"에구 날 죽여놓고 물 다 가져가오. 내 논에도 물 좀 주고 가오."

"이 망할 놈의 늙은이, 남이 일껏 끌고 온 물만 대고 앉았네. 어디 아가리만 벌리고 앉았지 말구 너도 한번 물이나 끌고 와봐!"

경찰관 주재소의 고자쟁이로 알려져 있는 이시봉이란 젊은 놈의 괭이는, 더펄머리를 풀어헤치고 악을 쓰는 늙은 과부 할멈의 허벅살에 시퍼런 멍울을 남겨놓고 갔다.

들깨는 보릿대 모자를 부채 삼아 내흔들면서, 쥐꼬리만 한 물을 달고 내려가다가, 철한이란 놈하고 봉구란 놈이 아주 논 가운데서, 곰처럼 별로 말도 없이 이리 밀치락 저리 밀치락 싸움을 하고 있는 것을 보았으나, 말려볼 생각도 않고 제 논으로만 갔다. 그의 논으로 뚫린 물꼬는 으레 또 꽉 봉해져 있었다.

"어느 놈이 이렇게 지독허게……."

막힌 물꼬를 냉큼 터놓고서, 막 논 두덕 위에 올라서자니까, 자기 논 아래로 슬그머니 피해 가는 오촌 아저씨가 보인다. 아저씨도 환장이 되었구나 싶었다. 새벽부터 나돌며 날뛰어도 반 마지기도 채 적시지 못한 것을 돌아보고는 들깨는 그만 낙심이 되어서 논두덕 위에 털썩 주저앉았으나, 그 쥐꼬리만 한 물줄기가 끊어지자 그는 다시금 그곳을 떠났다.

철한이와 봉구란 놈은 아직도 싸우고 있었다.

"이, 이, 이놈의 자식이 사람을 아주 낮보고서……."

봉구란 놈이 벋니[5]를 내 물고서 악을 쓴다.

"글쎄, 정말 이걸 못 놓겠니?"

철한이란 놈이 아무리 제비손[6]을 넣으려고 애를 써도, 워낙 떡심 센 놈이 돼서 봉구는 달싹도 않고, 되려 철한이란 놈의 턱밑을 졸라 쥐고 자꾸 밀기만 했다.

그러던 놈들이, 들깨가 한번 소리를 치니, 서로 잡았던 손을 흐지부지 놓고서 논두덕 위로 올라왔다.

"예끼 싱거운 녀석들! 물도 없애놓고 무슨 물싸움들이야! 분풀이할 곳이 그렇게도 없던가 온!"

들깨의 이 말에, 그들은 쥐꼬리만 한 봇물조차 끊어지고 만 빈 도랑만 내려다볼 뿐이었다.

이윽고 세 사람은 봇목을 향해서 나란히 발을 떼어놓았다. 대사봉大師峰 위로 해가 뉘엿뉘엿 기울고, 네 시를 아뢰는 보광사의 큰 종소리가 꽝꽝 울려왔다. 절에 있는 사람들은 제각기 저녁 밥쌀을 낼 때다. 그러나, 절 밑 마을 ―성동리 앞 들판에 나도는 농민들은 해가 기울수록 마음이 더욱 달떴다. 게다가 모처럼 터놓은 저수지의 물조차 거의 끊어질 무렵이 아닌가!

봇목에 논을 가지고서도, '유아독존' 식으로 날뛰는 절 사람들의 세도에 눌려 흘러오는 물조차 맘대로 못 댄 곰보 고 서방은, 마침내

---

5 바깥쪽으로 벋어 나온 이.
6 모양이 제비처럼 뾰족하고 동작이 날렵한 손.

딴은 큰맘을 먹고 자기 논 물꼬를 조금 더 터놓았다. 그러자 그걸 본 한 양반이 빽 소리를 내지르며 쫓아왔다. 오더니 다짜고짜로,

"왜 또 손을 대요?"

"인제 물도 다 돼가고 하니 나두 좀 대야지요."

하다가 고 서방은 자기 말이 너무나 약한 것을 깨닫고 한마디 더 보태었다.

"그리고 당신 논에는 물이 벌써 철철 넘고 있지 않소."

"뭐? 넘어? 어디 넘어? 이 양반이 눈이 있나 없나?"

하며 그는 곰보 논 물꼬를 봉하려고 들었다.

"안 돼요!"

곰보는 물꼬를 아까보다 더 크게 열면서,

"위에 있는 논은 한번 적시지도 못하게 하고 아랫논만 두렁이 넘게 물을 실으려는 것은 너무 심하잖소?"

"무어―?"

"그렇게 노려보면 어쩔 테요?"

"야, 이 친구가 밥줄이 제법 톡톡한 모양이로군!"

그는 비쭉 냉소를 했다.

"이 친구? 네 집에는 그래 애비도 삼촌도 없니? 누굴 보고 이 친구 저 친구 해?"

"뭐가 어째? 야, 이 녀석이 제법 꼴값을 하는군. 어디 상판대기에 '빵꾸'를 좀 더 내줄까?"

"이놈― 개 같은 놈! 아무리 세상이 뒤바뀌어졌기로서니…….."

"야, 이 녀석 좀 봐. 세상이 뒤바뀌어졌다구? 하, 하, 하…….."

그는 다른 사람도 다 들으라는 듯이 소리를 높이더니,

"예끼 건방진 녀석!"

그리고 제보다 몸피가 훨씬 큰 곰보의 뺨을 한 대 갈겼다.

"이게 뭘 믿고서……."

곰보가 하도 어처구니가 없어서, 그자의 먹살을 불끈 졸라 쥐니깐, 그 근방에 있던 같은 패들이 벌떼처럼 우— 몰려왔다. 그러자 아까 가동 늙은이를 상해놓던 고자쟁이 이시봉이가 풋볼 차던 형식으로 곰보의 아랫배 짬을 콱 질렀다. 곰보는 악! 하며 그 자리에 쓰러졌다. 쓰러진 놈을 여러 놈들이 밟고 차고……. 그러다가 나중에는 뻗어져 누운 놈을 끌고 주재소에까지 가자고 야단이다. 곰보는 그 말이 무엇보다도 무서워서, 잘못했다고 빌지 않을 수가 없었다.

들깨가 곁에 가도, 곰보는 넋 잃은 사람처럼 논두렁에 멍하니 앉아 있었다. 왼편 눈 밑이 퍼렇게 부어올랐다.

저수지의 물은 그예 끊어졌다. 물 끊어진 수문을 우두커니 들여다보는 농민들은 하도 억울해서 말도 욕도 아니 나오고, 그만 그곳에 주저앉았다. 그와 동시에 온종일 수캐처럼 쫓아다닌 피로까지 엄습해서 일어날 생각이 없었다.

그러나 한편, 물을 흐뭇이 댄 보광리—최근에 생긴 중 마을—사람들은 제 논물이 행여 아랫논으로 넘어 흐를세라 돋우어둔 물꼬와, 논두렁 낮은 짬을 한층 더 단단히 단속하느라고 몹시 바빴다.

고 서방은 분도 분이지만, 그보다 내년 봄엔 영락없이 그 절 논두 마지기가 떨어지고 말 것을 생각하면, 앞으로 살아나갈 일이 꿈같이 암담하였다. 아무런 혐이 없어도 물길 좋은 봇목 논은 살림하는 중들에게 모조리 떼이는 이즈음에, 아무리 독농가[7]로 신임을 받아오던 고 서방일지라도 오늘 저지른 일로 보아서, 논은 으레 빼앗긴 논이라고, 실망하지 않을 수 없었다.

그는 문득 지난봄의 허 서방이 생각났다. —부쳐오던 절 논을 무고히 떼이고 살길이 막혀서, 동네 뒤 소나무 가지에 목을 매어, 시퍼런 혀를 한 자나 빼물고 늘어져 죽은 허 서방이 별안간 눈에 선하였다. 곰보는 몸서리를 으쓱 쳤다. 이왕 못 살 판이면 제—기 처자야 어떻게 되든지 자기도 그만 그렇게 죽어버릴까…… 자기가 앉은 논두렁이 몇천 길이나 땅속으로 쾅 둘러 꺼졌으면 싶었다.

이튿날 아침 들깨와 철한이는 오랜만에 논에 물을 한번 실어놓고는, 허출한 속에 식은 보리밥이나마 맘 놓고 퍼 넣었다. 그때까지도 저수지 밑 봇목 들녘과 내 건너 보광리에는, 빌어서 얻은 계집이라도 잃어버린 듯이, 중들의 아우성 소리가 끊이지 않았다. 그도 그럴 것이 지난 하룻밤 동안에 논두렁을 몇 토막이나 내이고 물도둑을 맞은 사람이 많았기 때문이다. 고 서방은 중들의 발악 소리를 속 시원하게 들으면서, 군데군데 커다란 콩 낱이 박힌 보리밥, 아니 보릿겨 밥을 맛나게 먹었다.

"누가 간 크게 그랬을까요?"

7 篤農家. 농사를 열심히 짓는 집.

아내는 숭늉을 떠 오며 짜장 통쾌한 듯이 물었다.

"그야 알 놈이 있겠다구. 사람이 하두 많은데."

고 서방은 궁둥이를 툭툭 떨면서 일어나 섰다. 담배 한 대 재어 물 여가도 없이 고동바로 허리춤을 졸라매고 이주사 댁 논을 매러 막 집을 나서려고 할 즈음에 뜻밖에도 주재소 순사 하나가 게딱지 만 한 뜰 안에 썩 들어섰다.

"당신이 고 서방이오?"

눈치가 수상하다.

"예, 그렇소."

"잠깐 주재소까지 좀 갑시다."

"무슨 일입니까?"

고 서방은 금방 상이 노래졌다.

"가면 알 테지."

말이 차차 험해진다.

"난 주재소 불려 갈 일은 없습니다. 죄지은 일이 없습니다."

고 서방이 뒤로 물러서니깐,

"이놈이 무슨 잔소리냐? 가자면 암말 말고 갔지 그저."

순사는 고 서방의 어깻죽지를 한 대 갈기더니, 어느새 포승을 꺼 내가지고 묶는다.

"아이구 이게 무슨 일유? 나리 제발 그리지 마세요. 이분은 죄 지은 일 없습네다. 나구서 개구리 한 마리도 죽인 일 없다는데, 지 난밤에는 새두룩 이 마당에서 같이 잤는데…… 아이구 이게 무슨 일유?"

학질에 시난고난[8]하면서도, 미친 듯이 매달리는 고 서방네를 몰강스럽게[9] 떠밀어 버리며 순사는 기어이 고 서방을 끌고 갔다.

3

한 포기가 열에 벌여,
— 에이여허 상사뒤야.
한 자국에 열 말씩만,
— 에이여허 상사뒤야.

앞 노래에 응해가며 성동리 농군들은 보광리 앞들에서 쇠다리 주사 댁 논을 매고 있다.

백 도가 넘게 끓는 폭양 밑! 암모니아 거름을 얼마나 많이 넣었는지 사람이 아니 보이게 자란 벼 속! 논바닥에서는 불길 같은 더운 김이 확확 솟아오르고, 게다가 썩어가는 밑거름 냄새까지 물컥물컥 치미는 바람에는 두말없이 그저 질색이다. 그래도 숨이 아니 막힌다면 그놈은 항우項羽다. 몽둥이에 맞아 죽다 남은 개 새끼처럼 혀를 빼물고 하―하― 하는 놈, 벼 잎사귀에 찔려 한쪽 눈을 못 쓰고 짜악 감은 놈― 그들은 마치 기계와 같다. 다른 점이 있다면 앞잡이의 노래에 맞춰서 "에이여허 상사뒤야"를, 속이 시원해지

---

8 병이 심하지는 않으면서 오래가는 모양을 나타내는 말.
9 보기에 억세고 모질며 악착스럽다.

는 듯이 가슴이 벌어지게 내뽑는 것쯤일까.

한 놈이 슬쩍 봉구의 머리에다 궁둥이를 돌려대더니, 아기 낳는 산모 모양으로 힘을 쭉 준다.

"예, 예끼, 추―추한 자식!"

봉구는 그놈의 종아리를 썩 긁어버린다.

"아따 이놈아, 약값이나 내놔!"

그놈이 되려 봉구를 놀리려고 드니까, 곁에 있던 철한이란 놈이 얼른 그 말을 받는다.

"약값? 야 이놈아, 참 네가 약값을 내놔야겠다. 생무 먹은 놈의 트림 냄새도 분수가 있지 온……."

"아닌 게 아니라, 냄새가 좀 이상한걸. 이 사람, 자네 똥구멍 썩 잖았나?"

또 한 놈이 욱대긴다.[10]

"여― 역놈의 대밭에 마, 말 다리 썩는 냄새도 부부부 분수가 있지!"

봉구란 놈이 제법 큰소리를 친다. 그러면서도 자기는 입은 그대로 제 옷에 오줌을 질질 싸고 있다.

"하―하―, 끙―끙……!"

"어이구 이놈 죽는다!"

철한이란 놈이 속이 답답해서 앞으로 몇 걸음 쑥 빠져나간다.

"쉬―ㅅ! 쇠다리 온다."

---

10 다른 사람을 난폭하게 윽박질러 기를 억누르다.

들깨란 놈이 주의를 시킨다.

쇠다리 주사가 뒤에서 논두렁을 타고 왔다. 한 손에는 양산, 한 손으론 부채를 흔들면서. 쇠다리 주사가 뭐냐고? 그렇다. 옳게 부르자면 이 주사다. 그러나 속에 똥만 든 그가 돈냥 있던 덕분으로 이조 말년에 그 고을 원님에게 쇠다리 하나 올리고서 얻은 '주사'란 것이, 오늘날 와서는 세상이 달라진 만큼 그만 탄로가 나고 말았기 때문에, 모두들 그를 그렇게 불렀다. 물론 안 듣는 데서만이지만.

"모두들 욕보네. 허— 날이 자꾸 끓이기만 하니 온!"

어느새 쇠다리가 뒤에 와 선다.

"그런데 조금 늦더래도 이 논배미는 마자 매고 참을 먹어야겠군. 자, 바짝— 팔대에 힘을 넣어서. 저런, 봉구 뒤에는 벼가 더러 부러졌군, 아뿔싸!"

쇠다리 주사는 혀를 쯧쯧 차며 부채를 방정맞게 흔들어댔다.

일꾼들은 잠자코 풀 죽은 팔에 억지 힘을 모았다. 거친 벼 줄기에 스친 팔뚝에는 금방 핏방울이 배어 나올 듯했다. 그러나 그들은 눈을 질끈 감고, 대고동을 해 낀 갈퀴 같은 손으로, 어지러운 벼 포기 사이를 썩썩 긁어댔다.

흐— 흐—, 끙— 끙……!

얼굴마다 콩 낱 같은 땀방울이 뚝뚝 떨어지고, 놀란 메뚜기 떼들이 파드닥파드닥 줄도망질을 친다. 노래는 간 곳 없고!

나머지 열 자국! —그들은 아주 숨 쉴 새도 없이 서둘렀다.

"요놈의 짐승!"

제일 먼저 맨 철한이란 놈이, 뒤쫓겨 나온 뱀 한 마리를 냉큼 잡아 올려가지고는 핑핑 서너 번 내두르더니 훌쩍 저편으로 날려버린다.

고대하던 쉴 참이 왔다. 농부들은 어서 목을 좀 축여보겠다고, 포푸라 나무 그늘에 갖다 둔 막걸리 통 곁으로 모여 갔다.

우선 쇠다리 주사부터 한잔했다.

"어―, 그 술맛 좋―군!"

쇠다리 주사는 잔을 일꾼들에게 돌려주고, 구레나룻을 휘휘 틀어 올리더니,

"그런데 참 술이 한 잔씩밖에 안 돌아갈는지 모르겠군. 그저, 점심때 쌀밥(쌀이 사분지 일은 될까?) 먹은 생각 하구 좀 참지. 그놈의 건 잘못 먹으면 일 못 하기보다 괜히 사람 축나거든. 더군다나 오늘같이 더운 날에는……."

그러나 농부들은 사발 바닥이 마르도록 빨아 넘기고는, 고추장이 벌겋게 묻은 시래기 덩어리를 넙죽넙죽 집어넣는다. 목도 말랐거니와 배도 허출했다.

그럴 때 마침 뿡― 하고, 자동차 한 대가 그들이 쉬는 데까지 먼지를 집어 씌우고 달아나다더니 보광리 앞에서 덜컥 머물렀다. 거기서 내린 것은―해수욕을 갔다 오는 보광리 젊은 사람들이었다. 일본으로, 서울로 유학을 하고 있는 팔자 좋은 젊은이들이었다. 물론 계집애들도 섞여 있었다. 성동리 농부들은 한참 동안 그들을 바라보았다. 그들 가운데 섞여 있던 고자쟁이 이시봉은 웬일인지 차에서 내리자 바른 총으로 주재소로 들어갔다.

술을 잘 못 하기 때문에 식은 밥만 두어 술 뜨고 난 들깨는 눈이 주재소 문에 가 박혔다. 얼마 뒤에 시봉이가 나왔다.

"고 서방은 어찌 됐을까?"

부지중 중얼거린 들깨. 묵묵히 이마에 석 삼 자를 깊게 지우는 철한이ㅡ 우리 때문에 무고한 고 서방이……! 그들은 그대로 가만히 있는 자기들이 그지없이 부끄럽고 맘이 괴로웠다.

세상을 모르는 봉구란 놈은 제 발바닥의 상처만 풀어 헤쳐놓고, 그 속에 들어간 뻘을 꺼내고 있다. 다른 농군들은 행려의 시체처럼, 거무데데한 뱃가죽을 내놓고 길바닥 위로, 잔디 위로 그늘을 찾아서 여기저기 나자빠졌다. 어떤 친구는 어느새 제법 코까지 쿨쿨 골고, 어떤 친구는 불개미한테 거기라도 물렸는지 지렁이처럼 자던 몸을 꿈틀꿈틀한다.

매미란 놈들이, 잎사귀 하나 까딱 아니하는 높다란 포푸라 나무에서, 그 밑에 누워 있는 농군들을 비웃는 듯 구성지게 매암매암매ㅡ 한다.

모기 속에서 저녁을 치르고 나면 마을 사람들은 게딱지 같은 집을 떠나서 모두 냇가로 나온다. 아무런 가뭄이라도 바위틈에서 새어 나오는 물이 군데군데 제법 웅덩이를 만들었다. 냇가의 달밤은 시원하였다.

먼동이 트면 곧 죽고 싶은 마음
저녁밥 먹고 나니 천년이나 살고 싶네.

어느새 벌써 달려 나와서 반석 위에 번듯 누워 하늘을 쳐다보며 읊조리는 쇠다리 주사 댁 머슴 강 도령의 노래다.

반달같이 생긴 다리 아래편 백사장에는 애새끼들이 송사리 떼처럼 모여서, 노래로 장난으로 혹은 반딧불 쫓기로 부산하게 떠들고 뛴다. 비를 기다리는 하늘에는 구름 한 점 없이 달만 밝고, 달빛 속에 묻힌 성동리 집집에서는 구름인 듯 다투어 모기 연기만 피워, 산으로 기어오르고 들로 내려 깔려 연긴가 달빛인가 알 수도 없다.

남자들의 뒤를 이어, 여자들도 떼를 지어 다리를 건너왔다.

다리 위편이 남자들의 자리다. 그들은 나오는 대로 멱을 감고는 여기저기 반석을 찾아가기가 바쁘다. 가는 곳이 그들의 그날 밤 잠 자리다. 그리도 못 하는 놈은―행인지 불행인지 아직도 제 논에 풀 물이 있어서 봇목으로 물 푸러 가는 놈! 그러나 물푸개 석유통을 옆에 둔 채 어느새 지쳐 한잠이 든 봉구는, 밤중이 넘어서 공동 묘지 어귀까지 물 푸러 갈 것인지 코만 쿨쿨 골아댄다.

그래도 남은 놈들은 이야기에 꽃이 핀다.

"들깨, 자네 누이동생은 어쩔 텐가?"

"어쩌긴 뭘 어째?"

"키 보니 넉넉히 시집갈 때가 됐던걸."

"키는 그래도, 나인 인제 겨우 열일곱이야. 열일곱에 혼사 못 할 건 없지만 어디 알맞은 자리가 쉬 있어야지."

"아따 이 사람 염려 말라구. 그만한 인물이면야 정승의 집 며느리라도 버젓하겠데. 자리가 왜 없을라구!"

"이 사람이 왜 또…… 괜히 얼굴만 믿고 지나친 데 보냈다가 사흘도 못 돼서 쫓겨 오게! 천한 사람은 그저 천한 사람끼리 맞춰야지……."

"암 그렇구말구!"

가만히 듣고만 있던 철한이란 놈이 뜻밖에 한마디 보태었다.

그럴 때 마침 다리 아랫목에서 먹을 감고 있던 동네 여자들이 킥킥거리며, 또는 욕설을 하면서, 남자들이 노는 위편으로 자리를 옮겨 간다. 그걸 본 강 도령,

"위에 가면 안 되오. 왜 밑에서 허잖구―?"

"보광리 새끼들 때문에 밑에선 못 하겠다우."

아낙네들의 대답이다. 남자들의 시선은 일제히 다리 아래편으로 쏠렸다. 하늘 높게 백양목이 줄지어 선 곳 ― 사랑으로 여위었느니 어쨌느니 하는 레코드에 맞춰서 반벙어리 축문 읽는 듯한 노랫소리가 들려왔다.

"유성기는 또 누구를 호리려고 가지고 다닐까. 저것들은 곧잘 여자들이 먹 감는 곳만 찾아다닌단 말야."

강 도령이 남 먼저 욕지거리를 내놓는다.

"예―끼 더런 자식들! 듣기 싫다, 집어치우고 가거라, 가!"

동네 젊은 녀석들은 모두 바위에서 일어나서 욕을 한바탕씩 해 주고는, 얼른 논 두덕으로 올라가서 진흙을 가득가득 움켜 냇물 속에 펑펑 내던졌다.

보광리 만무방[11]들이 돌아간 뒤, 농부들은 머리에서 수건을 풀

11 예의와 염치가 없는 뻔뻔한 사람.

어 제각기 얼굴을 가리기가 바쁘게 너럭바위 위에 휘뚝휘뚝 쓰러졌다. 쓰러지자 곧 쿨쿨.

적막한 농촌의 밤이다. 다만 어디선지 놋그릇을 땅땅 두드리며 "남의 집 며느리 낮에는 잠자고 밤에는 일하네" 하고 학질 주문을 외우고 다니는 소리만 그쳤다 이었다 할 뿐. 길쌈하는 아낙네들의 노란 등잔불도 꺼지기가 바쁘다.

4

가뭄은 오래오래 계속되었다. 아침저녁으로는 제법 거무스름한 구름장이 모여들다가도, 해만 뜨면 그만 어디로 사라져버렸다. 꼭 거짓말같이. 보광사 절 골을 살며시 넘어다보는 그놈도 알고 보면 얄미운 가뭄 구름. 뒷 산성 용 구렁에 안개가 자욱해도 헛일. 아침놀, 물 밑 갈바람은 더군다나 말도 안 되고. 어쨌든 농부들은 수백 년래 전해오고 믿어오던 골짜기 천기조차 온통 짐작을 못 할 만큼 되었다. 날마다 불볕만 쨍쨍― 그들의 속을 태웠다. 콧물만 한 물이라도 있는 곳에는 아직도 환장한 사람들이 와글거리고, 풀 물도 없어진 곳에는 강아지 새끼도 한 마리 안 보였다. 물 좋던 성동 들도 삼 년 전 소위 수도 수원지가 생기고는 해마다 이 모양― 여기저기 탱고리[12] 수염 같은 벼 포기가 벌써 빨갛게 모깃불 감이 되고,

12 '올챙이'의 방언.

마을 앞 정자나무 밑에는 떡심 풀린 농부들의 보람 없는 걱정만이 늘어갈 뿐이었다.

걱정 끝에 하룻밤에는, 작년에도 속은 그놈의 기우제를 또다시 벌였다. 앞산 봉우리에다 장작불을 피워놓고, 성동리 사람들은 목욕재계를 하고 어떤 위인은 낡은 두루마기, 또 어떤 위인은 제법 몽당 도포까지를 걸치고서 쭉 늘어섰다. 구장, 들깨, 갓이 비뚤어진 봉구…… 옛날 훈장 노릇을 하던 노인이 쥐꼬리보다 작은 상투를 숙이고서 제문을 읽자 농부들은 일제히 하늘을 우러러보고 절을 하며 비를 빌었다.

"만 인간을 지켜주시는 천상의 옥황상제님이시여……!"

그들은 몇 번이나 코가 땅에 닿도록 절을 하였다. 이글이글 타오르는 불길을 따라 그들의 축원도 천상에 통하는 듯하였다.

기우제는 끝났다.

"깽무깽깽 쿵덕쿵덕, 깽무깽깽 쿵덕쿵덕……"

농부들은 풍물을 울리면서 산을 내려왔다.

동네 앞 타작 마당에서 그들은 짐짓 태평성대를 맞이한 듯 소고를 내두르며 한바탕 멋지게 놀았다. 조그만 아이놈들도 호박꽃에 반딧불을 넣어 들고서 어른들을 따라 우쭐거렸다.

"구, 구, 구장 어른 저, 저, 구─름 좀 봐요!"

봉구란 놈이 무슨 엄청난 발견이라도 한 듯이 엉덩춤을 추면서 외쳤다. 아닌 게 아니라 거무스름한 구름장 하나가 달을 향해서 둥실둥실 떠왔다.

"얼씨구 좋다! 쿵덕쿵덕!"

농부들은 마치 벌써 비나 떨어진 듯이 껑충껑충 뛰어댔다. 그러나 그것도 모두 헛일— 하루, 이틀, 비는커녕 안개도 내리지 않고, 되려 마음만 졸였다. 불안은 각각으로 커져만 갔다.

그러한 하룻날 보광사 농사조합에서 성동리의 유력자—쇠다리 주사와 면서기며 농사조합 평의원인 진수를 청해 갔다. 그래서 그들이 저쪽의 의논에 응하고 가져온 소식—그것은, 오는 백중날 보광사에서 기우불공을 아주 크게 올릴 예정이니까, 성동리에서는 한 집에 한 사람씩 참례를 하는 것이 좋겠다고. 기우불공이라니 고마운 일이다.

"허지만 우리 같은 것 그리 많이 모아서 뭘 헌담? 불공은 중들이 헐 텐데……."

농민들은 무슨 영문인지 잘 몰랐다. 그러나 안 갔으면 가만히 안 갔지, 보광사의 논을 부쳐 먹고사는 그들이라 싫더라도 반대는 할 수 없는 처지였다. 이왕이면 괘불까지 내걸어 달라고 마을 사람 측에서도 한 가지 청했다. 괘불을 내어 달면 아무리 어려운 일이라도 소원 성취된다는 말을 어릴 때부터 종종 들어온 그들이었다. 하지만 절 측에서는 경비가 너무 많이 든다고 첨에는 뚝 잡아떼었다. 고까짓 일에 무슨 경비가 그리 날 겐가? 어디, 과연 영험이 있나 없나 보자! —마을 사람들은 꽤 큰 호기심을 품고서 간곡히 청했다. 구장이 두어 번 헛걸음을 한 뒤, 쇠다리 주사가 나가서 겨우 승낙을 얻어왔다. 그래서 7월 백중날! 보광사에서는 새벽부터 큰 종이 꽝꽝 울렸다.

성동리 사람들은—농사조합 평의원인 진수와 구장과 그다음 몇 사람 빼놓고는 대개 중년이 넘은 아낙네들과 쓸데없는 아이놈 들뿐이었지만—장꾼같이 떼를 지어 절로 올라갔다.

천여 년의 역사를 가지고 무려 백여 명의 노소승老少僧이 우글거 리는 선찰 대본산 보광사에는 벌써 백중 불공차 이곳저곳에서 모 여든 여인들이 들끓었다.

오색단청이 찬란한 대웅전을 비롯하여, 풍경 소리 그윽한 명부 전, 팔상전, 오백나한전…… 부처 모신 방마다 웬만한 따위는 발도 잘 못 들여놓을 만큼 사람들이 꽉꽉 들어찼다. 그들은 엉덩이 혹은 옆구리를 서로 맞대고 비비대기를 치며, 두 손을 높게 들어 머리 위에서부터 합장을 하고 나붓이 중절을 하였다. 아들딸 복 많이 달 라는 둥, 허리 아픈 것 어서 낫게 해달라는 둥…… 제각기 소원들 을 은근히 빌면서. 잠자리 날개보다 더 엷은 생노방주生蘆坊紬 옷에 모두 제가 잘난 체 부처님 무릎 앞에 놓인 커다란 희사함에 아낌없 이 돈들을 척척 넣고 가는 그들! 얼핏 보면 죄다 만석꾼의 부인, 알 고 보면 태반은 빚내어 온 이들.

성동리 아낙네들은 명부전 뒤 으슥한 구석에서 잠깐 땀을 거두 고서, 대웅전 앞으로 슬슬 나왔다. 자기들 딴에는 기껏 차려봤겠지 만, 앉으려는 겐지 섰는 겐지 분간을 못 할 만큼 풀이 뻣뻣한 삼베 치마 따위로선 그런 자리에 어울릴 리가 만무하였다. 다른 분들과 엄청나게 차가 있는 자기들의 몸차림을 못내 부끄러워하는 듯 어 름어름 차례를 기다리고 섰다.

그러자, 며칠 전부터 와 있던 진수 어머니가 어디서 봤는지 쫓아 왔다. 아주 반가운 듯한 얼굴을 하고,

"여태 어디들 처박혀 있었어? 아까부터 아무리 찾아두 온…….
다들 부처님 참배는 했나?"

자기는 벌써 보살님이나 된 셈 치는 어투였다.

"아직 못 봤수. 웬걸 돈이 있어야지!"

이 얼마나 천부당만부당한 대답일까?

"그럼, 시줏돈도 없이 절에는 뭘 하러들 왔수?"

진수 어머니는 입을 비쭉하더니,

'이것들 곁에 있다가는 괜히 큰 망신 하겠군!'

할 듯한 표정을 하고는 어디론지 핑 가버린다.

베치마 패들은 잠깐 주저주저하다가 "돈 적으면 복 적게 받지
뭐" 하고는, 남편이나 아들들이 끼니를 굶어가며 나뭇짐이나 팔
아서 마련한 돈들을, 빚의 끝돈도 못 갚게 알뜰살뜰히도 부처님
앞에 바치고 나온다. 더러는 내고 보니 꽤 아까운 듯이 돌아다보
기도 했다.

법당 뒤 조그마한 칠성각 안에는 아기 배려고 백일기도한다는
젊은 아낙네. 지루하지도 않은지 밤낮으로 바깥 난리는 본체만체
하고, 곁에 선 중의 목탁 소리에 맞춰 무릎이 닳도록 절만 하고 있
다. 자기 말만 잘 들으면 틀림없다는 그 중의 말이 영험할진대 하
마나 아기도 배었을 것이다.

꽝! 뗑뗑, 둥둥둥, 똑똑, 좌르르!

종각의 큰 종 큰 북 소리를 따라 각전 각방의 종, 북, 바라며 목탁
들이 한꺼번에 모조리 발광을 하자, 허 주지의 지휘를 좇아 이 빠

진 노화상老和尙의 독경 소리와 함께 엄숙하게 불문이 삑삑삑 열리고, 새빨간 가사의 서른두 젊은 중의 어깨에 고대하던 괘불이 메여 나와, 대웅전 앞 넓은 뜰 한가운데 의젓이 세워졌다. 삼십여 장의 비단에 그려진 커다란 석가불상!

장삼 가사를 펄럭이는 중들은 말할 것도 없고, 모여든 구경꾼들까지 상감님 잔치에라도 참례한 듯이 놀라울 만큼 엄숙해졌다.

공양 상이 나오자, 주지를 비롯하여 각방 노승들이 참배를 드리고, 다음부터 젊은 중, 강당 학인學人, 그 밖에 애기 중들, 그리고 중 마누라와 보살계에 든 여인들. 맨 나중이 일반 손님들의 차례였다. 중들을 빼놓고는 모두 앞을 다투어 돈들을 내걸고, 절을 하며 소원 성취를 빌었다.

"어서 물러 나와요. 다른 사람도 좀 보게."

진수 어머니는 다 같은 보살계원을 밀어내고 들어서더니, 자기는 돈을 얼마나 냈는지 절을 열 번도 더 했다. 주지 부인을 보고, 어머니, 어머니 하고 섰던 진수도 남 먼저 쫓아 나가서 대가리를 땅에 처박았다.

성동리 아낙네들은 이미 주머니가 빈지라, 부러운 듯이 곁에서 남이 하는 구경만 하고 있었다.

이러한 거추장스런 일이 다 끝난 뒤에야 겨우 기우불공이 시작되었다. 괘불 앞에는 큰 북이 나오고, 바라가 나오고, 목탁이 나오고…… 성동리 구장이 동네서 긁어온 돈을 내걸자 기도는 비로소 시작되었다.

"딱딱 딱딱, 나무아미타―불, 관세음보―살, 꽝, 둥, 촬, 딱다글!"

목탁 소리와 함께 독경 소리가 높아지고 경문의 구절마다 꽹과리, 북, 바라, 큰 목탁이 언제나 꼭 같은 장단을 짚는다.

성동리 사람들은 중들의 기도를 따라서 자기들도 절을 하였다. 중들의 궁둥이를 향해서. 어떤 중은 이리저리 돌아다니면서 무지막지한 촌뜨기들의 가지각색의 절들을 통일시키기 위하여 불갓절을 모르는 위인들의 몸에 함부로 손을 대가며 합장 절을 가르쳤다. 이번에는 물론 삼베 치마들도 한몫 들었다. 그러나 그들의 절이란 어울리기는커녕 우습기가 한량없었다.

기도의 한 토막이 끝나려 할 즈음 잦은 고개를 넘는 경문, 신이 나서 어깨를 우쭐거리는 장단꾼, 청천백일 아래서 이마를 땅에 대고 제발 덕분에 비 오기를 비는 농부들과 그들의 어머니며 아내들……

기도가 쉴 참에 성동리 사람들은 어마어마한 강당 안을 버릇없이 들여다보았다. 아마 여든도 훨씬 넘었을 듯한, 수염까지 허연 법사가 높다란 법탑 위에 평좌를 하고 앉아서, 옹이가 툭툭 불거진 법장法杖을 울리면서 방 안이 빽빽하게 들어앉은 한다하는 보살계원들을 앞에 두고 방금 설법의 삼매경에 빠진 모양이었다.

"보광산하 십자로, 무설노고 호손귀."

라고, 맑은 목청으로 외우더니, 가만히 눈을 감는다. 눈썹 하나 까딱 안 하는 모습이 마치 산부처 같았다. 뒷벽에는 '합장의 생활'이라고 어마어마하게 쓴, 설교 제목이 걸려 있었다. 방 안은 죽은 듯이 조용하다.

"꽹!"

법사는 마침내 법장을 들어 법탑을 여무지게 울리면서 다시 눈을 번쩍 뜨더니, 청중을 한번 휘둘러보고는 설법을 계속한다.

"⋯⋯보광산 밑 네 갈래 길에서, 혀 없는 늙은 할머니가 손자를 부르며 돌아간다 — 는 말씀입니다. 혀 없는 할머니가 어떻게 손자를 부를까요? 얼핏 생각하면 말도 아닌 것 같지만, 여기에 정작 우리 불교의 깊은 진리가 숨어 있거든요. 알고 보면 무궁무진한 뜻이 있지요⋯⋯!"

청중은 무슨 소린지 알 바 없어 그저 장바닥에 갖다 둔 촌닭처럼 눈만 끔벅끔벅할 뿐이었다. 하기야 진수 어머니처럼 몰라도 아는 체하는 여걸이 없는 바는 아니지만, 그러나 그건 보통 사람이 못할 짓, 어떤 이는 벌써 방앗공이마냥 끄덕끄덕 졸고만 있다.

다시 바깥 기도가 시작되었다. 기도 중들은 장삼 가사가 담뿍 젖도록 땀을 흘려가며 경문을 외고, 목탁, 쟁과리를 때려 치며, 북, 바라를 요란스럽게 울려댔다. 괘불과 불경 영험이 있어야 할 테니까. 그래서, ―기도는 꽤 장시간, 경문이 늦은 고개 잦은 고개를 오르내린 다음에 마침내 엄숙한 긴장 속으로 들어갔다. '나무아미타불'의 느린 합창 소리에 대웅전 앞 넓은 뜰은 모래알까지 소르르 떨리는 듯싶었다.

5

최후로 믿었던 괘불조차 영험이 없고 가뭄은 끝끝내 계속됐다.

들판에는 반 이상 모가 뽑히고 메밀 등속의 댓곡식이 뿌려졌으나, 끓는 폭양 아래서는 싹도 잘 아니 날뿐더러, 설령 났더라도 말라지기 바쁠 지경이었다.

빨리 쌀밥 맛 좀 보자고 심었던 올벼도 말라져 버리고, 남은 놈이래야 필 염도 안 먹고, 새벽마다 성동리 골목골목에는 보리 능기는[13] 절구질 소리만 힘없이 들렸다. 학교라고 갔던 놈들은 수업료를 못 내서 떼를 지어 쫓겨왔다. 쫓겨오지 않고 끌려오기로서니 없는 돈이 어디서 나오랴! 부모들의 짜증이 무서워서 오다가 되돌아서는 놈은, 만일 탄로만 나고 보면—거짓말은 도둑놈 될 장본이라고, 여린 뺨이 터지도록 얻어맞곤 하였다.

"없는 놈의 자식이 먹는 것도 장하지, 학교는 무슨 학교야?"

이 집에서도 퇴학, 저 집에서도 퇴학이다. 이런 처지에는 추석도 도리어 원수다. 해마다 보광리 새 장터에서 열리는 소위 면민 대운동회에 출장은커녕, 쇠다리 주사 댁이나 진수네 집사람, 그 밖에는 간에 바람 든 계집애나 나팔에 미친 불강아지 같은 애새끼들밖에는 성동리에서는 구경도 잘 아니 나갔다. 그러나, 그래도 명절이라서, 사내들은 낡은 두루마기들을 꺼내 입고서 이집 저집 늙은이들을 뵈러 다니면서, 오래간만에 시금텁텁한 밀주 잔이나 얻어 마시고는 아무 데나 툭툭 나자빠져 갔다.

쇠다리 주사 댁 안뜰에는 제법 널뛰기까지 벌어졌으나, 아낙네들은 별로 보이지 않고 거의 다 마을의 젊은 처녀들이었다. 들깨의

---

13 겉보리를 3번 찧어 보리쌀을 만드는 것.

누이동생 덕아도 저녁에는 한바탕 뛰었다. 그러나 그들도 마치 무슨 의논이나 한 듯이 죄다 곧 흐지부지 흩어졌다. 중추명월이야 옛날과 조금도 다를 바 없고, 네 활개를 활짝 펴고 높이 솟아보는 아찔한 재미야 잊었을 리 만무하되, 원수의 가난과 흉년은 이 동네로부터 청춘의 기쁨과 풍속의 아름다움마저 뺏어가고 말았다.

싱거운 추석이 지난 뒤, 성동리 사람들은 모두 산으로 올라가기 시작했다. 남자는 지게를 지고 여자들은 바구니를 들고서.

그러한 어느 날, 성동리 여자들은 보광사의 대사봉 중턱에서 버섯을 따고 있었다. 가동 늙은이를 비롯하여 화젯댁, 곰보네, 들깨 마누라, 덕아⋯⋯. 그중 제일 익숙한 것은 역시 가동 댁이었다. 그는 어릴 적부터 까투리처럼 그 산을 싸다닌 만큼, 어디는 어떻고, 어디는 무슨 버섯이 난다는 것을 환히 알기 때문에 언제든지 남의 앞장을 서 다니면서 값나가는 송이라든가 참나무버섯 따위부터 쏙쏙 곧잘 뽑아 담았다. 다른 여자들은 부러운 듯이 그의 뒤를 따라다니며, 한 광주리 가득 채워 이고 이십 리나 넘어 걸어야 겨우 한 이십 전 받을 둥 말 둥 한, 소케버섯 싸리버섯 등속을 딸 뿐이었다.

하늘을 가린 소나무와 늙은 잡목 그늘은 음침하고도 축축하였다. 지나간 이백십일 풍에 부러진 느티나무 가지는 위태롭게 머리 위에 달려 있고, 이따금 솔잎에서는 차디찬 물방울이 뚝뚝 떨어졌다. 억새랑 인동덩굴이 우거진 짬은 발 한번 잘못 들여놓다간 고놈의 독사 바람에 또 순남네처럼 억울하게 물려 죽을 판. 하지만 가동 늙은이의 말이 옳지, 가뭄 탓으로 그해는 버섯조차 귀했다.

덕아와 같은 젊은 계집애들은 악착스럽게 무서운 절벽 끝에 붙어 있었다. 아찔아찔 내둘려서 밑을랑 내려다보지도 못하고, 놀란 참새처럼 가슴만 볼록거렸다. 석양 받은 단풍잎에 비쳐 얼굴은 한층 더 붉어 오나, 밉도록 부지런히 썩어빠진 버섯만 보살피고 있는 것이었다. 재 너머 나무 터에서는 초군들의 긴 노래가 구슬프게 들려왔다.

지리 산천 가리 갈가마귀야,
이내 속 그 뉘 알꼬……!

낫을 들면 으레 나오는 노래다.

그러자 얼마 지나지 않아서, 여자들이 싸대던 비탈 위에서 갑자기 사람 소리가 나고 조그마한 애새끼 놈들이 까치집만큼씩 한 삭정이를 해서 지고는, 선불 맞은 산돼지 새끼처럼 혼을 잃고 쫓겨왔다.

맨 처음에 선 놈이 차돌이, 그다음은 개똥이…… 제일 꽁무니에 처져서 밑 빠진 고무신을 벗어들고 허둥대는 놈은 그해 가을에 퇴학당한 상한이란 놈이다.

"예끼 요놈의 새끼들! 가면 몇 발이나 갈 줄 아니?"

악치듯 한 소리와 함께 보광사 산지기 수염쟁이가 뒤따라 나났다.

"아이구머니!"

여자들도 겁을 먹고 도망질이다. 잡히면 버섯을 빼앗기고 혼이

날 판. 그루터기에 걸려서 넘어지는 이, 솔가지에 치마폭을 찢기는 이, 그러나 바구니만은 버리지 않고 내달린다.

화젯댁은 제 도망질보다 쫓겨가는 아들의 뒤를 따르느라고 몇 번이나 바구니를 내던질 뻔하면서 곤두박질을 쳤다.

"아이구 차돌아, 그만 잡히려무나!"

그래도 아이들은 돌아보지 않고 달아만 난다. 자갈 비탈에서 지게를 진 채 자빠지는 놈, 엎어지는 놈, 그러다가 갑자기 옴츠리고 앉는 놈은 응당 날카로운 그루터기에 발바닥을 찔렸을 것이다.

산지기는 그 애의 나뭇짐을 공 차듯이 차서 굴려버리고는, 다시 벚나무 몽둥이를 내두르며 앞엣놈을 쫓는다. 그러자 의상대사의 공부터라는 바위 밑으로 쫓겨가던 아이들은 갑자기 무춤하고[14] 발을 멈췄다―동무 하나가 헛디디어 헌 누더기 날리듯 낭떠러지 아래로 떨어졌기 때문이다.

아이들이 놀라고 선 영문을 알게 된 산지기는, 부릅떴던 눈을 별안간 가늘게 웃기며,

"에끼 이놈들, 왜 있으라니까 듣지 않고 자꾸만 달아나더니 결국 이런 변을 일으키지 않나?"

마치 그들이 동무를 밀어 떨어뜨리기나 한 듯이 나무랐다.

화젯댁이 미친 듯이 날아왔다. 다행히 차돌이가 있는 것을 보고는 다소 마음이 놓이는 모양이었다.

"어머니, 상한이가 떨어졌어요!"

---

14 놀라거나 열없어서 하던 짓을 멈추고 갑자기 뒤로 물러서다.

화젯댁은 대답도 않고서, 번개같이 비탈 아래로 미끄러지듯이
내려갔다. 모두 그의 뒤를 따랐다.

상한이는 망태기를 진 양으로 험한 바위틈에 내리박혀 있었다.
화젯댁은 바구니를 내던지고서, 상한이를 안아 내었다. 숨은— 벌
써 그쳐 있었다. 얼굴은 알아보지 못하게 부서져서 피투성이가 된
위에, 한쪽 광대뼈가 불쑥 튀어나와 있었다. 그리고 그가 죽은 자
리에는, 이상하게도 그때까지 지니고 있었던 밑 빠진 고무신이 한
짝 엎어져 있었다.

화젯댁은 한동안 넋을 잃었다. 그러나 우두커니 서 있는 산지기
의 얼굴을 노려본 그녀의 눈에는 점점 살기가 떠올랐다.

"당신은 자식이 없소?"

칼로 찌르듯 뼈물었다.[15]

"있든 없든 무슨 상관이야. 흐— 참! 없다면 하나 나 줄 건가?"

산지기는 뻔뻔스럽게, 털에 싸인 입만 비죽할 뿐이었다.

"뭐라구요? 액 여보, 절에 있다구 너무하오. 아무리 산이 중하기
로서니 남의 자식의 목숨을 그렇게 안단 말유?"

화젯댁은 거만스런 그자의 상판대기에 똥이라도 집어 씌우고 싶
었다.

"야, 이 여편네 좀 봐! 아아주 누굴 막 살인죄로 몰려구 드는군.
건방진 년 같으니, 천지를 모르고서 팬—히. 왜 이따위 새끼 도둑
놈들을 빠뜨렸느냐 말야? 이년이 저부터 요런 도둑질을 함부로 하

---

15 어떤 일을 하기 위하여 단단히 벼르다.

면서 뻔뻔스럽게—."

산지기는 화젓댁의 버섯 바구니를 힘대로 걷어찼다. 그리고는 어디론지 핑 가버렸다. 초동들의 죄는, 결코 그 산지기의 핑계 말과 같이, 돈 주고 사지 않은 구역에서 땔나무를 한 것이 아니었다. 그들은 그 까치집만큼씩 한 삭정이 한 꾸러미를 목표로, 식은 밥한 덩어리씩을 싸 들고는 어른들을 따라 이십 리도 더 되는, 동네서 사놓은 나무 터까지 정말 갔던 것이다. 구태여 트집을 잡는다면, 돌아오던 길에 철부지한 마음으로 떨어진 밤을 주우려고 길가 잡목 숲속에 잠깐 발을 들여놓은 것뿐이었다.

얼마 뒤에 죽은 아이의 할머니가 파랗게 되어 달려왔다. 가동할머니다. 그녀는 곁엣사람은 본체만체, 바보처럼 우두커니 서서, 늘어진 손자만을 눈이 빠지도록 노려보더니, 그만 "하하하!" 웃어 댔다.

"정말 죽었구나! 너가 정말 죽었구나! 죽인 중놈은 어딜 갔니……?"

그녀는 넋두리를 하는 무녀처럼 한바탕 떠들더니 또다시 "하하하!" 한다.

가동 늙은이는 완전히 실신을 하였다. 물 건너로 품팔이 간 아들은 죽었는지 살았는지 십 년이 가깝도록 이렇단 소식이 없고, 며느리조차 달아난 뒤로는, 그 손자 하나만을 천금같이 믿고 살아온 것이었다.

이윽고 산지기는 보광사 파출소에서 순사 한 사람을 데리고 왔다.

가동 할멈은 한참 동안 산지기를 노려보더니,

　"예끼 모진 놈!"

하고 이를 덜덜 갈며 발악을 시작했다.

　"고라 고랏! 안 대겠소. 나무 산에 도돗지리 보낸 단신 자리 모냈소. 이 얀반 사라미 아니 주긋소!"

　순사는 와락 덤벼드는 가동 할멈을 우악스럽게 물리쳤다. 그러나 밀리면서도,

　"아이구 이 모진 놈아, 천벌을 맞을 놈아! 내 자식 살려내라, 살려내—."

　"고론 마리 하문 안 대겠소!"

　순사는 눈을 잔뜩 부릅뜨고 노파를 막아섰다.

　"여보 나리까지도 그러시우—?"

　가동 할멈은 장승같이 눈을 흘기더니 갑자기 또 "하하하!" 미친 웃음을 친다.

　"아이구 상한아! 상한아! 귀신도 모르게 죽은 내 새끼야—."

하고, 할머니는 마치 노래나 하는 듯이,

　"어허야 상사뒤여, 지리산 갈가마귀 그를 따라 너 갔느냐? 잘 죽었다. 내 손자야, 명산 대지에서 너 잘 죽었구나— 하하하……!"

　이렇게 가동 늙은이는 그만 영영 미쳐버리고 말았다.

6

은하수가 남북으로 돌아져도 성동 들은 가을답지 않았다. 전 같으면 들이차게 익어가는 누른 곡식에, 농부들의 입에서도 저절로 너털웃음이 흘러나오고, 아낙네들은 가끔 햅쌀 되나 마련해서 장출입도 더러 할 것이로되, 그해는 거친 들을 싱겁게 지키는 허수아비처럼 모두들 맥없이 말라빠졌다.

보광사로부터 산 땔나무 터에도 인제는 더 할 것이 없고, 또 기한이 지나자, 사내들은 별반 할 일이 없었다. 간혹 도둑나무를 하러 다니는 사람이 있지만 붙잡히면 혼이 나곤 하였다.

첫여름에 무단히 경찰서로 끌려간 고 서방은, 남의 논두렁을 잘랐다는 얼토당토않은 죄에 몰려 괜히 몇 달간 헛고생을 하다가 추석 지난 뒤에 겨우 놓여나왔으나, 분풀이는커녕 타고난 천성이라 도둑나무도 못 해오고, 꼬박꼬박 사방공사 품팔이나 다녔다. 길이 워낙 멀고 보니, 그나마 닭 울자 집을 나서야 되고, 삯이라곤 또 온종일 허둥대야 겨우 삼십 전 될락 말락. 그러나 이렇게 다니는 것은 물론 고 서방만이 아니었다.

아낙네들은 버섯 철이 지나자, 인젠 멧도라지나 캐고, 그렇지 않으면 콩잎 따기가 일이었다. 그것도 자기 산 없고 자기 밭 적은 그들은 욕 얻어먹기가 일쑤였다.

마침내 군청에서 주사 나리까지 출장을 나와서, 소위 가뭄으로 인한 피해 상태의 실지 조사를 하고 가더니, 달포가 지나도 아무런 소식이 없고, 동네 안에는 다만 주림과 불안만이 떠돌 뿐이었다.

그래도 보광사에서는 갑자기 간평看坪[16]을 나왔다. 고자쟁이 이시봉과 본사 법무원에서 셋— 도합 네 사람이 나왔다.

간평! 소작료! 농민들에게는 이 말이 무엇보다도 무섭고 또 분했다. 그러나 그날 절 논 소작인으로서는 물론 하나도 출타를 않고 기다렸다. 농사조합의 평의원이 되어 있는 진수도 그날은 면소 일을 제쳐놓고 중들을 맞이하였다.

그래서, 진수의 집 사랑에서는 일쩍부터 술상이 벌어졌다. 미리 마련해두었던 밀주와 술안주가 이내 모자랐던지, 머슴 놈이 보광리 상점으로 종종걸음을 치고, 쇠고기 굽는 내음새가 흐뭇이 새어 나오는 통에, 대문 밖에 죄인처럼 쭈그러뜨리고 앉은 소작인들은, 괜히 헛침만 꿀떡꿀떡 삼켰다. 작인들은 간평원들의 미움이나 받을까 저어했음인지 차례로 안으로 들어가서는, 오시느라고 수고했다고 공손히 수인사를 하고 나왔다. 고 서방은, 지난여름 당한 일을 생각하면 이가 절로 갈렸지만 그래도 시봉의 앞에 무릎을 꿇지 않을 수가 없었다.

"에헴, 에헴, 에—헴!"

치삼 노인도 듣는 사람의 가슴까지 결릴 기침 소리를 연거푸 뽑으면서, 기다란 지팡이를 끌고 대문 안으로 들어갔다. 그리고 자식 같은 사람들 앞에 절을 하고서는, 그러지 말라던 아들의 말을 듣지 않고서, 그예 자기 집 농사 사정을 여쭈어보려고 했다.

"여보 노인, 그런 소리는 할 필요 없소. 메밀을 갈았으면 메밀을

---

16 지주나 지주의 대리인이 소작지에서 추수하기 전에 어느 정도 수확을 거둘 수 있는지 미리 조사하여 소작인에게서 걷을 소작료를 결정하는 일.

간 세만 내면 되지 않겠소?"

이시봉은 거만스런 반말로써 사정없이 쏘았다.

치삼 노인은 다시 말해볼 여지가 없었다.

"여보, 그런 말은 이런 데서 하는 법이 아니오. 괜히 남 술맛 떨어지게!"

곁에 앉은 중 하나가 뒤를 따라 핀잔을 하는 바람에 화가 더 치밀었으나, 진수의 권하는 말에 치삼 노인은 다행히(!) 무사하게 밖으로 나왔다. 그러나 "허 참 복 받겠다고 멀쩡한 자기 논 시주해놓고 저런 설움을 받다니 온!" 하는 젊은 사람들의 말도 들은 체 만체, 뼈만 남아 왈왈 떨리는 다리를 끌고 자기 집으로 돌아갔다.

다른 사람들은 그래도 진수네 집 대문 밖에, 노 우거지상을 하고 앉아서 어서 술이 끝나기를 기다렸다. 그러다가 더러는 두덜거리며 돌아가고, 잡담이나 하고 고누[17]나 두던 늙은 친구들도 나중에는 역시 불평이 나왔다.

"제―기, 간평을 나온 겐가, 술을 먹으러 나온 겐가? 아무 작정을 모르겠군."

머리끝이 희끔희끔한 친구가 이렇게 불퉁하니깐, 곁에 있던 까만 딱지가,

"글쎄 말야. 이것들이 또 논을랑 둘러보지도 않고, 앉아서만 소작료를 정할 것 아닌가?"

"제―기, 우, 우리 논에는 또 안― 가겠군. 자―작년에도 앉아서

---

17 땅바닥이나 사방 30cm쯤 되는 널판에 여러 가지 모양의 판을 그리고 돌, 나뭇가지, 풀잎 등을 말로 삼아 승부를 결정짓는 놀이.

세만 자—자 잔뜩 매더니…….

봉구란 놈도 한마디 보태었다.

"설마 자기들도 사람인 이상 금년만은 무슨 생각이 있을 테지!"

한 시절 보천교普天敎[18]에 미쳐서 정감록이 어떠니 하고 다니던 최서방의 말이다. 삼십을 겨우 지난 놈이 아직도 상투를 달고, 거짓말 싱거운 소리라면 '소진장의蘇秦張儀'[19]라도 못 따를 것이고, 한동안 보천교에 반했을 때는 '육조판서'가 곧 된다고 허풍을 치던 위인이다.

"이 사람 판서, 설마가 사람 죽이는 걸세. 생각은 무슨 생각! 자네 판서나 마찬가지지 뭐."

톡 쏘는 놈은, 일본서 탄광 밥 먹다 온 까만 딱지 또쭐이었다.

이윽고 술이 끝났다. 모가지 짬까지 벌겋도록 취해서 나서는 간평원들! 금테 안경을 쓴 진수 아내가 사립 밖까지 나와서 배웅을 하자, 그들은 인도하는 진수의 뒤를 따라서 단장과 함께 비틀거렸다. 그러한 그들의 뒤에는, 얼굴이 노랗고 여윈 소작인들이 마치 유형수流刑囚처럼 묵묵히 따랐다.

술 취한 양반들에게 옳은 간평이 될 리 없었다—그저 작인들의 말은 마이동풍 격으로, 논두렁에도 바특이[20] 들어서 보는 법도 없이 다만 진수하고만 알아듣지도 못할 왜말을 주절거리면서, 그야말로 처삼촌 산소 벌초하듯이 흐지부지 지나갈 뿐이었다. 그러면

<hr>

18 일제 강점기인 1911년에 전라북도에서 창시한 신종교.
19 소진蘇秦과 장의張儀처럼 말솜씨가 좋은 사람을 이르는 말.
20 두 사물의 사이가 꽤 가깝게.

서도 짐짓 성실한 듯이 이따금 단장을 쳐들어 여기저기를 가리키기도 하고, 혹은 수첩에 무엇인가를 적어 넣으면서.

그렇게 허수아비처럼 흐느적거리며 들깨의 논 곁을 지날 때였다.

"왜 메밀을 갈았소?"

시봉은 들깨의 수인사 대답으로 이렇게 물었다.

"헐 수 있어야죠. 마른 모포기 기다렸댔자 열음 않을 게고……."

들깨는 한 손에는 콩대, 한 손에는 낫을 든 채 열적게 대답했다.

"메밀은 잘됐구면."

"뭘요, 이것도 늦게 뿌려서……."

들깨는 시봉의 다음 말을 두려워하는 태도였다.

다른 사람들은 슬금슬금 앞 두렁으로 걸어갔다. 거기서는 아기를 등에 업은 들깨의 아내와 누이동생이 바쁘게 두렁콩을 베고 있었다. 덕아는 열일곱의 처녀로서는 놀랄 만큼 어깻죽지가 벌어지고, 돌아앉은 뒷모습이 한결 탐스러웠다. 자기 뒤에 가까이 낯선 사내들이 와 선 것을 깨닫자, 푹 눌러쓴 수건 밑으로 엿보이는 두 볼이 적이 붉어진 듯은 하나, 낫을 든 손은 여전히 쉴 새가 없었다.

"오빠! 왜 암말도 못했소?"

간평꾼들이 물러가자, 덕아는 시무룩해가지고 돌아오는 들깨를 안타까운 듯이 쳐다보았다.

"말은 무슨 말을 해?"

"세 좀 매지 말라구……."

"그놈들 제멋대로 매는 걸 어떻게."

"그럼 오빠는 이까짓 메밀 간 세도 바치려네?"

덕아는 자못 서글퍼하는 말씨였다.

"글쎄, 먹고 남으면 바치지!"

들깨는 픽 웃었다. 그는 최근에 와서 갑자기 무던히 배짱이 커졌다. 덕아는 오빠의 말에 확실히 일종의 미더움을 느꼈다. 그러나 허리에 낫을 여전히 꽂은 채 담배만 빡빡 피우고 앉은 오빠의 마음속은 결코 그리 후련한 것은 아니었다. 그렇다고 해서 메밀밭 위를 바삐 나는 고추잠자리처럼 조급하지도 않았지만.

이튿날 저녁, 동네 사람들은 진수의 집 사랑에 불려 가서, 진수의 입으로부터 제각기 소작료를 들어 알았다. 그리고 그 무서운 결정에 다들 놀랐다.

그러나 가장 현대적 마름인 소위 평의원 앞에서, 버릇없이 덤뻑 불평을 늘어놓다가는 어느 수작에 어떻게 될지 모르는 형편이라, 작인들은 내남없이 "허 참! 톡톡 다 떨어봐두 그렇게 될 둥 말 둥한데……?" 따위의 떡심 풀린 걱정 말이나 중얼거릴 뿐 모두 맥없이 돌아갔다.

들깨와 철한이들 ─ 이 동네 교풍 회장인 쇠다리 주사의 말을 빌리면 동네서 제일 콧등이 세고 어긋난 놈들은 벌써 버릇이 되어서, 미리 의논이라도 한 듯이, 그날 밤에도 진수의 집에서 나오자 슬슬 야학당으로 모여들었다. 어느새 왔는지 곰보 고 서방도 작은방 한쪽 구석에, 다른 때보다 한풀 더 힘없이 쭈그리고 앉아 있었다. 이윽고 불강아지 새끼 같은 야학생들을 죄 돌려보내고는, 까만 딱지 또쭐이가 큰방으로부터 돌아왔다. 더펄더펄 자란 머리털 위에 분필 가루를 허옇게 쓰고─ 서른세 살로서는 엄청나게 늙어 보이는 얼굴이었다.

이렇게 소위 콧등이 센 놈들은 저녁마다 야학당에 모여서, 그날 그날의 피로를 잊어가며 잡담도 하고 농담들도 하다가는, 또쭐이 로부터 일본의 탄광 이야기도 듣고, 또 이곳저곳에서 일어나는 소작쟁의 얘기도 들었다. 더구나 소작쟁의에 관한 이야기는 마치 자기들의 일같이 눈을 끔벅거리며, 혹은 입을 다물고 들었다.

그날 밤에도 그들은 이슥토록 거기 모여서 놀았다. 그러다가 마침내, 나올 곳 없는 그해 소작료를 어떻게 할까 하는 말이 누구의 입에선지 나오게 되었다.

7

쇠다리 주사 댁 감나무에 알감이 주렁주렁 달리고, 여물어진 박들이 희뜩희뜩 드러난 잿빛 지붕에 고추가 빨갛게 널리자 가을은 깊을 대로 깊었다.

그러나 농민들의 생활은 서리 맞은 나뭇잎같이 점점 오그라져서, 밤이면 야학당에 모여드는 친구가 부쩍 늘어갔다. 하룻밤에는 몇 사람이 쇠다리 주사 댁 감을 따 왔다.

"빨리들 먹게!"

또쭐이는 뒷일이 떠름했지만, 다른 친구는 오히려 고소한 듯한 표정들을 하였다.

"아따, 개똥이 저놈, 나무 재주는 아주 썩 잘해! 그저 이 가지 저

가지 휘뚝휘뚝 타고 다니는 것이 꼭 귀신같데."

철한이는 먹기보다 감 따던 이야기를 더 재미있게 했다.

"먹고 싶어 먹었다, 체하지는 말어라!"

한 놈이 벌써부터 두 가슴을 두드린다. 그리면서도 또 한 개를 골라 든다. 사실, 퍼런 콩잎이랑 고춧잎 따위에 물린 그들의 입에 감은 확실히 일종의 별미였다.

"제—기, 또 연설 마디나 있겠지?"

또쭐이가 담배를 피워 물며 구두덜대니깐,[21] 바로 곁에 있던 고서방이,

"연설 아니라, 무릎을 꿇고 빌어도 허는 수 없지!"

자칫하면 동네 집회소— 이 야학당에다 사람들을 모아놓고, 소위 사상 선도의 연설이 있곤 하였다. 그러나 연설만으로써 어떻게 될 리는 만무하였다. 더구나, 속이 빤히 들여다보이는 교풍 회장 쇠다리 주사나 진흥 회장 진수 따위가 시부렁대는 설교에는 인제 속을 사람은 없었다.

지금은 누가 뭐라고 하더라도, 농민들은 결국 자기들대로 하는 수밖에 없었다. 소작료도 빚도 이젠 전과 같이는 두렵지가 않았다. 그저 제가 지은 곡식이면 모조리 떨어다 먹었다. 뿐만 아니라, 가다가는 남의 것에도 손이 갔다. 그러할수록 동네의 소위 유산자인 쇠다리 주사와 진수의 신경은 극도로 날카로워졌다.

이튿날 아침, 철한이는 안골 논에서 콧노래를 흥얼거리면서 바

---

21 마음에 들지 않아서 혼자 자꾸 군소리를 하다.

쁘게 낫을 휘둘렀다. 찬물내기[22]가 되어서 거기만은 겨우 가뭄을 덜 타고, 제법 벼 이삭이 고개를 숙였다. 그는 잇달아 흥타령을 부르면서, 지난밤 어머니에게서 처음으로 들은, 자기의 혼삿말을 문득 생각하였다. 상대자는 성동리에서 제일 얌전하다는 덕아였다. 한동안 치삼 노인이 쇠다리 주사의 꿀떡 같은 말에 꾀였을 때는, 쇠다리의 첩으로 가게 되느니 어쩌느니 하는 소문이 퍼져서 울고불고하던 덕아가 결국 자기에게 오련다는 것이었다. 물론 그 이면에는 오빠 들깨의 숨은 힘이 크리라는 것을 생각하면, 들깨가 한없이도 고마웠다. 철한이의 머릿속에는 자꾸만 덕아가 떠올랐다. 한동네에 살면서도 자기와 마주치면 곧잘 귀밑을 붉히며 지나가던 덕아! 또렷한 콧잔등에 무엇을 노 생각는 듯한 두 눈! 그리고……그렇다. 지난봄 덕아가 바로 그 논에 모내기를 왔을 때 본 그 희고 건강한 팔다리! ─예까지 생각하다가 철한이는 혼자서 픽 웃으며 머리를 절절 흔들어 공상을 흩어버리고는, 베어둔 볏단을 주섬주섬 안아서 지게에 얹었다.

그걸 해 지고, 총총히 자기 집 돌담을 돌아올 때, 그는 갑자기 발을 무춤 멈추었다. 안에서 뜻밖에 아버지의 고함 소리가 새어 나왔기 때문이다.

"미친 생각 말어! 이런 엉쇠판[23]에 뭐 자식 장가?"

철한이는 그 말에, 일껏 가졌던 희망이 덜컥 무너지는 것 같았다. 그리고 그 자리에 서 있는 것이 행여 누가 볼까 부끄럽기도 했

---

22 찬물배미. 찬물이 솟아나거나 흘러들어와 늘 물이 고여 있는 논배미.
23 엉세판. 살아가기 어렵도록 가난한 형세.

지만, 잠깐 더 어름댔다.

"자식을 두었으면 으레 장가를 들여야지, 그럼 살기 딱하다고 언제까지나⋯⋯."

어머니의 눈물겨운 대꾸가 들렸다.

"그래도 곧 잘했다는 게로군. 앙큼한 년 같으니!"

"어디 종년으로 아시우? 늙어가며 툭하면 이년 저년 하게."

"저런 죽일 년 좀 봐!"

"죽일려든 죽여줘요. 나도 임자에게 와서 스무 해가 넘도록 종노릇도 무던히 해주고 자식도 장가들 나인데, 인젠 이년 저년 하는 소린 더 듣기 싫어요."

"저년이 누구 앞에서 곧장 대꾸를 종종거리는 거야! 예끼, 미친 년, 죽어라 죽어!"

아버지의 벼락같은 호통과 함께 질그릇 부서지는 소리가 나더니, 이내 어머니의 외마디 소리까지 들렸다.

철한이는 부리나케 집으로 들어갔다. 아버지는 어느새 어머니의 머리채를 움켜쥐고 있었다.

"제발, 이것 좀 놔요. 잘못했소, 내 잘못했소."

어머니는 머리를 얼싸쥐고 빌었다.

"아버지! 이거 노세요. 아무리 짜증이 나시더라도 이게 무슨 꼴이여요. 이웃 사람 웃으리다."

아들이 뒤에서 안고 말리니까, 아버지는 못 이기는 듯이 떨어졌다. 허나 분을 못 참고서,

"이 죽일 년아, 나는 여태 누구 종노릇을 해왔기에? 너희들이 들

308

어서 내 뼉다귀까지 깎아 먹지 않았나? 응, 이 소견머리 없는 년아!"

그러면서 부들부들 떨었다.

싸움 바람에 식겁을 한 막내아들 놈은 아침밥도 얻어먹지 못하고서 눈물만 그렁그렁해가지고 학교로 떠났다.

어머니는 한참 동안 넋 잃은 사람처럼 되어서 뒤꼍 치자나무 앞에 앉아 있었다. 외양간 앞으로 돌아가 혼자 울가망하게 서서 홧담배만 피워대는 아버지의 손아귀에는, 바칠 기한이 지난 세금 고지서와 함께 농사조합에서 빌려 쓴 비료 대금 독촉장이 꾸겨져 들려 있었다. 그는 문득 외양간 안으로 쑥 들어가더니, 순순히 서 있는 쇠 등을 슬쩍 쓰다듬어본다. 그것이 마치 악착한 생활에 함께 부대낀 자기의 아내나 되는 듯이…… 긴 눈썹 속으로 움푹 들어간 그의 눈에는 어느새 웬 눈물까지 고여 있었다.

철한이의 결혼은, 그리고 약 한 달 뒤에 행례[24]가 있었다.

8

"아이고, 어느 도둑놈이 그 벼를 베어 갔을까? 생벼락을 맞아 죽을 놈! 그 벼를 먹구 제가 살 줄 알아…… 창자가 터질 꺼여 터져!"
하며 봉구 어머니가 몽당치마 바람으로 이 골목 저 골목 외고 다니고, 호세 징수를 나온 면서기가 그녀를 찾아다니던 날, 성동리에서

24 行禮, 예식을 행함.

는 구장 이외 고 서방, 들깨, 또쭐이 들 사오 인이 대표가 되어 보광사 농사조합으로 나갔다. 그들의 하소연은, 자기들이 봄에 빌려 쓴 소위 저리자금의―대부분은 비료 대금이지만―지불 기한을 조금 더 연기해달라는 것이었다.

보광사 소작인들은 해마다 소작료와 또 소작료 매석에 대해서 너 되씩이나 되는 조합비와, 비료 대금과 그것에 따른 이자를 바쳐야만 되었다. 그리고 비료 대금은 갚는 기한이 해마다 호세와 같았다.

의젓하게 교의에 기댄 채 인사도 받는 양 마는 양하는 이사님은, 빌듯이 늘어놓는 구장의 말을랑 귀 밖으로, 한참 '시끼시마'[20] 껍데기에 낙서만 하고 있더니, 문득 정색을 하고는,

"그런 귀치않은 논은 부치지 않는 게 어때요?"

해 던졌다.

"……"

"해마다 이게 무슨 짓들이오? 나두 인젠 그런 우는소리는 듣기만이라도 귀치않소. 호세만 내고 버티겠거든 어디 한번 버티어들 보시구려!"

"누가 어디 조합 돈은 안 내겠다는 겁니까. 조금만 연기를 해달라는 거지요."

이번에는 또쭐이가 말을 받았다.

"내든 안 내든 당신들 입맛대로 해보시오. 난 이 이상 더 당신들

25 일본국의 딴 이름으로 당시 담배 이름.

과는 이야기 않겠소."

이사님은 살결 좋은 얼굴에 적이 노기를 띠더니, 그들 틈에 끼어 있는 곰보를 힐끗 보고서는,

"고 서방 당신은 또 뭘 하러 왔소? 작년 것도 못다 내고서 또 무슨 낯으로 여기 오우?"

매섭게 꼬집었다. 그리고 그는 다시 장부를 뒤적거리면서, 하던 일을 계속했다. 일행은 허탕을 치고 밖으로 나왔다.

그리고 며칠 뒤, 저수지 밑 고 서방의 논을 비롯하여 여기저기에, 그예 입도차압立稻差押의 팻말이 붙기 시작했다.

농민들은 알아보지도 못하는 그 차압 팻말을 몇 번이나 들여다보고 또 들여다보았다—피땀을 흘려가면서 지은 곡식에 손도 못 대다니? 그들은 억울하고 분하다기보다, 꼼짝없이 이젠 목숨을 빼앗긴다는 생각이 앞섰다.

고 서방은 드디어 야간도주를 하고 말았다.

"이렇게 비가 오는데, 그 어린것들을 데리고 어디로 갔을까?"

이튿날 아침, 동네 사람들은 애 터지는 말로써 그들의 뒤를 염려했다.

무심한 가을비는 진종일, 고 서방이 지어두고 간 벼 이삭과 차압 팻말을 휘두들겼다.

무슨 불길한 징조인지 새벽마다 당산등에서 여우가 울어대고, 외상술도 먹을 곳이 없어진 농민들은 저녁마다 야학당이 터지게 모여들었다.

그리하여 하루아침, 깨어진 징 소리와 함께 성동리 농민들은 일

제히 야학당 뜰로 모였다. 그들의 손에는 열음 못 한 빈 짚단이며 콩대, 메밀대가 잡혀 있었다.

이윽고 그들은 긴 줄을 지어가지고 차압 취소와 소작료 면제를 탄원해보려고 묵묵히 마을을 떠났다. 아낙네들은 전장에나 보내는 듯이 돌담 너머로 고개를 내가지고 남정들을 보냈다. 만약 보광사에서 들어주지 않는다면— 하고 뒷일을 염려했다.

그러나 또쭐이, 들깨, 철한이, 봉구—이들 장정을 선두로 빈 짚단을 든 무리들은 어느새 벌써 동네 뒤 산길을 더우잡았다. 철없는 아이들도 행렬의 꽁무니에 붙어서 절 태우러 간다고 부산히 떠들어댔다.

— 〈조선일보〉, 1936. 1. 8~23.

1908년	9월 26일 경남 동래군에서 출생.
1913년	서당에서 증조부의 지도로 한학을 배움.
1919년	사립 명정학교 입학 후 3·1 운동에 참가.
1923년	서울 중앙고등보통학교에 입학.
1924년	동래고등보통학교로 전학 후 동맹 휴학에 참가.
1928년	동래고등보통학교 졸업 후 울산 대현공립보통학교 교원으로 부임되나 조선인교원연맹을 결성하려다 피검되 교사직을 그만둠.
1929년	일본 도쿄 제일외국어학원에서 수학. 〈조선일보〉, 〈동아일보〉, 〈조선시단〉 등에 필명으로 시 다수 발표.
1930년	와세다 대학 부속 제일고등학원 문과 문학부에 입학.
1932년	여름방학 때 귀향하여 농조 활성화를 위한 사업을 펼치다 피검되어 학업 중단. 〈문학건설〉에 단편소설 〈그물〉 발표.
1933년	남해공립보통학교 교원으로 부임.
1936년	〈조선일보〉 신춘문예에 단편소설 〈사하촌〉 당선.
1940년	교원직을 그만두고 동아일보 동래지국을 맡았으나 치안유지법 위반으로 피검된 후 경남도청 면포조합 서기로 취직하여 근무.
1945년	경남인민위원회 문화부에서 활동. 〈민주신보〉 논설위원으로 취임.

1947년	부산중학교 교사로 부임. 한국예술문화단체총합연회 부산지부장 역임.
1950년	부산대학교 조교수로 취임.
1954년	부산대학교 강사로 강등. 경남 지역 진보 단체인 민족문화협회에서 활동.
1955년	부산대학교 조교수 자격 인정 후 부교수로 승진.
1959년	부산시문화상 수상.
1960년	부산대학교 문리대 문학부장 역임.
1961년	5 · 16 군사쿠데타 이후 부산대학교 파면.
1965년	부산대학교 전임 강사로 복직 후 조교수로 승진.
1969년	부산대학교 정교수 발령. 중편소설 〈수라도〉로 한국문학상 수상.
1971년	눌원문화상, 문화예술상 수상.
1974년	부산대학교 정년퇴직.
1984년	요산문학상 제정.
1987년	개헌 촉구 33인 시국선언에 동참. 민족문학작가회의 초대회장 피선.
1994년	민족문학작가회의 명예회장에 추대. 심산상 수상.
1996년	11월 28일 사망.

날개

박제가 된 천재, 요절한 한국 문학의 이단아 **이상**

이상

李箱, 1910~1937

본명 김해경金海卿. 학창 시절부터 시와 그림에 재능을 나타냈다. 1929년 경성고등공업학교 건축과를 수석으로 졸업하고 조선총독부 내무국의 건축과 기수로 취직했다. 1930년 잡지 〈조선〉에 장편소설 《12월 12일》을 연재했으며, 1931년 조선미술전람회에서 〈자상〉으로 입선했다. 같은 해 건축학회지 〈조선과 건축〉에 〈이상한 가역반응〉을 비롯해 20여 편의 시를, 1932년 단편소설 〈지도와 암실〉 〈휴업과 사정〉을 발표했다. 1933년 폐결핵으로 총독부 기수직을 사임, 황해도 배천온천에서 요양 중 기생 금홍을 만났다. 1934년 구인회에 참여했으며, 〈조선중앙일보〉에 〈오감도〉를 발표함으로써 사회적 파문을 일으켰다.

1935년 다방 '제비'를 폐업하고 금홍과 결별, 다음 해 변동림과 결혼 후 대표작 〈날개〉를 발표하고 새로운 문물을 경험하기 위해 일본 도쿄로 건너갔다. 1937년 불온한 조선인으로 지목되어 일본 경찰에 체포 · 감금된 후, 건강이 악화되어 같은 해 4월 17일 도쿄 제국대학 부속병원에서 사망했다.

주요작품으로 〈거울〉 〈오감도〉 등의 시와 소설 〈날개〉 〈종생기〉, 수필 〈권태〉 등이 있다.

> 한국 최초의 심리소설이자
> 20세기 한국 모더니즘의 결정체

〈날개〉는 1936년 9월 〈조광〉에 발표된 이상의 대표작으로 한 지식인의 소모적이고 자학적이며, 해체적이기까지 한 삶을 의식의 흐름에 따라 서술한 한국 최초의 심리주의 소설이다.

근대의 도래는 한 인간을 자유롭고 합리적인 존재로 만들어주었지만, 반면 계급적 · 성적으로 확고했던 정체성의 뿌리를 흔들고, 그 자리를 자본이 대신하게 만들기도 했다. 그런데 이 변화가 우리에겐 너무 짧은 시간 안에 발생했고, 그래서 과거와 현재가 더 많이 혼재할 수밖에 없었으며, 그로 인해 자의식의 분열이 더욱 클 수밖에 없었다. 〈날개〉는 바로 이 변화의 당대적 결과, 곧 정체성의 상실과 그로 인한 혼란, 그 혼란이 야기하는 더 큰 자의식의 분열을 보여준 소설이다. 계몽을 상징하는 햇빛과 햇빛이 들지 않는 좁은 방, 아내와의 역전된, 비정상적이기까지 한 관계, 도덕적 · 윤리적 전도, 외출을 감행할 때 아내가 준 돈을 버리는 행위 등은 이 변화의 과정을 비유하고, 존재의 처지를 상징한다. 그럼에도 이 분열의 강도는 너무 커서 명확한 행위나 명료한 서술을 얻지 못한 채 의식의 흐름에 따라 쪼개서 제시하고, 탈출 혹은 극복마저 현실의 차원이 아닌 '날개'라는 상징을 통한 의식의 차원에서 제시될 수밖에 없다. 이것이 곧 〈날개〉의 세계다.

이상은 다다이즘부터 초현실주의까지, 모더니즘의 사유와 기법을 본래 자신의 것이었던 양 사용할 수 있었던 천재였고, 그래서 이단아였으며, 모더니즘의 한국판 결정체를 만든 작가였다.

날개

'박제가 되어버린 천재'를 아시오? 나는 유쾌하오. 이런 때 연애까지가 유쾌하오.

육신이 흐느적흐느적하도록 피로했을 때만 정신이 은화처럼 맑소. 니코틴이 내 횟배 앓는 배 속으로 숨으면 머릿속에 의례히 백지가 준비되는 법이오. 그 위에다 나는 위트와 패러독스를 바둑 포석처럼 늘어놓소. 가공할 상식의 병이오.

나는 또 여인과 생활을 설계하오. 연애 기법에마저 서먹서먹해진, 지성의 극치를 흘낏 좀 들여다본 일이 있는 말하자면 일종의 정신분일자精神奔逸者 말이오. 이런 여인의 반―그것은 온갖 것의 반이오―만을 영수領受하는 생활을 설계한다는 말이오. 그런 생활 속에 한 발만 들여놓고 흡사 두 개의 태양처럼 마주 쳐다보면서 낄낄

거리는 것이오. 나는 아마 어지간히 인생의 제행이 싱거워서 견딜
수가 없게쯤 되고 그만둔 모양이오 굿바이.

　—굿바이. 그대는 이따금 그대가 제일 싫어하는 음식을 탐식
하는 아이러니를 실천해보는 것도 좋을 것 같소 위트와 패러독스
와…….

　그대 자신을 위조하는 것도 할 만한 일이오. 그대의 작품은 한 번
도 본 일이 없는 기성품에 의하여 차라리 경편하고 고매하리라.

　19세기는 될 수 있거든 봉쇄하여 버리오. 도스트엡스키 정신이
란 자칫하면 낭비인 것 같소. 위고를 불란서의 빵 한 조각이라고는
누가 그랬는지 지언인 듯싶소. 그러나 인생 혹은 그 모형에 있어서
디테일 때문에 속는다거나 해서야 되겠소? 화禍를 보지 마오. 부디
그대께 고하는 것이니…….

　(테이프가 끊어지면 피가 나오. 생채기도 머지않아 완치될 줄
믿소. 굿바이)

　감정은 어떤 포스. (그 포스의 소素만을 지적하는 것이 아닌지나
모르겠소.) 그 포스가 부동자세에까지 고도화할 때 감정은 딱 공
급을 정지합네다.

　나는 내 비범한 발육을 회고하여 세상을 보는 안목을 규정하
였소.

여왕봉과 미망인—세상의 하고많은 여인이 본질적으로 이미 미망인 아닌 이가 있으리까? 아니! 여인의 전부가 그 일상에 있어서 개개 '미망인'이라는 내 논리가 뜻밖에도 여성에 대한 모독이 되오? 굿바이.

그 33번지라는 것이 구조가 흡사 유곽이라는 느낌이 없지 않다. 한 번지에 18가구가 죽— 어깨를 맞대고 늘어서서 창호가 똑같고 아궁이 모양이 똑같다. 게다가 각 가구에 사는 사람들이 송이송이 꽃과 같이 젊다. 해가 들지 않는다. 해가 드는 것을 그들이 모른 체하는 까닭이다. 턱살밑[1]에다 철줄을 매고 얼룩진 이부자리를 널어 말린다는 핑계로 미닫이에 해가 드는 것을 막아버린다. 침침한 방 안에서 낮잠들을 잔다. 그들은 밤에는 잠을 자지 않나? 알 수 없다. 나는 밤이나 낮이나 잠만 자느라고 그런 것은 알 길이 없다. 33번지 18가구의 낮은 참 조용하다.

조용한 것은 낮뿐이다. 어둑어둑하면 그들은 이부자리를 걷어 들인다. 전등불이 켜진 뒤의 18가구는 낮보다 훨씬 화려하다. 저물도록 미닫이 여닫는 소리가 잦다, 바빠진다. 여러 가지 내음새가 나기 시작한다. 비웃 굽는 내 탕고도란[2] 내 뜨물 내 비누 내…….

그러나 이런 것들보다도 그들의 문패가 제일로 고개를 끄덕이게 하는 것이다. 이 18가구를 대표하는 대문이라는 것이 일각이 져서 외따로 떨어지기는 했으나 있다. 그러나 그것은 한 번도 닫

---

1 '턱밑'을 속되게 이르는 말.
2 1930년대 여성들이 많이 쓰던 화장품의 하나.

힌 일이 없는 행길이나 마찬가지 대문인 것이다. 온갖 장사치들은 하루 가운데 어느 시간에라도 이 대문을 통하여 드나들 수가 있는 것이다. 이네들은 문간에서 두부를 사는 것이 아니라 미닫이만 열고 방에서 두부를 사는 것이다. 이렇게 생긴 33번지 대문에 그들 18가구의 문패를 몰아 다 붙이는 것은 의미가 없다. 그들은 어느 사이엔가 각 미닫이 위 백인당이니 길상당이니 써 붙인 한 곁에다 문패를 붙이는 풍속을 가져버렸다.

내 방 미닫이 위 한 곁에 칼표³ 딱지를 넷에다 낸 것만 한 내─아니! 내 아내의 명함이 붙어 있는 것도 이 풍속을 좇은 것이 아닐 수 없다.

나는 그러나 그들의 아무와도 놀지 않는다. 놀지 않을 뿐만 아니라 인사도 않는다. 나는 내 아내와 인사하는 외에 누구와도 인사하고 싶지 않았다.

내 아내 외의 다른 사람과 인사를 하거나 놀거나 하는 것은 내 아내 낯을 보아 좋지 않은 일인 것만 같이 생각이 들었기 때문이다. 나는 이만큼까지 내 아내를 소중히 생각한 것이다.

내가 이렇게까지 내 아내를 소중히 생각한 까닭은 이 33번지 18가구 가운데서 내 아내가 내 아내의 명함처럼 제일 작고 제일 아름다운 것을 안 까닭이다. 18가구에 각기 별러 든 송이송이 꽃들 가운데서도 내 아내는 특히 아름다운 한 떨기의 꽃으로 이 함석지붕 밑 별

---

3 일제 강점기의 담뱃갑 상표 도안.

안 드는 지역에서 어디까지든지 찬란하였다. 따라서 그런 한 떨기 꽃을 지키고―아니 그 꽃에 매달려 사는 나라는 존재가 도무지 형언할 수 없는 거북살스러운 존재가 아닐 수 없었던 것은 물론이다.

나는 어디까지든지 내 방이―집이 아니다. 집은 없다.―마음에 들었다. 방 안의 기온은 내 체온을 위하여 쾌적하였고 방 안의 침침한 정도가 또한 내 안력을 위하여 쾌적하였다. 나는 내 방 이상의 서늘한 방도 또 따뜻한 방도 희망하지는 않았다. 이 이상으로 밝거나 이 이상으로 아늑한 방을 원하지 않았다. 내 방은 나 하나를 위하여 요만한 정도를 꾸준히 지키는 것 같아 늘 내 방이 감사하였고 나는 또 이런 방을 위하여 이 세상에 태어난 것만 같아서 즐거웠다.

그러나 이것은 행복이라든가 불행이라든가 하는 것을 계산하는 것은 아니었다. 말하자면 나는 내가 행복되다고도 생각할 필요가 없었고 그렇다고 불행하다고도 생각할 필요가 없었다. 그냥 그날 그날을 그저 까닭 없이 편둥편둥 게을르고만 있으면 만사는 그만이었던 것이다.

내 몸과 마음에 옷처럼 잘 맞는 방 속에서 뒹굴면서 축 처져 있는 것은 행복이니 불행이니 하는 그런 세속적인 계산을 떠난 가장 편리하고 안일한 말하자면 절대적인 상태인 것이다. 나는 이런 상태가 좋았다.

이 절대적인 내 방은 대문간에서 세어서 똑― 일곱째 칸이다. 러키세븐의 뜻이 없지 않다. 나는 이 일곱이라는 숫자를 훈장처럼 사랑하였다. 이런 이 방이 가운데 장지로 말미암아 두 칸으로 나뉘어 있었다는 그것이 내 운명의 상징이었던 것을 누가 알랴?

아랫방은 그래도 해가 든다. 아침결에 책보만 한 해가 들었다가
오후에 손수건만 해지면서 나가버린다. 해가 영영 들지 않는 윗방
이 즉 내 방인 것은 말할 것도 없다. 이렇게 볕 드는 방이 아내 해이
오 볕 안 드는 방이 내 방이오 하고 아내와 나 둘 중에 누가 정했는
지 나는 기억하지 못한다. 그러나 나에게는 불평이 없다.

아내가 외출만 하면 나는 얼른 아랫방으로 와서 그 동쪽으로 난
들창을 열어놓고 열어놓으면 들이비치는 볕살이 아내의 화장대를
비쳐 가지각색 병들이 아롱이 지면서 찬란하게 빛나고 이렇게 빛
나는 것을 보는 것은 다시없는 내 오락이다. 나는 조끄만 '돋보기'
를 꺼내가지고 아내만이 사용하는 지리가미⁴를 끄슬러가면서 불
장난을 하고 논다. 평행 광선을 굴절시켜서 한 초점에 모아가지고
고 초점이 따끈따끈해지다가 마지막에는 종이를 끄스르기 시작하
고 가느다란 연기를 내면서 드디어 구멍을 뚫어놓는 데까지에 이
르는 고 얼마 안 되는 동안의 초조한 맛이 죽고 싶을 만치 내게는
재미있었다.

이 장난이 싫증이 나면 나는 또 아내의 손잡이 거울을 가지고 여
러 가지로 논다. 거울이란 제 얼굴을 비칠 때만 실용품이다. 그 외
의 경우에는 도무지 장난감인 것이다.

이 장난도 곧 싫증이 난다. 나의 유희심은 육체적인 데서 정신적

4 일본어로 '휴지'를 뜻함.

인 데로 비약한다. 나는 거울을 내던지고 아내의 화장대 앞으로 가까이 가서 나란히 늘어놓인 고 가지각색의 화장품 병들을 들여다본다. 고것들은 세상의 무엇보다도 매력적이다. 나는 그중의 하나만을 골라서 가만히 마개를 빼고 병 구멍을 내 코에 가져다 대고 숨죽이듯이 가벼운 호흡을 하여본다. 이국적인 센슈얼한 향기가 폐로 스며들면 나는 저절로 스르르 감기는 내 눈을 느낀다. 확실히 아내의 체취의 파편이다. 나는 도로 병마개를 막고 생각해본다. 아내의 어느 부분에서 요 내음새가 났던가를…… 그러나 그것은 분명치 않다. 왜? 아내의 체취는 요기 늘어섰는 가지각색 향기의 합계일 것이니까.

아내의 방은 늘 화려하였다. 내 방이 벽에 못 한 개 꽂히지 않은 소박한 것인 반대로 아내 방에는 천장 밑으로 쫙 돌려 못이 박히고 못마다 화려한 아내의 치마와 저고리가 걸렸다. 여러 가지 무늬가 보기 좋다. 나는 그 여러 조각의 치마에서 늘 아내의 동체胴體와 그 동체 될 수 있는 여러 가지 포즈를 연상하고 연상하면서 내 마음은 늘 점잖지 못하다.

그렇건만 나에게는 옷이 없었다. 아내는 내게는 옷을 주지 않았다. 입고 있는 코르덴 양복 한 벌이 내 자리옷이었고 통상복과 나들이옷을 겸한 것이었다. 그리고 하이넥의 스웨터가 한 조각 사철을 통한 내 내의다. 그것들은 하나같이 다 빛이 검다. 그것은 내 짐작 같아서는 즉 빨래를 될 수 있는 데까지 하지 않아도 보기 싫지 않도록 하기 위한 것이 아닌가 한다. 나는 허리와 두 가랑이 세 군데다— 고무 밴드가 끼워 있는 부드러운 사루마다를 입고 그리고 아무 소리 없이 잘 놀았다.

어느덧 손수건만 해졌던 볕이 나갔는데 아내는 외출에서 돌아오지 않는다. 나는 요만 일에도 좀 피곤하였고 또 아내가 돌아오기 전에 내 방으로 가 있어야 될 것을 생각하고 그만 내 방으로 건너간다. 내 방은 침침하다. 나는 이불을 뒤집어쓰고 낮잠을 잔다. 한 번도 건은 일이 없는 내 이부자리는 내 몸뚱이의 일부분처럼 내게는 참 반갑다. 잠은 잘 오는 적도 있다. 그러나 또 전신이 까칫까칫하면서 영 잠이 오지 않는 적도 있다. 그런 때는 아무 제목으로나 제목을 하나 골라서 연구하였다. 나는 내 좀 축축한 이불 속에서 참 여러 가지 발명도 하였고 논문도 많이 썼다. 시도 많이 지었다. 그러나 그것들은 내가 잠이 드는 것과 동시에 내 방에 담겨서 철철 넘치는 그 흐늑흐늑한 공기에 다— 비누처럼 풀어져서 온데간데가 없고 한잠 자고 깬 나는 속이 무명 헝겊이나 메밀껍질로 띵띵 찬 한 덩어리 베개와도 같은 한벌 신경이었을 뿐이고 뿐이고 하였다.

그러기에 나는 빈대가 무엇보다도 싫었다. 그러나 내 방에서는 겨울에도 몇 마리씩의 빈대가 끊이지 않고 나왔다. 내게 근심이 있었다면 오직 이 빈대를 미워하는 근심일 것이다. 나는 빈대에게 물려서 가려운 자리를 피가 나도록 긁었다. 쓰라리다. 그것은 그윽한 쾌감에 틀림없었다. 나는 혼곤히 잠이 든다.

나는 그러나 그런 이불 속의 사색 생활에서도 적극적인 것을 궁리하는 법이 없다. 내게는 그럴 필요가 대체 없었다. 만일 내가 그런 좀 적극적인 것을 궁리해 내었을 경우에 나는 반드시 내 아내와 의논하여야 할 것이고 그러면 반드시 나는 아내에게 꾸지람을 들을 것이고—나는 꾸지람이 무서웠다느니보다도 성가셨다. 내가 제법 한 사람의 사회인의 자격으로 일을 해보는 것도, 아내에게 사설 듣는 것도 나는 가장 게으른 동물처럼 게으른 것이 좋았다. 될 수만 있으면 이 무의미한 인간의 탈을 벗어버리고도 싶었다.

나에게는 인간 사회가 스스러웠다.[5] 생활이 스스러웠다. 모두가 서먹서먹할 뿐이었다.

아내는 하루에 두 번 세수를 한다. 나는 하루 한 번도 세수를 하지 않는다. 나는 밤중 세시나 네시 해서 변소에 갔다. 달이 밝은 밤에는 한참씩 마당에 우두커니 섰다가 들어오곤 한다. 그러니까 나는 이 18가구의 아무와도 얼굴이 마주치는 일이 거의 없다. 그러면서도 나는 이 18가구의 젊은 여인네 얼굴들을 거반 다 기억하고 있었다. 그들은 하나같이 내 아내만 못하였다.

열한시쯤 해서 하는 아내의 첫 번 세수는 좀 간단하다. 그러나 저녁 일곱시쯤 해서 하는 두 번째 세수는 손이 많이 간다. 아내는 낮에보다도 밤에 더 좋고 깨끗한 옷을 입는다. 그리고 낮에도 외출하고 밤에도 외출하였다.

아내에게 직업이 있었던가? 나는 아내의 직업이 무엇인지 알 수 없다. 만일 아내에게 직업이 없었다면 같이 직업이 없는 나처럼 외

---

5 친분이 그리 두텁지 못하여 조심스럽다.

출할 필요가 생기지 않을 것인데—아내는 외출한다. 외출할 뿐만 아니라 내객이 많다. 아내에게 내객이 많은 날은 나는 온종일 내 방에서 이불을 쓰고 누워 있어야만 된다. 불장난도 못 한다. 화장품 내음새도 못 맡는다. 그런 날은 나는 의식적으로 우울해하였다. 그러면 아내는 나에게 돈을 준다. 오십 전짜리 은화다. 나는 그것이 좋았다. 그러나 그것을 무엇에 써야 옳을지 몰라서 늘 머리맡에 던져두고 두고 한 것이 어느 결에 모여서 꽤 많아졌다. 어느 날 이것을 본 아내는 금고처럼 생긴 벙어리를 사다 준다. 나는 한 푼씩 한 푼씩 고 속에 넣고 열쇠는 아내가 가져갔다. 그 후에도 나는 더러 은화를 그 벙어리에 넣은 것을 기억한다. 그리고 나는 게을렀다. 얼마 후 아내의 머리쪽에 보지 못하던 누깔잠[6]이 하나 여드름처럼 돋았던 것은 바로 그 금고형 벙어리의 무게가 가벼워졌다는 증거일까. 그러나 나는 드디어 머리맡에 놓였던 그 벙어리에 손을 대지 않고 말았다. 내 게으름은 그런 것에 내 주의를 환기시키기도 싫었다.

아내에게 내객이 있는 날은 이불 속으로 암만 깊이 들어가도 비오는 날만큼 잠이 잘 오지는 않았다. 나는 그런 때 아내에게는 왜 늘 돈이 있나 왜 돈이 많은가를 연구했다.

내객들은 장지 저쪽에 내가 있는 것을 모르나 보다. 내 아내와 나도 좀 하기 어려운 농을 아주 서슴지 않고 쉽게 해내 던지는 것이다. 그러나 내 아내를 찾은 서너 사람의 내객들은 늘 비교적 점잖았

6 비녀의 일종.

다고 볼 수 있는 것이 자정이 좀 지나면 의례히 돌아들 갔다. 그들 가운데는 퍽 교양이 옅은 자도 있는 듯싶었는데 그런 자는 보통 음식을 사다 먹고 논다. 그래서 보충을 하고 대체로 무사하였다.

나는 위선 내 아내의 직업이 무엇인가를 연구하기에 착수하였으나 좁은 시야와 부족한 지식으로는 이것을 알아내기 힘이 든다. 나는 끝끝내 내 아내의 직업이 무엇인가를 모르고 말려나 보다.

아내는 늘 진솔 버선만 신었다. 아내는 밥도 지었다. 아내가 밥 짓는 것을 나는 한 번도 구경한 일은 없으나 언제든지 끼니때면 내 방으로 내 조석 밥을 날라다 주는 것이다. 우리 집에는 나와 내 아내 외에 다른 사람은 아무도 없다. 이 밥은 분명히 아내가 손수 지었음에 틀림없다.

그러나 아내는 한 번도 나를 자기 방으로 부른 일이 없다. 나는 늘 윗방에서 나 혼자서 밥을 먹고 잠을 잤다. 밥은 너무 맛이 없었다. 반찬이 너무 엉성하였다. 나는 닭이나 강아지처럼 말없이 주는 모이를 넙적넙적 받아먹기는 했으나 내심 야속하게 생각한 적도 더러 없지 않다. 나는 안색이 여지없이 창백해가면서 말라 들어갔다. 나날이 눈에 보이듯이 기운이 줄어들었다. 영양 부족으로 하여 몸뚱이 곳곳이 뼈가 불쑥불쑥 내어밀었다. 하룻밤 사이에도 수십 차를 돌쳐눕지 않고는 여기저기가 배겨서 나는 배겨낼 수가 없었다.

그렇기 때문에 나는 내 이불 속에서 아내가 늘 흔히 쓸 수 있는 저 돈의 출처를 탐색해보는 일변 장지 틈으로 새어 나오는 아랫방의 음식은 무엇일까를 간단히 연구하였다. 나는 잠이 잘 안 왔다.

깨달았다. 아내가 쓰는 돈은 그 내게는 다만 실없는 사람들로밖에 보이지 않는 까닭 모를 내객들이 놓고 가는 것에 틀림없으리라는 것을 나는 깨달았다. 그러나 왜 그들 내객은 돈을 놓고 가나 왜 내 아내는 그 돈을 받아야 되나 하는 예의 관념이 내게는 도무지 알 수 없는 것이었다.

그것은 그저 예의에 지나지 않는 것일까. 그렇지 않으면 혹 무슨 대가일까 보수일까. 내 아내가 그들의 눈에는 동정을 받아야만 할 한 가엾은 인물로 보였던가.

이런 것들을 생각하노라면 의례히 내 머리는 그냥 혼란하여 버리고 버리고 하였다. 잠들기 전에 획득했다는 결론이 오직 불쾌하다는 것뿐이었으면서도 나는 그런 것을 아내에게 물어보거나 한 일이 참 한 번도 없다. 그것은 대체 귀찮기도 하려니와 한잠 자고 일어나는 나는 사뭇 딴사람처럼 이것도 저것도 다 깨끗이 잊어버리고 그만두는 까닭이다.

내객들이 돌아가고, 혹 밤 외출에서 돌아오고 하면 아내는 경편한 것으로 옷을 바꾸어 입고 내 방으로 나를 찾아온다. 그리고 이불을 들치고 내 귀에는 영 생동생동한 몇 마디 말로 나를 위로하려 든다. 나는 조소도 고소도 홍소도 아닌 웃음을 얼굴에 띠고 아내의 아름다운 얼굴을 쳐다본다. 아내는 방그레 웃는다. 그러나 그 얼굴에 떠도는 일말의 애수를 나는 놓치지 않는다.

아내는 능히 내가 배고파하는 것을 눈치챌 것이다. 그러나 아랫방에서 먹고 남은 음식을 나에게 주려 들지는 않는다. 그것은 어디까지든지 나를 존경하는 마음일 것임에 틀림없다. 나는 배가 고프면서도 적이 마음이 든든한 것을 좋아했다. 아내가 무엇이라고 지껄이고 갔는지 귀에 남아 있을 리가 없다. 다만 내 머리맡에 아내가 놓고 간 은화가 전등불에 흐릿하게 빛나고 있을 뿐이다.

고 금고형 벙어리 속에 고 은화가 얼마큼이나 모였을까. 나는 그러나 그것을 쳐들어 보지 않았다. 그저 아무런 의욕도 기원도 없이 그 단춧구멍처럼 생긴 틈사구니로 은화를 들어트려 둘 뿐이었다.

왜 아내의 내객들이 아내에게 돈을 놓고 가나 하는 것이 풀 수 없는 의문인 것같이 왜 아내는 나에게 돈을 놓고 가나 하는 것도 역시 나에게는 똑같이 풀 수 없는 의문이었다. 내 비록 아내가 내게 돈을 놓고 가는 것이 싫지 않았다 하더라도 그것은 다만 고것이 내 손가락에 닿는 순간에서부터 고 벙어리 주둥이에서 자취를 감추기까지의 하잘것없는 짧은 촉각이 좋았달 뿐이지 그 이상 아무 기쁨도 없다.

어느 날 나는 고 벙어리를 변소에 갖다 넣어버렸다. 그때 벙어리 속에는 몇 푼이나 되는지는 모르겠으나 고 은화들이 꽤 들어 있었다.

나는 내가 지구 위에 살며 내가 이렇게 살고 있는 지구가 질풍신뢰의 속력으로 광대무변의 공간을 달리고 있다는 것을 생각했을 때 참 허망하였다. 나는 이렇게 부지런한 지구 위에서는 현기증도 날 것 같고 해서 한시바삐 내려버리고 싶었다.

이불 속에서 이런 생각을 하고 난 뒤에는 나는 고 은화를 고 벙어리에 넣고 넣고 하는 것조차가 귀찮아졌다. 나는 아내가 손수 벙어리를 사용하였으면 하고 희망하였다. 벙어리도 돈도 사실에는 아내에게만 필요한 것이지 내게는 애초부터 의미가 전연 없는 것이었으니까 될 수만 있으면 그 벙어리를 아내는 아내 방으로 가져갔으면 하고 기다렸다. 그러나 아내는 가져가지 않는다. 나는 내 아내 방으로 가져다 둘까 하고 생각하여 보았으나 그즈음에는 아내의 내객이 원체 많아서 내가 아내 방에 가볼 기회가 도무지 없었다. 그래서 나는 하는 수 없이 변소에 갖다 집어넣어 버리고 만 것이다.

나는 서글픈 마음으로 아내의 꾸지람을 기다렸다. 그러나 아내는 끝내 아무 말도 나에게 묻지도 하지도 않았다. 않았을 뿐 아니라 여전히 돈은 돈대로 내 머리맡에 놓고 가지 않나? 내 머리맡에는 어느덧 은화가 꽤 많이 모였다.

내객이 아내에게 돈을 놓고 가는 것이나 아내가 내게 돈을 놓고 가는 것이나 일종의 쾌감―그 외의 다른 아무런 이유도 없는 것이 아닐까 하는 것을 나는 또 이불 속에서 연구하기 시작하였다. 쾌감이라면 어떤 종류의 쾌감일까를 계속하여 연구하였다. 그러나 그것은 이불 속의 연구로는 알 길이 없었다. 쾌감 쾌감, 하고 나는 뜻밖에도 이 문제에 대해서만 흥미를 느꼈다.

아내는 물론 나를 늘 감금하여 두다시피 하여왔다. 내게 불평이 있을 리 없다. 그런 중에도 나는 그 쾌감이라는 것의 유무를 체험하고 싶었다.

나는 아내의 밤 외출 틈을 타서 밖으로 나왔다. 나는 거리에서 잊어버리지 않고 가지고 나온 은화를 지폐로 바꾼다. 오 원이나 된다. 그것을 주머니에 넣고 나는 목적을 잃어버리기 위하여 얼마든지 거리를 쏘다녔다. 오래간만에 보는 거리는 거의 경이에 가까울 만치 내 신경을 흥분시키지 않고는 마지않았다. 나는 금시에 피곤하여 버렸다. 그러나 나는 참았다. 그리고 밤이 이슥하도록 까닭을 잊어버린 채 이 거리 저 거리로 지향 없이 헤매었다. 돈은 물론 한 푼도 쓰지 않았다. 돈을 쓸 아무 염두도 나서지 않았다. 나는 벌써 돈을 쓰는 기능을 완전히 상실한 것 같았다.

나는 과연 피로를 이 이상 견디기가 어려웠다. 나는 가까스로 내 집을 찾았다. 나는 내 방으로 가려면 아내 방을 통과하지 아니하면 안 될 것을 알고 아내에게 내객이 있나 없나를 걱정하면서 미닫이 앞에서 좀 거북살스럽게 기침을 한번 했더니 이것은 참 또 너무 암상스럽게 미닫이가 열리면서 아내의 얼굴과 그 등 뒤에 낯선 남자의 얼굴이 이쪽을 내다보는 것이다. 나는 별안간 내어쏟아지는 불빛에 눈이 부셔서 좀 머뭇머뭇했다.

나는 아내의 눈초리를 못 본 것은 아니다. 그러나 나는 모른 체하는 수밖에 없었다. 왜? 나는 어쨌든 아내의 방을 통과하지 아니하면 안 되니까…….

나는 이불을 뒤집어썼다. 무엇보다도 다리가 아파서 견딜 수가 없었다. 이불 속에서는 가슴이 울렁거리면서 암만해도 까무라칠 것만 같았다. 걸을 때는 몰랐더니 숨이 차다. 등에 식은땀이 쭉 내밴다. 나는 외출한 것을 후회하였다. 이런 피로를 잊고 어서 잠이 들었으면 좋았다. 한잠 잘― 자고 싶었다.

얼마 동안이나 비스듬히 엎드려 있었더니 차츰차츰 뚝딱거리는 가슴 동기動氣가 가라앉는다. 그만해도 위선 살 것 같았다. 나는 몸을 돌쳐 반듯이 천장을 향하여 눕고 쭉― 다리를 뻗었다.

그러나 나는 또다시 가슴의 동기를 피할 수 없게 되었다. 아랫방에서 아내와 그 남자의 내 귀에도 들리지 않을 만치 옅은 목소리로 소곤거리는 기척이 장지 틈으로 전하여 왔던 것이다. 청각을 더 예민하게 하기 위하여 나는 눈을 떴다. 그리고 숨을 죽였다. 그러나 그때는 벌써 아내와 남자는 앉았던 자리를 툭툭 털며 일어섰고 일어서면서 옷과 모자 쓰는 기척이 나는 듯하더니 이어 미닫이가 열리고 구두 뒤축 소리가 나고 그리고 뜰에 내려서는 소리가 쿵 하고 나면서 뒤를 따르는 아내의 고무신 소리가 두어 발자국 찍찍 나고 사뿐사뿐 나나 하는 사이에 두 사람의 발소리가 대문간 쪽으로 사라졌다.

나는 아내의 이런 태도를 본 일이 없다. 아내는 어떤 사람과도 결코 소곤거리는 법이 없다. 나는 윗방에서 이불을 쓰고 누웠는 동안에도 혹 술이 취해서 혀가 잘 돌아가지 않는 내객들의 담화는 더러 놓치는 수가 있어도 아내의 높지도 얕지도 않은 말소리는 일찍이 한 마디도 놓쳐본 일이 없다. 더러 내 귀에 거슬리는 소리가 있어도 나는 그것이 태연한 목소리로 내 귀에 들렸다는 이유로 충분히 안심이 되었다.

그렇던 아내의 이런 태도는 필시 그 속에 여간하지 않은 사정이 있는 듯싶이 생각이 되고 내 마음은 좀 서운했으나 그러나 그보다도 나는 좀 너무 피곤해서 오늘만은 이불 속에서 아무것도 연구치 않기로 굳게 결심하고 잠을 기다렸다. 잠은 좀처럼 오지 않았다. 대문간에 나간 아내도 좀처럼 들어오지 않았다. 그러는 동안에 흐지부지 나는 잠이 들어버렸다. 꿈이 얼쑹덜쑹 종을 잡을 수 없는 거리의 풍경을 여전히 헤매었다.

나는 몹시 흔들렸다. 내객을 보내고 들어온 아내가 잠든 나를 잡아 흔드는 것이다. 나는 눈을 번쩍 뜨고 아내의 얼굴을 쳐다보았다. 아내의 얼굴에는 웃음이 없다. 나는 좀 눈을 비비고 아내의 얼굴을 자세히 보았다. 노기가 눈초리에 떠서 얇은 입술이 바르르 떨린다. 좀처럼 이 노기가 풀리기는 어려울 것 같았다. 나는 그대로 눈을 감아버렸다. 벼락이 내리기를 기다린 것이다. 그러나 쌔근하는 숨소리가 나면서 푸시시 아내의 치맛자락 소리가 나고 장지가 여닫히며 아내는 아내 방으로 돌아갔다. 나는 다시 몸을 돌쳐 이불을 뒤집어쓰고는 개구리처럼 엎드리고, 엎드려서 배가 고픈 가운데에도 오늘 밤의 외출을 또 한 번 후회하였다.

나는 이불 속에서 아내에게 사죄하였다. 그것은 네 오해라고…….
나는 사실 밤이 퍽이나 이슥한 줄만 알았던 것이다. 그것이 네 말마따나 자정 전인 줄은 나는 정말이지 꿈에도 몰랐다. 나는 너무 피곤하였었다. 오래간만에 나는 너무 많이 걸은 것이 잘못이다. 내 잘못이라면 잘못은 그것밖에는 없다. 외출은 왜 하였더냐고?
나는 그 머리맡에 저절로 모인 오 원 돈을 아무에게라도 좋으니 주어보고 싶었던 것이다. 그뿐이다. 그러나 그것도 내 잘못이라면 나는 그렇게 알겠다. 나는 후회하고 있지 않나?

내가 그 오 원 돈을 써버릴 수가 있었던들 나는 자정 안에 집에 돌아올 수 없었을 것이다. 그러나 거리는 너무 복잡하였고 사람은 너무도 들끓었다. 나는 어느 사람을 붙들고 그 오 원 돈을 내어주어야 할지 갈피를 잡을 수가 없었다. 그러는 동안에 나는 여지없이 피곤해 버리고 말았던 것이다.

나는 무엇보다도 좀 쉬고 싶었다. 눕고 싶었다. 그래서 나는 하는 수 없이 집으로 돌아온 것이다. 내 짐작 같아서는 밤이 어지간히 늦은 줄만 알았는데 그것이 불행히도 자정 전이었다는 것은 참 안된 일이다. 미안한 일이다. 나는 얼마든지 사죄하여도 좋다. 그러나 종시 아내의 오해를 풀지 못하였다 하면 내가 이렇게까지 사죄하는 보람은 그럼 어디 있나? 한심하였다.

한 시간 동안을 나는 이렇게 초조하게 굴지 않으면 안 되었다. 나는 이불을 획 젖혀버리고 일어나서 장지를 열고 아내 방으로 비칠비칠 달려갔던 것이다. 내게는 거의 의식이라는 것이 없었다. 나는 아내 이불 위에 없드러지면서 바지 포켓 속에서 그 돈 오 원을 꺼내 아내 손에 쥐여준 것을 간신히 기억할 뿐이다.

이튿날 잠이 깨었을 때 나는 내 아내 방 아내 이불 속에 있었다. 이것이 이 33번지에서 살기 시작한 이래 내가 아내 방에서 잔 맨 처음이었다.

해가 들창에 훨씬 높았는데 아내는 이미 외출하고 벌써 내 곁에 있지는 않다. 아니! 아내는 엊저녁 내가 의식을 잃은 동안에 외출한 것인지도 모른다. 그러나 나는 그런 것을 조사하고 싶지 않았다. 다만 전신이 찌뿌드드한 것이 손가락 하나 꼼짝할 힘조차 없었다. 책보다 좀 적은 면적의 볕이 눈이 부시다. 그 속에서 수없는 먼지가 흡사 미생물처럼 난무한다. 코가 칵 막히는 것 같다. 나는 다시 눈을 감고 이불을 푹 뒤집어쓰고 낮잠을 자기에 착수하였다. 그러나 코를 스치는 아내의 체취는 꽤 도발적이었다. 나는 몸을 여러 번 여러 번 비비 꼬면서 아내의 화장대에 늘어선 고 가지각색 화장품 병들과 고 병들이 마개를 뽑았을 때 풍기던 내음새를 더듬느라고 좀처럼 잠은 들지 않는 것을 나는 어쩌하는 수도 없었다.

견디다 못하여 나는 그만 이불을 걷어차고 벌떡 일어나서 내 방으로 갔다. 내 방에는 다 식어빠진 내 끼니가 가지런히 놓여 있는 것이다. 아내는 내 모이를 여기다 주고 나간 것이다. 나는 위선 배가 고팠다. 한 숟갈을 입에 떠 넣었을 때 그 촉감은 참 너무도 냉회와 같이 써늘하였다. 나는 숟갈을 놓고 내 이불 속으로 들어갔다. 하룻밤을 비었던 내 이부자리는 여전히 반갑게 나를 맞아준다. 나는 내 이불을 뒤집어쓰고 이번에는 참 늘어지게 한잠 잤다. 잘—

내가 잠을 깬 것은 전등이 켜진 뒤다. 그러나 아내는 아직도 돌아오지 않았나 보다. 아니! 들어왔다 또 나갔는지도 알 수 없다. 그러나 그런 것을 삼고하여 무엇하나?

정신이 한결 난다. 나는 지난밤 일을 생각해보았다. 그 돈 오 원을 아내 손에 쥐여주고 넘어졌을 때에 느낄 수 있었던 쾌감을 나는 무엇이라고 설명할 수가 없었다. 그러나 내객들이 내 아내에게 돈 놓고 가는 심리며 내 아내가 내게 돈 놓고 가는 심리의 비밀을 나는 알아낸 것 같아서 여간 즐거운 것이 아니다. 나는 속으로 빙그레 웃어보았다. 이런 것을 모르고 오늘까지 지내온 내 자신이 어떻게 우스꽝스러워 보이는지 몰랐다. 나는 어깨춤이 났다.

따라서 나는 또 오늘 밤에도 외출하고 싶었다. 그러나 돈이 없다. 나는 엊저녁에 그 돈 오 원을 한꺼번에 아내에게 주어버린 것을 후회하였다. 또 고 벙어리를 변소에 갖다 처넣어 버린 것도 후회하였다. 나는 실없이 실망하면서 습관처럼 그 돈 오 원이 들어 있던 내 바지 포켓에 손을 넣어 한번 휘둘러 보았다. 뜻밖에도 내 손에 쥐어지는 것이 있었다. 이 원밖에 없다. 그러나 많아야 맛은 아니다. 얼마간이고 있으면 된다. 나는 그만한 것이 여간 고마운 것이 아니었다.

나는 기운을 얻었다. 나는 그 단벌 다 떨어진 코르덴 양복을 걸치고 배고픈 것도 주제 사나운 것도 다 잊어버리고 활갯짓을 하면서 또 거리로 나섰다. 나서면서 나는 제발 시간이 화살 닫듯 해서 자정이 어서 홱 지나버렸으면 하고 조바심을 태웠다. 아내에게 돈을 주고 아내 방에서 자보는 것은 어디까지든지 좋았지만 만일 잘못해서 자정 전에 집에 들어갔다가 아내의 눈총을 맞는 것은 그것은 여간 무서운 일이 아니었다. 나는 저물도록 길가 시계를 들여다보고 들여다보고 하면서 또 지향 없이 거리를 방황하였다. 그러나 이날은 좀처럼 피곤하지는 않았다. 다만 시간이 좀 너무 더디게 가는 것만 같아서 안타까웠다.

경성역 시계가 확실히 자정이 지난 것을 본 뒤에 나는 집을 향하였다. 그날은 그 일각대문에서 아내와 아내의 남자가 이야기하고 섰는 것을 만났다. 나는 모른 체하고 두 사람 곁을 지나서 내 방으로 들어갔다. 뒤이어 아내도 들어왔다. 와서는 이 밤중에 평생 안 하던 쓰레질을 하는 것이다. 조금 있다가 아내가 눕는 기척을 엿듣자마자 나는 또 장지를 열고 아내 방으로 가서 그 돈 이 원을 아내 손에 덥석 쥐여주고 그리고—하여간 그 이 원을 오늘 밤에도 쓰지 않고 도로 가져온 것이 참 이상하다는 듯이 아내는 내 얼굴을 몇 번이고 엿보고—아내는 드디어 아무 말도 없이 나를 자기 방에 재워주었다. 나는 이 기쁨을 세상의 무엇과도 바꾸고 싶지는 않았다. 나는 편히 잘 잤다.

이튿날도 내가 잠이 깨었을 때는 아내는 보이지 않았다. 나는 또 내 방으로 가서 피곤한 몸이 낮잠을 잤다.

내가 아내에게 흔들려 깨었을 때는 역시 불이 들어온 뒤였다. 아내는 자기 방으로 나를 오라는 것이다. 이런 일은 또 처음이다. 아내는 끊임없이 얼굴에 미소를 띠고 내 팔을 이끄는 것이다. 나는 이런 아내의 태도 이면에 엔간치 않은 음모가 숨어 있지나 않은가 하고 적이 불안을 느끼지 않을 수 없었다.

나는 아내의 하자는 대로 아내 방으로 끌려샀다. 아내 방에는 저녁 밥상이 조출하게 차려져 있는 것이다. 생각하여보면 나는 이틀을 굶었다. 나는 지금 배고픈 것까지도 긴가민가 잊어버리고 어름어름하던 차다.

나는 생각하였다. 이 최후의 만찬을 먹고 나자마자 벼락이 내려도 나는 차라리 후회하지 않을 것을. 사실 나는 인간 세상이 너무 나 심심해서 못 견디겠던 차다. 모든 일이 성가시고 귀찮았으나 그 러나 불의의 재난이라는 것은 즐겁다.

나는 마음을 턱 놓고 조용히 아내와 마주 이 해괴한 저녁밥을 먹었다. 우리 부부는 이야기하는 법이 없었다. 밥을 먹은 뒤에도 나는 말이 없이 그냥 부스스 일어나서 내 방으로 건너가 버렸다. 아내는 나를 붙잡지 않았다. 나는 벽에 기대앉아서 담배를 한 대 피워 물고 그리고 벼락이 떨어질 테거든 어서 떨어져라 하고 기다 렸다.

오분! 십분!―

그러나 벼락은 내리지 않았다. 긴장이 차츰 늘어지기 시작한다. 나는 어느덧 오늘 밤에도 외출할 것을 생각하고 있었다. 돈이 있었 으면 하고 생각하고 있었다.

그러나 돈은 확실히 없다. 오늘은 외출하여도 나중에 올 무슨 기 쁨이 있나. 나는 앞이 그냥 아뜩하였다. 나는 화가 나서 이불을 뒤 집어쓰고 이리 뒹굴 저리 뒹굴 굴렀다. 금시 먹은 밥이 목으로 자 꾸 치밀어 올라온다. 메스꺼웠다.

하늘에서 얼마라도 좋으니 왜 지폐가 소낙비처럼 퍼붓지 않나, 그것이 그저 한없이 야속하고 슬펐다. 나는 이렇게밖에 돈을 구하 는 아무런 방법도 알지는 못했다. 나는 이불 속에서 좀 울었나 보 다. 돈이 왜 없냐면서…….

그랬더니 아내가 또 내 방에를 왔다. 나는 깜짝 놀라 아마 인제서야 벼락이 내리려나 보다 하고 숨을 죽이고 두꺼비 모양으로 엎드려 있었다. 그러나 떨어진 입을 새어 나오는 아내의 말소리는 참 부드러웠다. 정다웠다. 아내는 내가 왜 우는지를 안다는 것이다. 돈이 없어서 그러는 게 아니냐다. 나는 실없이 깜짝 놀랐다. 어떻게 저렇게 사람의 속을 환하게 들여다보는구 해서 나는 한편으로 슬그머니 겁도 안 나는 것은 아니었으나 저렇게 말하는 것을 보면 아마 내게 돈을 줄 생각이 있나 보다, 만일 그렇다면 오죽이나 좋은 일일까. 나는 이불 속에 뚤뚤 말린 채 고개도 들지 않고 아내의 다음 거동을 기다리고 있으니까, 엣소— 하고 내 머리맡에 내려뜨리는 것은 그 가뿐한 음향으로 보아 지폐에 틀림없었다. 그리고 내 귀에다 대고 오늘일랑 어제보다도 좀 더 늦게 들어와도 좋다고 속삭이는 것이다. 그것은 어렵지 않다. 위선 그 돈이 무엇보다도 고맙고 반가웠다.

어쨌든 나섰다. 나는 좀 야맹증이다. 그래서 될 수 있는 대로 밝은 거리로 골라서 돌아다니기로 했다. 그리고는 경성역, 일이 등 대합실 한 곁 티룸에를 들렀다. 그것은 내게는 큰 발견이었다. 거기는 위선 아무도 아는 사람이 안 온다. 설사 왔다가도 곧들 가니까 좋다. 나는 날마다 여기 와서 시간을 보내리라 속으로 생각하여 두었다.

제일 여기 시계가 어느 시계보다도 징확하리라는 것이 좋았다. 섣불리 서투른 시계를 보고 그것을 믿고 시간 전에 집에 돌아갔다가 큰코를 다쳐서는 안 된다.

나는 한 박스에 아무도 없는 것과 마주 앉아서 잘 끓은 커피를 마셨다. 총총한 가운데 여객들은 그래도 한잔 커피가 즐거운가 보다. 얼른얼른 마시고 무얼 좀 생각하는 것같이 담벼락도 좀 쳐다보고 하다가 곧 나가버린다. 서글프다. 그러나 내게는 이 서글픈 분위기가 거리의 티룸들의 그 거추장스러운 분위기보다는 절실하고 마음에 들었다. 이따금 들리는 날카로운 혹은 우렁찬 기적 소리가 모차르트보다도 더 가깝다. 나는 메뉴에 적힌 몇 가지 안 되는 음식 이름을 치읽고 내리읽고 여러 번 읽었다. 그것들은 아물아물한 것이 어딘가 내 어렸을 때 동무들 이름과 비슷한 데가 있었다.

거기서 얼마나 내가 오래 앉았는지 정신이 오락가락하는 중에 객이 슬며시 뜸해지면서 이 구석 저 구석 걷어치우기 시작하는 것을 보면 아마 닫을 시간이 된 모양이다. 열한시가 좀 지났구나, 여기도 결코 내 안주의 곳은 아니구나, 어디 가서 자정을 넘길까, 두루 걱정을 하면서 나는 밖으로 나섰다. 비가 온다. 빗발이 제법 굵은 것이 우비도 우산도 없는 나를 고생을 시킬 작정이다. 그렇다고 이런 괴이한 풍모를 차리고 이 홀에서 어물어물하는 수는 없고 에이 비를 맞으면 맞았지 하고 나는 그냥 나서버렸다.

대단히 선선해서 견딜 수가 없다. 코르덴 옷이 젖기 시작하더니 나중에는 속속들이 스며들면서 처근거린다. 비를 맞아가면서라도 견딜 수 있는 데까지 거리를 돌아다녀서 시간을 보내려 하였으나 인제는 선선해서 이 이상은 더 견딜 수가 없다. 오한이 자꾸 일어나면서 이가 딱딱 맞부딪는다.

나는 걸음을 재우치면서 생각하였다. 오늘 같은 궂은날도 아내에게 내객이 있을라구. 없겠지 하는 생각이 드는 것이다. 집으로 가야겠다. 아내에게 불행히 내객이 있거든 내 사정을 하리라. 사정을 하면 이렇게 비가 오는 것을 눈으로 보고 알아주겠지.

부리나케 와보니까 그러나 아내에게는 내객이 있었다. 나는 그만 너무 춥고 척척해서 얼떨김에 노크하는 것을 잊었다. 그래서 나는 보면 아내가 좀 덜 좋아할 것을 그만 보았다. 나는 감발 자국 같은 발자국을 내면서 덤벙덤벙 아내 방을 디디고 그리고 내 방으로 가서 쭉 빠진 옷을 활활 벗어버리고 이불을 뒤썼다. 덜덜덜덜 떨린다. 오한이 점점 더 심해 들어온다. 여전 땅이 꺼져 들어가는 것만 같았다. 나는 그만 의식을 잃어버리고 말았다.

이튿날 내가 눈을 떴을 때 아내는 내 머리맡에 앉아서 제법 근심스러운 얼굴이다. 나는 감기가 들었다. 여전히 으스스 춥고 또 골치가 아프고 입에 군침이 도는 것이 쓸쓸하면서 다리팔이 척 늘어져서 노곤하다.

아내는 내 머리를 쓱 짚어보더니 약을 먹어야지 한다. 아내 손이 이마에 선뜩한 것을 보면 신열이 어지간한 모양인데 약을 먹는다면 해열제를 먹어야지 하고 속생각을 하자니까 아내는 따뜻한 물에 하얀 정제약 네 개를 준다. 이것을 먹고 한잠 푹— 자고 나면 괜찮다는 것이다. 나는 널름 받아먹었다. 쌉싸름한 것이 짐작 같아서는 아마 아스피린인가 싶다. 나는 다시 이불을 쓰고 단번에 그냥 죽은 것처럼 잠이 들어버렸다.

나는 콧물을 훌쩍훌쩍하면서 여러 날을 앓았다. 앓는 동안에 끊이지 않고 그 정제약을 먹었다. 그러는 동안에 감기도 나았다. 그러나 입맛은 여전히 소태처럼 썼다.

나는 차츰 또 외출하고 싶은 생각이 났다. 그러나 아내는 나더러 외출하지 말라고 이르는 것이다. 이 약을 날마다 먹고 그리고 가만히 누워 있으라는 것이다. 공연히 외출을 하다가 이렇게 감기가 들어서 저를 고생을 시키는 게 아니냔다. 그도 그렇다. 그럼 외출을 하지 않겠다고 맹서하고 그 약을 연복하여 몸을 좀 보해보리라고 나는 생각하였다.

나는 날마다 이불을 뒤집어쓰고 밤이나 낮이나 잤다. 유난스럽게 밤이나 낮이나 졸려서 견딜 수가 없는 것이다. 나는 이렇게 잠이 자꾸만 오는 것은 내가 몸이 훨씬 튼튼해진 증거라고 굳게 믿었다.

나는 아마 한 달이나 이렇게 지냈나 보다. 내 머리와 수염이 좀 너무 자라서 후틋해서[7] 견딜 수가 없어서 내 거울을 좀 보리라고 아내가 외출한 틈을 타서 나는 아내 방으로 가서 아내의 화장대 앞에 앉아보았다. 상당하다. 수염과 머리가 참 산란하였다. 오늘은 이발을 좀 하리라 생각하고 겸사겸사 고 화장품 병들 마개를 뽑고 이것저것 맡아보았다. 한동안 잊어버렸던 향기 가운데서는 몸이 배배 꼬일 것 같은 체취가 전해 나왔다. 나는 아내의 이름을 속으로만 한번 불러보았다. '연심이' 하고…….

오래간만에 돋보기 장난도 하였다. 거울 장난도 하였다. 창에 든 볕이 여간 따뜻한 것이 아니었다. 생각하면 5월이 아니냐.

나는 커다랗게 기지개를 한번 펴보고 아내 베개를 내려 비고 벌떡 자빠져서는 이렇게도 편안하고 즐거운 세월을 하느님께 흠

7 조금 더운 듯한 느낌이 있다.

씬 자랑하여 주고 싶었다. 나는 참 세상의 아무것과도 교섭을 가지지 않는다. 하느님도 아마 나를 칭찬할 수도 처벌할 수도 없는 것 같다.

그러나 다음 순간 실로 세상에도 이상스러운 것이 눈에 띄었다. 그것은 최면약 아달린 갑이었다. 나는 그것을 아내의 화장대 밑에서 발견하고 그것이 흡사 아스피린처럼 생겼다고 느꼈다. 나는 그것을 열어보았다. 똑 네 개가 비었다.

나는 오늘 아침에 네 개의 아스피린을 먹은 것을 기억하고 있었다. 나는 잤다. 어제도 그제도 그끄제도―나는 졸려서 견딜 수가 없었다. 나는 감기가 다 나았는데도 아내는 내게 아스피린을 주었다. 내가 잠이 든 동안에 이웃에 불이 난 일이 있다. 그때에도 나는 자느라고 몰랐다. 이렇게 나는 잤다. 나는 아스피린으로 알고 그럼 한 달 동안을 두고 아달린을 먹어온 것이다. 이것은 좀 너무 심하다.

별안간 아뜩하더니 하마터라면 나는 까무라칠 뻔하였다. 나는 그 아달린을 주머니에 넣고 집을 나섰다. 그리고 산을 찾아 올라갔다. 인간 세상의 아무것도 보기가 싫었던 것이다. 걸으면서 나는 아무쪼록 아내에 관계되는 일은 일체 생각하지 않도록 노력하였다. 길에서 까무라치기 쉬우니까다. 나는 어디라도 양지가 바른 자리를 하나 골라서 자리를 잡아가지고 서서히 아내에 관하여서 연구할 작정이었다. 나는 길가에 돌창, 핀 구경도 못 한 진 개나리꽃, 종달새, 돌멩이도 새끼를 까는 이야기, 이런 것만 생각하였다. 다행히 길가에서 나는 졸도하지 않았다.

거기는 벤치가 있었다. 나는 거기 정좌하고 그리고 그 아스피린과 아달린에 관하여 연구하였다. 그러나 머리가 도무지 혼란하여 생각이 체계를 이루지 않는다. 단 오분이 못 가서 나는 그만 귀찮은 생각이 버쩍 들면서 심술이 났다. 나는 주머니에서 가지고 온 아달린을 꺼내 남은 여섯 개를 한꺼번에 질경질경 씹어 먹어버렸다. 맛이 익살맞다. 그리고 나서 나는 그 벤치 위에 가로 기다랗게 누웠다. 무슨 생각으로 내가 그따위 짓을 했나? 알 수가 없다. 그저 그러고 싶었다. 나는 게서 그냥 깊이 잠이 들었다. 잠결에도 바위틈을 흐르는 물소리가 졸졸 하고 귀에 언제까지나 어렴풋이 들려왔다.

내가 잠을 깨었을 때는 날이 환히 밝은 뒤다. 나는 거기서 일주야를 잔 것이다. 풍경이 그냥 노랗게 보인다. 그 속에서도 나는 번개처럼 아스피린과 아달린이 생각났다.

아스피린, 아달린, 아스피린, 아달린, 마르크스, 맬서스, 마도로스, 아스피린, 아달린.

아내는 한 달 동안 아달린을 아스피린이라고 속이고 내게 먹였다. 그것은 아내 방에서 이 아달린 갑이 발견된 것으로 미루어 증거가 너무나 확실하다.

무슨 목적으로 아내는 나를 밤이나 낮이나 재웠어야 됐나?

나를 밤이나 낮이나 재워놓고 그리고 아내는 내가 자는 동안에 무슨 짓을 했나?

나를 조금씩 조금씩 죽이려던 것일까?

그러나 또 생각하여 보면 내가 한 달을 두고 먹어온 것은 아스피린이었는지도 모른다. 아내는 무슨 근심되는 일이 있어서 밤 되면

잠 잘 오지 않아서 정작 아내가 아달린을 사용한 것이나 아닌지. 그렇다면 나는 참 미안하다. 나는 아내에게 이렇게 큰 의혹을 가졌었다는 것이 참 안됐다.

나는 그래서 부리나케 거기서 내려왔다. 아랫도리가 홰홰 내저이면서 어찔어찔한 것을 나는 겨우 집을 향하여 걸었다. 여덟시 가까이였다.

나는 내 잘못 든 생각을 죄다 일러바치고 아내에게 사죄하려는 것이다. 나는 너무 급해서 그만 또 말을 잊어버렸다.

그랬더니 이건 참 너무 큰일 났다. 나는 내 눈으로는 절대로 보아서 안 될 것을 그만 딱 보아버리고 만 것이다. 나는 얼떨결에 그만 냉큼 미닫이를 닫고 그리고 현기증이 나는 것을 진정시키느라고 잠깐 고개를 숙이고 눈을 감고 기둥을 짚고 섰자니까 일초 여유도 없이 홱 미닫이가 다시 열리더니 매무새를 풀어 헤친 아내가 불쑥 내밀면서 내 멱살을 잡는 것이다. 나는 그만 어지러워서 게가 그냥 나동그라졌다. 그랬더니 아내는 넘어진 내 위에 덮치면서 내 살을 함부로 물어뜯는 것이다. 아파 죽겠다. 나는 사실 반항할 의사도 힘도 없어서 그냥 넙적 엎뎌 있으면서 어떻게 되나 보고 있자니까 뒤이어 남자가 나오는 것 같더니 아내를 한 아름에 덥석 안아가지고 방 안으로 들어가는 것이다. 아내는 아무 말 없이 다소곳이 그렇게 안겨 들어가는 것이 내 눈에 여간 미운 것이 아니다. 밉다.

아내는 너 밤새워가면서 도적질하러 다니느냐, 계집질하러 다니느냐고 발악이다. 이것은 참 너무 억울하다. 나는 어안이 벙벙하여 도무지 입이 떨어지지를 않았다.

너는 그야말로 나를 살해하려던 것이 아니냐고 소리를 한번 꽥 질러보고도 싶었으나 그런 긴가민가한 소리를 섣불리 입 밖에 내었다가는 무슨 화를 볼는지 알 수 있나. 차라리 억울하지만 잠자코 있는 것이 위선 상책인 듯싶이 생각이 들기에 나는 이것은 또 무슨 생각으로 그랬는지 모르지만 툭툭 털고 일어나서 내 바지 포켓 속에 남은 돈 몇 원 몇십 전을 가만히 꺼내서는 몰래 미닫이를 열고 살며시 문지방 밑에다 놓고 나서는 나는 그냥 줄달음박질을 쳐서 나와버렸다.

여러 번 자동차에 치일 뻔하면서 나는 그래도 경성역을 찾아갔다. 빈자리와 마주 앉아서 이 쓰디쓴 입맛을 거두기 위하여 무엇으로나 입가심을 하고 싶었다.

커피—좋다. 그러나 경성역 홀에 한 걸음을 들여놓았을 때 나는 내 주머니에는 돈이 한 푼도 없는 것을 그것을 깜빡 잊었던 것을 깨달았다. 또 아뜩하였다. 나는 어디선가 그저 맥없이 머뭇머뭇하면서 어쩔 줄을 모를 뿐이었다. 얼빠진 사람처럼 그저 이리 갔다 저리 갔다 하면서…….

나는 어디로 어디로 들입다 쏘다녔는지 하나도 모른다. 다만 몇 시간 후에 내가 미쓰꼬시[8] 옥상에 있는 것을 깨달았을 때는 거의 대낮이었다.

나는 거기 아무 데나 주저앉아서 내 자라온 스물여섯 해를 회고하여 보았다. 몽롱한 기억 속에서는 이렇다는 아무 제목도 불거져

8 일제 강점기에 서울 충무로에 있던 백화점.

나오지 않았다.

나는 또 내 자신에게 물어보았다. 너는 인생에 무슨 욕심이 있느냐고. 그러나 있다고도 없다고도, 그런 대답은 하기가 싫었다. 나는 거의 나 자신의 존재를 인식하기조차도 어려웠다.

허리를 굽혀서 나는 그저 금붕어나 들여다보고 있었다. 금붕어는 참 잘들도 생겼다. 작은 놈은 작은 놈대로 큰 놈은 큰 놈대로 다― 싱싱하니 보기 좋았다. 내리비치는 5월 햇살에 금붕어들은 그릇 바탕에 그림자를 내려트렸다. 지느러미는 하늘하늘 손수건을 흔드는 흉내를 낸다. 나는 이 지느러미 수효를 헤어보기도 하면서 굽힌 허리를 좀처럼 펴지 않았다. 등어리가 따뜻하다.

나는 또 회탁의 거리를 내려다보았다. 거기서는 피곤한 생활이 똑 금붕어 지느러미처럼 흐늑흐늑 허비적거렸다. 눈에 보이지 않는 끈적끈적한 줄에 엉켜서 헤어나지들을 못한다. 나는 피로와 공복 때문에 무너져 들어가는 몸뚱이를 끌고 그 회탁의 거리 속으로 섞여 들어가지 않는 수도 없다 생각하였다.

나서서 나는 또 문득 생각하여보았다. 이 발길이 지금 어디로 향하여 가는 것인가를…….

그때 내 눈앞에는 아내의 모가지가 벼락처럼 내려 떨어졌다. 아스피린과 아달린.

우리들은 서로 오해하고 있느니라. 설마 아내가 아스피린 대신에 아달린의 정량을 나에게 먹여왔을까? 나는 그것을 믿을 수는 없다. 아내가 그럴 대체 까닭이 없을 것이니.

그러면 나는 날밤을 새우면서 도적질을 계집질을 하였나? 정말이지 아니다.

우리 부부는 숙명적으로 발이 맞지 않는 절름발이인 것이다. 내가 아내나 제 거동에 로직을 붙일 필요는 없다. 변해할 필요도 없다. 사실은 사실대로 오해는 오해대로 그저 끝없이 발을 절뚝거리면서 세상을 걸어가면 되는 것이다. 그렇지 않을까?

그러나 나는 이 발길이 아내에게로 돌아가야 옳은가 이것만은 분간하기가 좀 어려웠다. 가야 하나? 그럼 어디로 가나?

이때 뚜— 하고 정오 사이렌이 울었다. 사람들은 모두 네 활개를 펴고 닭처럼 푸드덕거리는 것 같고 온갖 유리와 강철과 대리석과 지폐와 잉크가 부글부글 끓고 수선을 떨고 하는 것 같은 찰나, 그야말로 현란을 극한 정오다.

나는 불현듯이 겨드랑이 가렵다. 아하 그것은 내 인공의 날개가 돋았던 자국이다. 오늘은 없는 이 날개, 머릿속에서는 희망과 야심의 말소된 페이지가 딕셔너리 넘어가듯 번뜩였다.

나는 걷던 걸음을 멈추고 그리고 어디 한번 이렇게 외쳐보고 싶었다.

날개야 다시 돋아라.

날자. 날자. 날자. 한 번만 더 날자꾸나.

한 번만 더 날아보자꾸나.

—〈조광〉, 1936. 9.

1910년	9월 23일 서울 종로구 사직동에서 아버지 김영창金永昌과 어머니 박세창朴世昌 사이에서 장남으로 출생.
1912년	부모를 떠나 아들이 없던 큰아버지 김연필의 집에 양자로 감.
1917년	누상동에 있는 신명학교 입학.
1921년	조선불교중앙교무원 경영의 동광학교 입학.
1924년	동광학교가 보성고등보통학교로 병합되어 보성고등보통학교 4학년에 편입.
1925년	교내 미술전람회에서 유화 〈풍경〉 입상.
1926년	보성고등보통학교 졸업. 경성고등공업학교 건축과 입학.
1929년	경성고등공업학교 졸업. 조선총독부 내무국 건축과 기사로 근무하다 관방官房 회계과 영선계로 옮김.
1930년	조선건축회지 〈조선과 건축〉의 표지도안 현상모집에 1등과 3등으로 당선. 처녀작 장편소설 《12월 12일》을 〈조선〉에 발표.
1931년	처녀시 〈이상한 가역반응〉 〈파편의 경치〉 〈BOITEUX · BOITEUSE〉 〈공복〉과 일본어 시 〈조감도〉 〈3차각설계도〉를 〈조선과 건축〉에 발표. 조선미술전람회에서 서양화 〈자화상〉으로 입선.
1932년	'비구比久'라는 익명으로 소설 〈지도의 암실〉을, '이상'이라는 필명으로 시 〈건축무한육면각체〉를 발표.

1933년   폐결핵으로 총독부 기수직 사임. 배천온천에서 요양하던 중 기생 금홍을 만남. 서울 종로 2가에 다방 '제비'를 개업하고 동거 시작.

1934년   구인회 참여. 시 〈오감도〉를 〈조선중앙일보〉에 연재하나 독자들의 항의로 15회를 마지막으로 중단. 박태원의 소설 〈소설가 구보씨의 일일〉에 '하융' 이라는 화명으로 삽화를 그림.

1935년   경영난으로 다방 '제비'를 폐업하고 금홍과 헤어짐. 인사동에 카페 '쓰루'를 인수하지만 얼마 못 가 폐업. 다방 '69'를 설계하나 양도하고 다시 다방 '맥'을 설계하나 곧 양도. 계속된 경영 실패로 생활의 어려움이 가중됨.

1936년   창문사에 들어가 구인회 동인지 〈시와 소설〉을 편집하지만 1집만 내고 퇴사. 이화여전을 졸업한 변동림과 결혼 후 재기를 위해 일본 도쿄로 떠남.

1937년   사상이 불온하다는 혐의로 일본 도쿄 경찰에 피검. 건강이 악화되어 보석으로 출소한 후 4월 17일 도쿄 제국대학 부속병원에서 요절함.

한국문학을 권하다 시리즈

한국문학을 권하다 시리즈는 누구나 제목 정도는 알고 있으나 대개는 읽지 않은 위대한 한국문학을 즐겁게 소개하기 위해서 기획되었다. 문학으로서의 즐거움을 살린 쉬운 해설과 편집 기술을 통해 여태껏 단행본으로 출간된 적 없는 작품들까지 발굴해 묶어 국내 한국문학 총서 중 최다 작품을 수록하였다.

01 이광수 중단편선집
소년의 비애

고정욱 작가 추천 ㅣ 532쪽 ㅣ 값 13,500원
**시대의 아픔과 사랑을 탁월한 심리묘사로 담아내
문학의 대중화를 꽃피운 춘원 이광수의 대표작 모음!**
사회현실에 대응하는 젊은 지식인의 내면세계를 그려낸
이광수 작품의 모태가 되었던 중단편소설 총 15편 수록.

02 염상섭 장편소설
삼대

임정진 작가 추천 ㅣ 676쪽 ㅣ 값 14,500원
**돈과 욕망을 둘러싼 삼대에 걸친 세대 갈등
탁월한 이야기꾼 염상섭의 꼭 읽어야 할 장편소설**
한국 근대사회의 격변기에 개인과 사회의 욕망을
삼대의 가족사를 통해 그려낸 수작.

03 김동인 단편전집 1
감자

구병모 작가 추천 ㅣ 696쪽 ㅣ 값 15,000원
**인간의 원초적인 욕망과 본성의 근원을 탐구한
한국 단편 문학의 선구자 김동인의 작품세계**
예술지상주의를 표방하고 순수문학을 지향했던
김동인의 단편소설 36편 총망라.

04 현진건 단편전집
운수좋은날

박상률 작가 추천 ㅣ 356쪽 ㅣ 값 12,800원
**하층민의 비극적인 삶을 사실적으로 그려내며
한국 단편소설의 금자탑을 이룬 현진건 문학의 백미**
다양한 작품을 통해 개인의식과 역사의식을 사실적으로
묘사한 대표적인 단편소설 21편 수록.

05 심훈 장편소설
상록수

이경자 작가 추천 ㅣ 416쪽 ㅣ 값 13,000원
**민족의식과 애향심을 높이는 계몽문학의 전형,
가장 한국적인 농민문학으로 꼽는 심훈의 대표작**
민족주의와 계급적 저항의식 및 휴머니즘이 관류하며
본격적인 농민문학의 장을 여는 데 크게 공헌한 작품.

06 채만식 대표작품집 1
태평천하

김이윤 작가 추천 ㅣ 500쪽 ㅣ 값 13,500원
**속물적이고 천박한 가족주의를 반어와 역설로
날카롭게 풍자한 천재작가 채만식의 대표작**
현실 풍자를 통해 독자적인 작품세계를 구축한
채만식의 대표 작품 〈태평천하〉 〈냉동어〉 〈허생전〉 수록.

15 이광수 대표작품집
유정

고정욱 작가 추천 | 396쪽 | 값 13,000원

**계몽에서 이상으로, 기독교에서 불교로
이광수 문학의 새로운 양상과 전환**

〈유정〉〈무정〉〈꿈〉에 담긴 인간사의 빛과 그림자,
사람 냄새 가득한 이광수 문학의 결정체.

16 이광수 장편소설
흙

고정욱 작가 추천 | 744쪽 | 값 15,800원

**출간 당시 수많은 지식인 독자의 열띤 호응과
공감을 불러일으킨 이광수의 대표 베스트셀러**

출세를 향한 욕망을 버리고 고난의 황무지로 내려가
운명을 개척한 지식인의 사랑과 용서, 헌신의 대서사.

17 김동인 단편전집 2
발가락이 닮았다

구병모 작가 추천 | 544쪽 | 값 14,000원

**선구자적 자세로 다양한 문예사조를 실험한
근대 단편소설의 개척자 김동인의 단편 총망라**

인간의 추악한 면을 숨김없이 폭로하며
순수예술 세계를 지향한 김동인의 단편소설 27편 수록.

18 이태준 중단편전집 2
해방 전후

고명철 교수 추천 | 600쪽 | 값 14,500원

**인간의 본성을 심미적으로 탐구한
비판과 부정의식의 완성가 이태준의 작품세계**

치열했던 현대사의 한복판에서 서정의 예술적 정취를
탁월한 미문으로 기록한 이태준의 중단편소설 28편 수록.

19 이광수 장편소설
사랑

고정욱 작가 추천 | 760쪽 | 값 15,800원

**종교적 이념을 형상화한 시대를 뛰어넘은 명작,
육체적 욕망을 초월한 이상주의적 사랑의 대서사!**

세속을 뛰어넘는 초월적 사랑의 극치
사랑의 아름다움을 일깨워주는 이광수 문학의 이상향.

20 김동인 장편소설
운현궁의 봄

구병모 작가 추천 | 472쪽 | 값 13,800원

**실제 역사와 영웅신화적 내러티브가
절묘하게 결합된 김동인 역사소설의 백미!**

상갓집 개에서 조선 최고의 권력자로 올라선 사나이
손에 땀을 쥐는 흥미진진한 역사의 향연.

21 현진건 장편소설
무영탑

박상률 작가 추천 | 572쪽 | 값 14,300원

**불국사 석가탑의 전설을 현대소설로 재구성,
민족의 자긍심을 높인 현진건의 장편소설!**

석공의 예술혼과 남녀의 사랑을 절묘하게 결합해
민족혼을 담아낸 흥미진진한 역사소설.

22 채만식 장편소설
탁류

김이윤 작가 추천 | 660쪽 | 값 15,000원

**〈서울대 추천도서 100선〉에 뽑힌
세태 풍자의 최고봉 채만식의 대표작품**

한 여인의 운명을 통해 혼탁한 사회상을
풍자와 냉소로 탁월하게 담아낸 채만식의 장편소설.

한국문학을 권하다
작가별 작품 모음집 세트

이광수 작품 모음집

《소년의 비애》《무정》《유정》《흙》《사랑》《단종애사》
《원효대사》《재생》

고정욱 작가 추천 | 8권 세트 (총 22작품) | 값 112,200원

염상섭 작품 모음집

《삼대》《두 파산》

임정진 작가 추천 | 2권 세트 (총 11작품) | 값 26,500원

김동인 작품 모음집

《감자》《발가락이 닮았다》《운현궁의 봄》

구병모 작가 추천 | 3권 세트 (총 64작품) | 값 40,800원

현진건 작품 모음집

《운수 좋은 날》《무영탑》

박상률 작가 추천 | 2권 세트 (총 22작품) | 값 25,600원

채만식 작품 모음집

《태평천하》《레디메이드인생》《탁류》

김이윤 작가 추천 | 3권 세트 | 3권 세트 (총 19작품) | 값 40,500원

이태준 작품 모음집

《달밤》《해방전후》

고명철 작가 추천 | 2권 세트 (총 64작품) | 값 26,800원

이효석 작품 모음집

《메밀꽃 필 무렵》《도시와 유령》

방현희 작가 추천 | 2권 세트 (총 72작품) | 값 27,500원

이상 작품 모음집

《날개》《오감도 · 권태》

임영태 작가 추천 | 3권 세트 (총 141작품) | 값 25,500원

한국문학을 권하다 시리즈 <small>(전 30권)</small>

문학 읽기의
즐거움을 권하는
한국문학 총서

- 재미있게 읽는
  내 생애 첫 한국문학

- 한국문학 총서 중
  최다 작품 수록

- 젊고 새로운 감각으로
  문학의 즐거움 재조명

1931-1940 한국 명작소설 2

_모던보이, 문학을 만나다

초판 1쇄 인쇄 2017년 4월 13일
초판 1쇄 발행 2017년 4월 20일

지은이 이태준 외 10명
펴낸이 이범상
펴낸곳 (주)비전비엔피 · 애플북스

기획 편집 이경원 박월 김승희 김다혜 배윤주
디자인 김혜림 이미숙
마케팅 한상철 이준건
전자책 김성화 김희정
관리 이성호 이다정

주소 우)04034 서울특별시 마포구 잔다리로7길 12 (서교동)
전화 02) 338-2411 | **팩스** 02) 338-2413
홈페이지 www.visionbp.co.kr
이메일 visioncorea@naver.com
원고투고 editor@visionbp.co.kr

등록번호 제313-2007-000012호

ISBN 979-11-86639-53-5 04810
        979-11-86639-51-1 04810 (세트)

· 값은 뒤표지에 있습니다.
· 잘못된 책은 구입하신 서점에서 바꿔드립니다.

「이 도서의 국립중앙도서관 출판시도서목록(CIP)은 서지정보유통지원시스템 홈페이지(http://seoji.nl.go.kr)와 국가자료공동목록시스템(http://www.nl.go.kr/kolisnet)에서 이용하실 수 있습니다.(CIP제어번호: CIP2017007769)」